MW00474734

Membre du conseil scientifique de *Slowfood France* (mouvement pour la sauvegarde du patrimoine culinaire mondial), Michèle Barrière fait partie de l'association *De Honesta Voluptate*, fondée sur les travaux de l'historien Jean-Louis Flandrin. Journaliste culinaire, elle est l'auteur pour Arte de la série *Histoire en cuisine*.

MICHÈLE BARRIÈRE

Meurtre au Ritz

ROMAN INÉDIT

LE LIVRE DE POCHE

© Librairie Générale Française, 2013.
ISBN : 978-2-253-17367-0 – 1re publication LGF

© Librairie Générale Française, 2013.
ISBN : 978-2-253-17367-0 – 1re publication LGF

Pour Alice, Guy, la rue Cauchois et la rue des Courtieux.

1

Étincelantes, rutilantes, n'ayant encore jamais servi, les casseroles de cuivre étaient alignées en un ordre impeccable. Quentin reconnaissait bien là l'amour immodéré que son parrain portait à ce noble matériau. Pour le faire enrager, il se tourna vers le petit homme en costume louis-philippard noir et demanda :

— Pourquoi, dans ce temple du modernisme que se veut le Ritz, ne trouve-t-on pas la nouvelle matière miracle venue d'Amérique : l'aluminium. Je ne vois ici que du fer et du cuivre.

Auguste Escoffier lui jeta un regard noir.

— Tu ne vas pas t'y mettre, toi aussi ! Je ne cesse de le répéter : l'aluminium et l'émail ont leur utilité dans les cuisines ne disposant pas de personnel. Ce n'est pas le cas ici, que diable ! Nous serons plus de quatre-vingts. Assez pour faire une cuisine parfaite !

— Et le gaz ? Et l'électricité ? continua Quentin en retenant un sourire. Comment, en 1898, peut-on s'en passer ?

— Tu me fais marcher ! s'exclama Escoffier.

Imperturbable, Quentin répliqua :

— En tant que journaliste au *Pot-au-feu*, je me dois d'expliquer pourquoi le plus grand chef cuisinier du monde néglige les bienfaits de la société industrielle.

— Je t'ai expliqué mille fois qu'un bifteck ne peut être bien grillé, qu'un poulet ou un gigot ne peuvent être rôtis à souhait que par la chaleur naturelle et les flammes du bois et du charbon.

Escoffier prit Quentin par le bras et l'entraîna vers les plans de travail immaculés.

— Regarde ! Cette débauche de lampes électriques au-dessus des tables et des fourneaux. Si ce n'est pas moderne… Et le gaz ? Il y en aura du gaz, mais uniquement pour le « feu éternel ».

Le cuisinier lui montra l'énorme marmite en cuivre reposant sur un réchaud à gaz. Remplie d'eau bouillant à petit feu, elle permettrait de tenir les plats au chaud. Quentin s'assit négligemment sur une des tables de travail. D'un index autoritaire, Escoffier lui intima l'ordre de se lever.

— Tu veux vraiment me mettre en rogne, aujourd'hui ! Tu sais très bien que je tiens par-dessus tout aux règles d'hygiène.

Quentin leva les mains en signe de reddition.

— Parrain, promis, juré, j'arrête de vous taquiner. Et je tiens à vous dire toute mon admiration pour ces cuisines. Je n'ai jamais rien vu de si vaste, de si bien organisé. C'est un palais, une cathédrale, un enchantement, un prodige…

— Tu en fais toujours trop, maugréa Escoffier en alignant devant lui une série de louches et d'écumoires par ordre de taille.

— Je suis sincère, protesta Quentin. Et, à ce que je vois, tout a l'air prêt pour l'ouverture dans trois semaines.

Escoffier s'appuya contre la table et lui fit signe d'aller chercher deux chaises. À cinquante-deux ans, il jouissait encore d'une santé florissante mais près de quarante années passées en cuisine lui avaient appris à se ménager. Ses cheveux et sa moustache commençaient à peine à grisonner et, s'il avait pris un peu d'embonpoint, il avait toujours bon pied bon œil. Il aurait besoin de toutes ses facultés physiques et mentales pour mener à bien le lancement de leur vaisseau amiral : le Ritz-Paris. L'aventure était belle mais risquée. Depuis sa rencontre en 1884 avec César Ritz, ils avaient accumulé les succès, de Monte-Carlo à Londres en passant par Lucerne, Rome, Baden-Baden… Mais cette fois, ils étaient les seuls maîtres à bord. César voulait faire du Ritz l'hôtel le plus moderne du monde et Auguste Escoffier, après avoir régalé la haute société londonienne, aurait la lourde tâche de combler les gastronomes français, ce qui était un défi autrement plus ardu.

— En ce qui concerne les cuisines, tout est prêt. Les équipes sont embauchées et je vais pouvoir me consacrer au choix des menus. Pour les chambres et les salles de réception, nous sommes loin d'avoir fini. Marie-Louise Ritz court dans tous les sens pour les derniers aménagements. Tu connais le souci du détail de César !

— Aussi prononcé que le vôtre, fit remarquer Quentin en souriant. Pouvez-vous dévoiler à nos lecteurs quelques-uns des plats qui seront servis lors de l'inauguration ? Des cailles à la Richelieu ? Des asperges sauce mousseline ? Du chevreuil Grand Veneur ? Du homard Thermidor ?

Auguste Escoffier se frotta le menton et fit un clin d'œil à son filleul.

— N'espère pas me tirer les vers du nez. C'est un secret mieux gardé que les bijoux de la Couronne à la tour de Londres.

D'une des portes donnant sur les réserves, surgit un éclair noir qui se précipita sur Quentin, la queue frétillante d'aise, essayant à toute force de grimper sur ses genoux.

Escoffier poussa un cri d'indignation.

— Qu'est-ce que c'est que cette chose ?

La chose avait quatre pattes, un museau, des babines et traînait derrière elle une laisse.

— Nom d'un chien ! s'exclama Quentin. Je l'avais confié à Perruchot, le concierge. Il a dû s'échapper.

Le jeune homme caressa les oreilles soyeuses et gratouilla la tête de l'animal sur le front.

— C'est extraordinaire. Il m'a retrouvé dans ce dédale ! Je savais bien qu'il avait du flair.

Repoussant le chien qui tentait de lui faire la fête, Escoffier tonna :

— Tu vas me faire le plaisir de l'évacuer immédiatement. Ordre et propreté sont les maîtres mots de ce lieu. Et fais vite, César m'attend pour régler quelques problèmes d'organisation.

Quentin obtempéra sans piper mot. Il savait que le ton coupant de son parrain n'augurait rien de bon. Quand il était petit, il avait passé plusieurs hivers à Monte-Carlo où officiait le cuisinier. C'était un enfant chétif et maladif. Sa mère, Edmée Savoisy, redoutait toujours qu'il fût atteint de tuberculose et, à la moindre occasion, l'expédiait au bon air chez Escoffier. Il avait ainsi découvert le monde des grands hôtels. S'ennuyant profondément, il avait commencé à rôder dans les cuisines. Escoffier le houspillait, le chassait mais il revenait toujours, se cachant derrière les grandes marmites ou les sacs de pommes de terre. Les cuisiniers l'aimaient bien et s'ingéniaient à le dissimuler aux yeux du patron. Il goûtait à tout et avait acquis une telle finesse de palais qu'on lui faisait tester les nouveaux plats. Escoffier n'ignorait rien de ces manigances culinaires et les tolérait tant qu'elles ne venaient pas gêner le service. C'est ainsi que Quentin était devenu un gastronome averti et un des meilleurs connaisseurs de la cuisine du chef Escoffier. Quand il avait dû choisir un métier – quoique les revenus de sa famille lui auraient permis de vivre sans travailler –, il avait accepté avec joie de devenir journaliste au *Pot-au-feu*, revue culinaire que son parrain venait de créer avec son vieil ami Phileas Gilbert, cuisinier émérite et théoricien de la cuisine.

L'entretien du jour était destiné à une série d'articles sur la cuisine des palaces dont le dernier paraîtrait le 5 juin, pour l'inauguration du Ritz.

Le chien bondissant à ses côtés, Quentin se pressa le long des couloirs encombrés d'ouvriers apportant une dernière touche à la peinture des moulures, à la pose des tapis et à l'installation de l'électricité. Il traversa le grand jardin de style Versailles qu'avait absolument voulu créer César Ritz. Des massifs d'hortensias, d'azalées, de roses exhalaient de suaves fragrances. Des fontaines, des urnes en pierre blanche, entouraient une cour pavée. Sous l'œil courroucé d'un jardinier, plantoir en main, le chien se soulagea longuement contre une bordure. Sifflotant, le regard perdu sur les corniches du premier étage, Quentin attendit patiemment et, en partant, esquissa une mimique d'excuse.

Dans le hall, plutôt petit pour un hôtel de cette classe mais voulu tel par Ritz pour éviter la présence d'indésirables, il se rendit à la loge du concierge, attacha solidement la laisse au pied d'une lourde table et laissa un petit mot enjoignant Perruchot de bien surveiller l'animal.

Au pas de course, il fit le chemin inverse, salua le jardinier qui lui lançait des regards peu amènes. Les cuisines étaient désertes. Escoffier s'était installé dans son petit bureau aux murs vitrés lui permettant d'observer le bon déroulement des opérations. Penché sur son carnet de moleskine noire, il remplissait une page de sa petite écriture serrée. Quentin fit mine de vouloir lire par-dessus son épaule. Escoffier ferma aussitôt le cahier.

— J'espère que ton chien est bien enfermé. Si César le voit, il va piquer une colère noire. Il est sur les nerfs, ce qui se comprend. Si les animaux des clients sont les bienvenus au Ritz, le tien risque de passer un mauvais quart d'heure.

— C'est pourtant un peu à cause de lui que j'ai cet animal.

— Qu'est-ce que tu me chantes là ?

— Il vient de son pays natal. C'est un chien suisse. Je l'ai trouvé à Lucerne. Ou plutôt c'est Diane qui s'en est entichée quand nous étions au Grand National, il y a deux mois.

— Ah ! Je vois. Encore une lubie de ta fantasque fiancée. Et j'imagine qu'elle s'en est lassée et que c'est toi qui dois t'en occuper.

Quentin eut un petit rire gêné. Diane avait l'exécrable réputation d'avoir des passions soudaines mais brèves. Sauf pour lui, semblait-il.

— Elle cherche du travail. Elle ne peut pas courir tout Paris, un chien à ses basques.

Escoffier lui lança un regard entendu.

— J'aime bien ce chien, continua Quentin, comme si cela pouvait excuser Diane. Il me fait rire. C'est un bouvier de l'Entlebuch et d'après l'éleveur, malgré sa petite taille, on peut l'atteler pour monter dans les alpages…

— Très utile à Paris, l'interrompit Escoffier légèrement impatienté.

— C'est aussi un excellent chien d'avalanche. En fait, son vrai travail consiste à garder les troupeaux de vaches.

— Toi qui habites Montmartre, tu ne pouvais pas rêver mieux…

— Il a un flair incroyable, poursuivit Quentin. L'éleveur avait caché un peu de poudre à fusil dans une chaussure. Eh bien, croyez-moi, il l'a retrouvée en quelques secondes.

— Quentin ! Je n'ai pas de temps à perdre avec des histoires de chien. J'aimerais mieux que tu me dises ce que tu as pensé du Grand National. Comment se débrouillent-ils en cuisine ?

Quentin savait qu'Escoffier avait un faible pour ce palace de Lucerne ; César Ritz en avait été le patron et l'avait sauvé de la faillite. Trouvant, à juste titre, la table déplorable, il avait renvoyé tout le personnel de cuisine et fait venir Escoffier, en 1885. Il n'avait eu qu'à s'en féliciter, car l'établissement était alors devenu un véritable grand hôtel. Quentin fit une petite moue désabusée.

— Le paysage est toujours aussi sublime : le mont Righi à gauche, le mont Pilate à droite, les eaux bleues du lac des Quatre-Cantons…

— … où se réfléchissent les pics couverts de neige, continua Escoffier l'air rêveur, et où voguent les bateaux de plaisance. Je me souviendrai toujours de mon émerveillement, à l'aube, en ouvrant les fenêtres, de sentir le parfum des fleurs sauvages des montagnes alentour. Alors la cuisine ?

— Pas mal, mais cela manque de nouveautés ! Le chef s'en tient à vos grands succès de l'époque : la timbale Grimaldi, les suprêmes de perdreaux Marquise, la poularde Yodelling Patti. J'ai remarqué qu'il avait tendance à faire compliqué.

Escoffier fronça les sourcils.

— Ne me dis pas qu'il y a des pièces montées et des décorations alambiquées…

— Hélas ! J'ai eu parfois l'impression qu'il se prenait pour Carême[1].

Escoffier soupira.

— J'ai eu moi-même du mal à transgresser les préceptes édictés par Carême. Mais qui voudrait encore d'un repas avec cent cinquante plats ? Le service à la française est bien mort. Vive le service à la russe ! Huit plats principaux suffisent. On les sert successivement à chacun des convives. Plus d'étalage de dizaines de mets où personne ne sait que choisir. Faire simple ! Le maître mot ! Ce qui, bien entendu, ne veut pas dire

---

1. Célèbre cuisinier du début du XIXe siècle.

lésiner sur la qualité des produits ou le travail de préparation. Je peux te dire que l'impératrice Eugénie, le prince Fouad d'Égypte, le maharadjah de Baroda, le prince de Galles qui fréquentaient l'hôtel en étaient tous ravis. Bien entendu, j'ai appliqué la même méthode au Grand Hôtel de Monaco que j'ai repris pour la saison d'hiver en compagnie de Ritz.

Quentin notait fiévreusement. Ses lectrices seraient ravies de lire ce témoignage du grand Escoffier. Il pourrait y ajouter ses impressions personnelles car il avait connu les deux hôtels. À quatorze ans, il était devenu un adolescent rêveur et assez renfermé. Toujours hantée par la crainte de la tuberculose, sa mère continuait à le confier aux bons soins de son parrain qui n'avait guère le temps de s'occuper de lui. Mais cela convenait fort bien au jeune garçon qui continuait ainsi son éducation culinaire à défaut d'études plus classiques et se frottait au grand monde. En 1885, Monaco n'était plus un trou perdu. L'Orient-Express, le Nord et le Sud-Express le rendaient facilement accessible. Et surtout, le Rocher possédait un casino, le seul de tout le sud de la France.

Au Grand Hôtel, Quentin s'était lié d'amitié avec le concierge, personnage clé de tout palace, chargé de procurer aux clients les denrées ou services les plus singuliers. François Martin lui confiait quelques petites tâches, essentiellement la promenade des chiens, mais Quentin avait surpris à l'occasion des secrets pas vraiment de son âge et s'était interrogé sur les étrangetés de la nature humaine. Et c'est là que à quinze ans – il fallait s'y attendre – il avait été dépucelé par une comtesse hongroise de trente ans. Maritza s'ennuyait ferme pendant que son mari s'ingéniait à dilapider la fortune familiale sur les tapis verts. Quentin avait passé un hiver délicieux dans les bras de la jeune femme qui s'était avérée un excellent professeur. Entre deux étreintes, il l'initiait à la haute cuisine française, choisissant pour elle les plus belles créations d'Escoffier. Elle adorait le velouté d'écrevisses au beurre d'Isigny et les perdreaux cocotte Périgourdine. Lui, gardait un souvenir ému du caviar qu'il dégustait à même la peau satinée de la belle Hongroise. Cette année-là, la consommation d'œufs d'esturgeons explosa au Grand Hôtel. On s'en étonna. Quand elle revint à la normale, personne ne fit le rapprochement avec le départ précipité d'un couple de Hongrois ayant le plus grand mal à payer son séjour. Au souvenir de Maritza, Quentin avait perdu le fil de ses idées. Escoffier le regardait d'un air interrogateur.

— Parrain, poursuivit-il, pouvez-vous me dire comment s'est passé le début de votre collaboration avec César Ritz ?

— Étonnamment bien. La confiance n'est pas toujours systématique entre un directeur d'hôtel et son cuisinier. J'ai été très impressionné par l'intérêt et l'enthousiasme que César portait à mes projets, à mes créations. Je crois qu'il était ravi d'avoir quelqu'un qui ne cherchait pas à se faire valoir mais qui voulait sincèrement participer au succès de l'hôtel. Et je lui ai été reconnaissant de me laisser travailler comme je l'entendais. Nous avons œuvré main dans la main et le succès n'a pas tardé à être au rendez-vous. Il faut dire que César a cent idées à l'heure et n'hésite pas à utiliser tous les moyens pour les mettre à exécution.

— Pouvez-vous me citer un exemple ?

— Il y en aurait tellement, mais puisque nous parlions du Grand National de Lucerne, je me souviens des fiançailles de Caroline de Bourbon avec un prince polonais. Bien entendu, j'avais concocté un festin digne de l'assemblée, mais César, lui, s'était surpassé : il avait fait installer, sur les berges du lac, des fontaines lumineuses ; et cinquante bateaux à voiles chargés de feux de Bengale et de chandelles romaines illuminaient le lac de flammes multicolores. Un plus gros bateau croisait au large portant une immense lanterne constituée de plus de mille bougies et figurant les armoiries des deux fiancés. Puis du sommet des pics enneigés, partit un fabuleux feu d'artifice. Voilà ce dont est capable César Ritz pour satisfaire ses hôtes.

Escoffier tira ostensiblement sa montre gousset, signifiant que le temps qui lui était imparti touchait à sa fin. Quentin rangea avec soin son stylo plume Waterman – un cadeau de Diane pour ses vingt-huit ans, deux mois plus tôt. Il allait proposer à son parrain un nouveau rendez-vous pour aborder la suite londonienne de la carrière du tandem Ritz-Escoffier quand ils entendirent un fracas dans la cuisine, suivi d'aboiements furieux. Cette fois, Quentin et son chien allaient en prendre pour leur grade. Ils se levèrent d'un bond et se précipitèrent vers la cuisine. Une pile de plats en métal gisait à terre, le chien aboyant comme si ces plats allaient l'attaquer. Sa laisse était emberlificotée autour d'un pied de table. Quentin le libéra prestement et s'apprêtait à fuir le courroux de son parrain, quand il s'exclama :

— Il s'est blessé !

Furibond, Escoffier regarda les traces sanguinolentes laissées par le chien sur le carrelage immaculé de sa cuisine. Se retenant d'exploser, il alla chercher une serpillère et la tendit à Quentin.

— Nettoie-moi ça tout de suite et disparaissez, toi et ton cabot de malheur !

Tout à son inquiétude pour son chien, Quentin ne répondit pas. Il ne lui fallut que quelques instants pour s'apercevoir qu'il n'avait aucune blessure apparente.

— C'est bizarre, je ne vois rien... D'où peut venir ce sang ?

Subitement alarmé, Escoffier se mit à genoux et examina à son tour le chien qui lui lécha la main avec exubérance. Il recula.

— Il n'y a pas de viande en réserve, s'exclama-t-il. Toutes les chambres froides sont vides. Aurait-il tué un rat ? Ce serait la catastrophe. César va en faire une crise cardiaque. Il faut trouver ce rat.

Se relevant avec difficulté, il scruta le sol et se mit à suivre les traces ensanglantées. Quentin hésita. Ne valait-il pas mieux faire disparaître le chien de la vue du cuisinier ? Mais, après tout, il était le plus à même de les guider jusqu'à ce fameux rat, quoiqu'il ne l'ait jamais vu poursuivre de rongeur. C'était encore un chiot et le rat aurait certainement eu le dessus, en cas d'affrontement. Les marques de sang étaient de plus en plus visibles. La truffe à ras de terre, le chien dépassa Escoffier.

— Enlève-lui sa laisse, ordonna ce dernier.

Quentin obtempéra et l'animal se précipita dans l'escalier menant aux chambres froides. Escoffier chercha le commutateur électrique et descendit, Quentin sur ses talons. Une lumière pâle éclairait le couloir. Sur la droite, une porte était entrebâillée, ce qui était anormal. Aucune marchandise, *a fortiori* aucune viande ne pouvait être entreposée ici. Agitant la queue, le chien s'engouffra dans la chambre froide. Escoffier et Quentin le suivirent. Ce qu'ils virent les glaça d'horreur. Aux crochets destinés à recevoir les carcasses de bœuf, de veau, de mouton, était suspendue une jeune femme. Morte, au vu de la mare de sang répandue sur le sol que le chien se mit à lécher avec un plaisir évident. Quentin se plia en deux, prêt à vomir et, saisissant le chien par le cou, le balança hors de la chambre froide. Peu habitué à ce genre de traitement, l'animal couina mais ne s'approcha plus. Escoffier fit le tour du corps. Les crocs de boucher transperçaient le cou de la victime, laissant entrevoir un magma de chairs ensanglantées. Quentin n'arrivait pas à lever les yeux vers elle. Il avait juste remarqué qu'elle était jeune. Moins de vingt-cinq ans. Et qu'elle portait des vêtements modestes, une robe de coutil gris et un châle d'indienne bon marché. Brune ou blonde, il n'aurait pu le dire, le sang ayant maculé ses cheveux.

Livide, Escoffier lui intima l'ordre d'aller chercher César Ritz. Il devait être dans les étages. Lui resterait auprès du corps. Et surtout, qu'il ne parle à personne de leur macabre découverte. Quentin ne pipa mot. Chancelant, il sortit de la chambre froide, pensa à attacher le chien à un des tuyaux de chauffage qui courait le long du mur. Arrivé en haut de l'escalier, il eut la présence d'esprit de s'assurer qu'il n'avait pas de traces de sang sur ses vêtements. Seules ses chaussures étaient éclaboussées. Plus tard, il se dirait que d'avoir pensé à les enlever pour ne pas souiller les tapis tout neufs du Ritz était abominable. Une jeune fille était morte dans d'affreuses circonstances et lui ne songeait qu'au décorum. Il ne lui fut pas facile de trouver César

Ritz. À chaque étage, on lui disait que le patron était bien passé par là mais qu'il était reparti… Il réussit à dénicher son épouse, Marie-Louise, dans une des suites donnant sur la place Vendôme. Perchée sur un tabouret, elle inspectait l'intérieur d'une armoire encastrée. Toujours aussi élégante et soignée, elle jeta un regard désapprobateur sur les chaussettes du jeune homme et lui demanda :

— Mon petit Quentin, vous tombez à pic. Remplacez-moi sur ce tabouret et assurez-vous qu'aucune malencontreuse araignée n'est venue nicher là-haut. Et dites-moi, que pensez-vous de ces tiroirs à faux cheveux que j'ai fait installer ? Vous êtes bien d'accord avec moi que ç'aurait été un oubli impardonnable. Où mettre boucles, nattes et chignons postiches dont la plupart des femmes ne sauraient se passer ?

Quentin renonça à l'interrompre. Il acquiesça, ne rencontra aucune araignée et s'enquit d'où il pourrait trouver le maître des lieux.

— Il doit être dans une des suites royales avec l'architecte Mewès. Ils ont encore des problèmes avec l'installation des salles de bains.

Il la remercia avant qu'elle ne se lance dans un des sujets favoris de son mari : l'hygiène et la propreté. Il savait que le Ritz était le premier hôtel à offrir dans chaque chambre une salle de bains et des water-closets. Ce n'était vraiment pas le moment de s'extasier sur ces nouveautés. Quentin partit au pas de course, imaginant l'impatience et la détresse d'Escoffier montant la garde devant la chambre froide. Il trouva César Ritz allongé sous une baignoire et sondant les tuyaux avec une clé à molette. Mewès était penché sur lui et affirmait qu'il n'y avait aucune malfaçon et que les clients ne risquaient pas d'être ébouillantés dans leur bain comme de vulgaires tourteaux. On voyait à son air contrarié que la revue de détails avec le patron lui donnait des sueurs froides. Il ne fut pas mécontent de l'irruption de Quentin. Le jeune homme fut assez insistant pour que César Ritz consente à le suivre. En l'entraînant vers les sous-sols, il lui raconta l'essentiel de l'affaire. Prenant immédiatement la mesure du drame, Ritz décida de s'adjoindre son très fidèle directeur administratif, Jacques Poulvert, qu'ils allèrent chercher dans son bureau.

Ils trouvèrent Escoffier assis par terre dans le couloir. Une telle attitude de relâchement traduisait le désarroi dans lequel il se trouvait. Le chien avait posé sa tête sur ses genoux et s'était endormi sans que le cuisinier ne le chasse. Il se releva en toute hâte, épousseta son costume noir et rentra avec Ritz et Poulvert dans la chambre froide. Quentin resta à l'extérieur. Il n'avait aucune envie de contempler à nouveau la jeune morte. Les trois hommes ressortirent en silence, Ritz la mâchoire serrée, Poulvert le front en sueur, Escoffier se passant une main dans les cheveux.

— Que décidons-nous ? demanda Poulvert d'une voix blanche.

— Première chose : personne en dehors de nous ne doit être mis au courant, déclara Ritz.

— Mais la police… murmura Quentin.

Le visage de Ritz se ferma encore plus. Il lui lança un regard dur.

— À trois semaines de l'ouverture, un tel accident est une catastrophe. Si la presse s'en empare, elle en fera ses choux gras. Je vois déjà les gros titres : « DE

LA VIANDE FROIDE AU RITZ ». L'inauguration serait fichue. Nous ne pouvons nous le permettre.

Des yeux, Quentin chercha du soutien auprès de son parrain. Escoffier était un homme d'ordre et d'obéissance aux règles. Il ne pouvait soustraire la mort de la jeune fille à la connaissance de la police.

— César a raison, laissa-t-il tomber.

— D'autant qu'on ne peut plus rien faire pour elle, ajouta Poulvert.

— Mais il faut savoir pourquoi on… l'a mise là, s'obstina Quentin. Elle a été assassinée !

— C'est en effet regrettable, mais nous n'y sommes pour rien. Il vaut mieux garder le silence.

Quentin regarda avec stupéfaction Poulvert. Comment pouvait-il prendre ce drame à la légère ?

— Je crois savoir qui elle est, continua ce dernier.

Tous les regards se tournèrent vers lui, dans l'attente d'une explication.

— Ce matin, j'ai fait passer des entretiens d'embauche à des femmes de ménage. Elle faisait partie du lot mais je l'ai éliminée d'entrée de jeu. Ses qualifications étaient nulles. Elle n'avait aucune lettre de recommandation. C'est votre nièce, Mathilde, ajouta-t-il en se tournant vers Ritz qui, en tant que gouvernante, s'est chargée de lui dire qu'elle n'était pas retenue. Je l'ai entendue tempêter, dire que nous regretterions de ne pas l'avoir reçue. Mathilde a su faire preuve d'autorité et a voulu la faire raccompagner sans ménagement. Le temps qu'elle aille prévenir Robert et Marcel, elle avait disparu.

— Étrange… dit César Ritz. Elle était agitée… Se pourrait-il qu'il s'agisse d'une personne déséquilibrée ? Sa déception l'aurait-elle poussée à commettre l'irréparable ?

— En se suicidant ? Vous voulez rire, grommela Poulvert. On ne se pend pas soi-même à des crocs de boucher. Et un suicide ne serait pas d'un meilleur effet sur la presse. Nous essaierons d'en savoir plus sur elle et de découvrir le fin mot de l'histoire, mais le plus urgent est de se débarrasser du corps.

Quentin frémit à cette évocation. Escoffier gardait le silence. Il cautionnait donc cette décision. En fréquentant les palaces, son filleul avait appris qu'on y commettait un certain nombre d'actes illicites mais que pour sauvegarder la réputation d'un client ou pour éviter que se répandent des commérages, on s'arrangeait pour en effacer les traces. À Monaco, en aidant François Martin, il avait bien compris que les services rendus pouvaient outrepasser les codes de la morale. Mais un cadavre ! Voyant l'apparente placidité de ses compagnons, il se dit que ce ne devait pas être la première fois qu'ils étaient confrontés à un tel problème. Quentin n'avait pas le choix. Sa loyauté envers son parrain était telle qu'il ne pouvait en aucun cas se désolidariser de ses décisions. Quoiqu'il lui en coûtât. Il eut la confirmation que Poulvert n'en était pas à son coup d'essai en entendant Ritz lui demander de faire pour le mieux. Tout était dit. Les quatre hommes se séparèrent. César Ritz repartit vers ses baignoires en marbre ; Escoffier entraîna Quentin vers les cuisines ; Poulvert ferma à double tour la chambre froide.

Quentin était sous le choc, Escoffier silencieux. Il avait les traits marqués, la démarche pesante. En arrivant dans son bureau, il alla prendre son chapeau melon et sa canne à pommeau d'argent.

— Je rentre chez moi, dit-il d'une voix lasse. Fais de même. Je suis désolé de ce qui vient de se passer. Je peux compter sur ta discrétion ?

Pour toute réponse, Quentin le prit dans ses bras et l'étreignit fortement.

C'est en arrivant dans la cohue de la rue de Rivoli qu'il s'aperçut qu'il s'était trompé de direction. Au lieu de prendre la rue de la Paix pour remonter vers l'Opéra, il avait suivi la rue de Castiglione. Fallait-il qu'il fût troublé ! Le chien tirait sur sa laisse. Il traversa la rue, entra dans le jardin des Tuileries et libéra l'animal qui partit, oreilles au vent, dans l'allée ombragée. Il revint un bâton dans la gueule, espérant que son maître accepterait de jouer. Quentin en était bien incapable. La vision de la jeune fille ne le quittait pas. Le chien insistait, sautant et jappant. Constatant son peu d'intérêt, il fila sous un buisson et entreprit de ronger le morceau de bois. Quentin continua son chemin. Le chien le rejoignit. Une sourde rumeur montait de la rue puis des cris éclatèrent. Des gens couraient. Le jeune homme s'approcha des grilles du jardin. Une foule était massée place des Pyramides au pied du chantier de l'hôtel Regina qui devait ouvrir dans quelques mois. Quel drame avait bien pu se produire ? Quentin pressa le pas. Quand il entendit « À mort les Juifs ! À mort Dreyfus ! », il comprit. Ce n'était pas l'hôtel Regina qui attirait les manifestants, mais la statue de Jeanne d'Arc. Le 8 mai était devenu depuis quelques années l'occasion d'affrontements entre nationalistes et républicains libres penseurs. Le « J'accuse » d'Émile Zola, cinq mois auparavant, affirmant l'innocence du capitaine Dreyfus et demandant la révision de son procès n'avait fait qu'exacerber les antagonismes. Les cris de haine, les visages déformés par la fureur, le déchaînement de violence l'épouvantèrent. Il en avait assez vu pour aujourd'hui. Il attrapa son chien et partit en courant en sens inverse.

2

Les senteurs fraîches et boisées de Jicky de Guerlain, son parfum préféré, avertirent Quentin de la présence de Diane. Il ressentit un tel soulagement qu'il en frissonna. Il allait pouvoir oublier les terribles images qu'il avait en tête, se perdre dans la blondeur et la douceur de sa fiancée, conjurer les sombres pensées qui l'assaillaient dans une délicieuse étreinte.

Il ne savait même plus quel chemin il avait suivi pour rentrer rue Lepic. Place Blanche, il avait même failli se faire renverser par l'omnibus Batignolles-Gare du Nord. Reprenant ses esprits, il avait acheté des cerises à la marchande des quatre-saisons installée au pied de son immeuble. Les premières de la saison. En crachant le noyau, il avait fait un vœu... « que Diane accepte enfin de m'épouser ».

Il enferma le chien dans la cuisine et, à pas de loup, suivit le couloir menant au salon. Son appartement n'était pas très grand : deux pièces de réception, deux chambres, un bureau, une cuisine, un office, une salle de bains, mais il lui convenait parfaitement. Situé au cinquième étage et doté d'un immense balcon, il offrait une vue prodigieuse sur Paris. Sa mère avait été furieuse de le voir s'exiler dans ce quartier réputé dangereux. L'héritage du grand-père Savoisy lui aurait permis d'acheter plus grand et mieux situé, au bon air, à Passy par exemple. Quentin avait tenu bon. Il voulait habiter Montmartre. Il ne le regrettait pas.

Par la porte vitrée du salon, il vit Diane, allongée sur le sofa, sa robe de mousseline couleur pêche s'épanouissant en corolle. Dieu qu'elle était belle ! Elle lui évoqua un champ de blé sous un ciel d'été. Dans lequel il se roulerait avec délice...

La porte grinça légèrement, elle s'ébroua, s'étira.

— Je m'étais endormie. Oh, mon Dieu ! Quelle tête tu fais ! Tu as une mine de déterré. Ton parrain t'aurait-il servi une soupe à la grimace ?

— Tu ne crois pas si bien dire, répondit Quentin en s'asseyant à ses côtés et l'attirant à lui.

Interrompant le geste de tendresse de son fiancé, elle bondit sur ses pieds.

— J'ai des choses importantes à te dire, déclarat-elle en posant un poing sur sa hanche.

Quentin soupira, frustré de ne pas avoir pu l'embrasser. Qu'avait-elle encore inventé ? Fantasque et volontaire, Diane entendait mener sa vie comme bon lui semblait. Il s'attendait au pire. Allait-elle lui annoncer qu'elle commençait une carrière d'écuyère de cirque, de diseuse de bonne aventure ? Elle était capable de tout.

— Moi aussi, il faut que je te parle.

Certes, il avait juré de ne rien divulguer sur la mort de la jeune fille mais Diane, toute tête folle qu'elle pût être, avait la loyauté chevillée au corps. Il le savait. Ce qu'il lui dirait resterait entre eux.

— Moi d'abord ! s'exclama-t-elle d'une voix vibrante d'excitation.

Un fracas suivi d'un long gémissement se fit entendre en provenance de la cuisine.

— Oh, non ! Ça ne va pas recommencer ! Le chien, grommela-t-il.

Suivi de Diane, il se précipita dans le couloir. L'animal avait réussi à renverser une étagère où étaient rangées des soupières : elles avaient explosé en mille morceaux. À bout de nerfs, Quentin prit l'animal par le collier et le secoua violemment. Diane le regarda avec surprise :

— Qu'est-ce qui te prend ? Regarde ! Il est terrorisé.

— Moi aussi ! hurla Quentin.

— Ce ne sont que des soupières ! On ferait mieux de regarder s'il ne s'est pas blessé.

Joignant le geste à la parole, Diane se pencha sur le chien, l'examina, ne vit rien, lui chatouilla les oreilles et conclut à l'intention de Quentin :

— Tu n'es pas dans ton état normal.

— Ça, tu peux le dire.

Il s'assit à la table de la cuisine et se prit la tête entre les mains. D'une voix hachée, avec difficulté, il lui raconta ce qui s'était passé au Ritz. Il lui fit jurer de ne rien dire à personne. Elle le promit. Au grand étonnement de Quentin, elle ne paraissait pas troublée outre mesure. Il s'attendait à ce qu'elle pousse de hauts cris, qu'elle le conjure d'aller voir la police, qu'elle se répande en lamentations sur le sort de la jeune fille. Quentin lui avait dit qu'elle devait à peu près avoir son âge : vingt-cinq ans. Diane était restée de marbre. Il était soulagé d'avoir partagé avec elle son lourd secret mais s'attendait à plus de sollicitude de sa part. C'était du Diane tout craché. Elle n'avait pas comme lui tendance

31

à s'épancher ni à faire part de ses souffrances. Quand, enfant, elle se faisait mal, elle serrait les dents et refusait qu'on la plaigne. À maintes reprises, Quentin l'avait vue tomber de cheval après un saut particulièrement difficile et se remettre en selle immédiatement avec une obstination qui forçait l'admiration de son entourage. Sans doute, attendait-elle de lui qu'il surmonte cette épreuve avec stoïcisme, comme elle l'aurait fait. Elle reconnut néanmoins que l'histoire était étrange. La jeune fille avait peut-être été la victime d'un fou. Avait-elle été violée ? Quentin répondit qu'ils n'avaient pas cherché à savoir mais que cela paraissait peu probable. Quant à l'hypothèse d'un fou errant dans les sous-sols de l'hôtel, elle n'était guère plus rassurante. Diane lui répliqua que cette affaire ne le concernait pas au premier chef, qu'il ne devait pas se mettre martel en tête et que César Ritz était assez grand pour se débrouiller. Mais son parrain n'avait pas le choix. Il ne pouvait contrecarrer les choix du patron. Et qui dit que la police serait efficace dans un pareil cas ? Quentin lui fit observer que de grands progrès techniques étaient en cours. L'anarchiste Ravachol n'avait-il pas été arrêté grâce à ses empreintes digitales ? Diane balaya d'un revers de main ces arguments et d'un ton plein d'entrain lui proposa :

— Sortons ! Allons dîner ! Ça te changera les idées. Et moi, j'ai une bonne nouvelle à t'annoncer.

Quentin soupira. Il n'avait aucune envie de ressortir. La seule chose qui lui changerait les idées, ce serait de lui faire l'amour, de la sentir s'abandonner dans ses bras et de mêler son plaisir au sien. Mais il savait qu'il ne la ferait pas changer d'avis. Inutile d'essayer les baisers dans le cou ou une caresse appuyée sur ses hanches. Elle lui lancerait un sourire aguicheur et s'enfuirait dans un éclat de rire.

— Laisse-moi deviner, dit-il en soupirant de plus belle. Tu acceptes enfin de m'épouser. C'est ça ?

Elle le regarda avec une surprise non feinte.

— Bien sûr que non ! Pourquoi se marier ? Nous sommes très bien ainsi. Ça ne changerait rien.

— Cela améliorerait les relations avec tes parents.

Diane, fille du comte Eudes de Binville et de la marquise, née de la Roche des Monts, scandalisait sa parentèle en refusant obstinément de passer devant le maire et surtout devant le curé. Son père menaçait régulièrement de déshériter sa fille unique. Elle répondait qu'elle n'avait que faire de manoirs branlants et de terres au fin fond de la Normandie.

— Quand père saura ce que je vais faire, il aura certainement un arrêt du cœur et mère se terrera chez elle de peur que ses amies apprennent ma déchéance.

— Institutrice à l'école publique… ? hasarda Quentin.

Fervents catholiques, les parents de Diane n'avaient jamais pardonné à Jules Ferry d'avoir institué l'enseignement laïc, un peu plus de quinze ans auparavant.

— Pire, bien pire, s'exclama Diane.

— Danseuse de french cancan comme la Goulue…

Diane lui lança un regard plein de commisération.

— Tu sais bien qu'elle a quitté le Moulin Rouge et qu'elle est devenue dompteuse de fauves.

— Alors dompteuse de fauves ? suggéra Quentin qui commençait à sortir de son humeur morose.

— D'une certaine manière ! Je veux bien continuer le jeu des devinettes mais devant une assiette bien remplie. Sinon, c'est toi que je vais dévorer…

Quentin se serait bien laissé faire, mais Diane était déjà repartie au salon pour chercher dans les coussins sa petite veste de soie gris perle. Il lui cria de lui laisser le temps de faire une rapide toilette et de se changer. En attendant, qu'elle réfléchisse à l'endroit où elle souhaitait aller.

Une fois de plus, il se félicita d'avoir fait installer une salle de bains avec tout le confort moderne : une baignoire en tôle, un vaste lavabo et même un bidet à la demande express de Diane. Il se savonna avec vigueur, persuadé qu'une odeur de mort s'était insinuée dans ses vêtements. Il se frictionna avec une des serviettes en coton nid-d'abeilles, cadeau de Marie-Louise Ritz pour son emménagement rue Lepic, trois mois auparavant. Revigoré, il convint que sortir lui ferait le plus grand bien. Musarder sur les grands boulevards, prendre un apéritif chez Tortoni avant d'aller dîner au Café Anglais de bœuf en gelée et d'un soufflé le détournerait de ses mornes pensées. À moins qu'ils n'optent pour le Café de la Paix… Surfait, se dit Quentin. Pourquoi ne pas pousser jusque chez Foyot ? La rue de Tournon n'était pas la porte à côté, mais l'idée de se régaler avec une côte de veau ou des pieds de mouton accompagnés de pommes de terre Ernestine le fit saliver. Ou alors une sole Marguery nappée de sauce Marguery chez Marguery, à côté du théâtre du Gymnase, boulevard de Bonne-Nouvelle. On s'amusait toujours beaucoup chez Marguery. On y poussait la chansonnette et on avait le choix entre les salles hindoue, égyptienne, flamande, gothique. On y rencontrait des gens de théâtre, des journalistes, des écrivains. Pourvu qu'elle ne veuille pas aller chez Maxim's. La cuisine n'y était pas mauvaise, mais il n'avait aucune envie d'y retrouver gens du monde et demoiselles de petite vertu. Sachant que les révélations de Diane risquaient d'être épineuses, il voulait un endroit où la bonne chère ferait passer la pilule.

Il mit des vêtements propres : un veston et un pantalon de lin, une tenue décontractée qu'il affectionnait, et rejoignit Diane. La mine dégoûtée, elle versait dans une gamelle la pâtée du chien préparée par Antoinette, dite Nénette, la petite bonne de Quentin.

— Pouah ! Je ne sais pas ce qu'elle a mis là-dedans. Ce pauvre chien va tomber malade.

— Ce n'est qu'un chien, rétorqua Quentin.

— Et pourquoi les chiens n'auraient-ils pas droit à une nourriture digne de ce nom ?

Le jeune homme ne voulut pas entamer ce débat. Il lui aurait été facile de rappeler à Diane que c'était son chien. Libre à elle de s'en occuper et de lui concocter des petits plats.

— Alors, que préfères-tu ? lui demanda-t-il. Foyot ou Marguery ? Sole ou côte de veau ?

Diane fit la moue.

— Ah, non ! Ne me dis pas que tu veux aller chez Lapérouse ou au Véfour. Il n'y a que des vieux.

Sa fiancée lui jeta un regard amusé, rajusta le col de son veston et déclara :

— Pas le moins du monde. Explorons le quartier. Trouvons un petit caboulot. Je parie que tu n'as jamais essayé.

À l'air atterré que prit Quentin, elle éclata de rire.

— Monsieur veut s'encanailler en habitant un quartier d'artistes mais dès qu'il s'agit de son assiette, il prend peur et retourne aux vieilles écuries ! Allons, que diable, un peu de courage. À nous le céleri rémoulade et les harengs saurs. Les couteaux ébréchés et la table crasseuse.

Diane avait parfois des désirs d'expéditions en milieu populaire. De l'avis de Quentin, c'était totalement ridicule mais elle n'en démordrait pas. Autant faire bonne figure, même s'il savait qu'il allait amèrement regretter les pigeons Foyot.

Quand ils sortirent, les marchandes des quatre-saisons remballaient et une file de charrettes à bras s'égrenait le long de la rue Lepic. Elles seraient remisées dans le quartier et ressortiraient au petit matin quand les marchandes seraient de retour des Halles. La rue des Abbesses grouillait de monde. À la terrasse des cafés, les gens se hélaient, les garçons tournoyaient. Quentin adorait cette ambiance bon enfant. Ce n'est pas rue de Passy, chez sa mère, qu'on verrait une telle animation. Diane l'avait pris par le bras et il ressentait une grande fierté à voir les passants se retourner sur cette jeune femme distinguée. Il resserra son étreinte et la regarda amoureusement. Il en oubliait presque le drame du Ritz. Un petit sourire au coin des lèvres, elle marchait d'un pas alerte.

— Si on allait au Rat mort, place Pigalle ? proposat-elle. Il paraît qu'on y mange des huîtres et des écrevisses et qu'on y rencontre des peintres et des écrivains.

Quentin lui lâcha le bras.

— Si tu n'y vois pas d'inconvénient, je préférerais un lieu où il n'y a ni rat ni mort.

Ils négligèrent les gargotes enfumées du début de la rue des Abbesses, fréquentées par des marlous, empruntèrent la rue Tholozé, puis la rue Durantin. Des enfants jouaient à chat perché et se poursuivaient en hurlant. Des vieilles avaient sorti leurs chaises sur le trottoir pour profiter de la douceur de l'air. Un marchand d'abat-jour, portant nœud papillon et canotier leur proposait sa marchandise entassée dans un panier d'osier. Les maisons n'étaient pas aussi modernes que rue Lepic. Au coin de la rue de Ravignan, ils tombèrent sur un personnage massif, à la barbe hirsute, cigare au bec, qui tentait de faire avancer son âne. Récalcitrant, l'animal regardait la pente qu'il devait gravir d'un œil morne.

— Lui, c'est Frédé, expliqua Quentin en désignant l'homme, et son âne s'appelle Lolo. Il vend du poisson et il pousse la chansonnette. Frédé, pas l'âne…

Diane eut, elle aussi, un regard critique pour la montée qui s'annonçait et déclara :

— Je crois que je vais faire comme Lolo. On ira tout en haut une autre fois. Que penses-tu de ce restaurant ?

L'enseigne des Enfants de la Butte signalait un établissement à l'air cossu et confortable, qui occupait l'angle de la rue des Trois-Frères. Ils pénétrèrent dans la salle basse. Des dizaines de tableaux couvraient les murs, les tables de marbre étaient petites mais propres et d'alléchantes odeurs de viandes rôties s'échappaient de la cuisine. Diane jeta un regard circulaire, s'attardant sur une table ou trois jeunes filles se régalaient de pieds de porc panés et grillés. Coquettement vêtues de robes légères, elles riaient à la plaisanterie de l'une d'elles. Le patron, à la panse rebondie et au regard aimable, vint à leur rencontre et les installa près d'une fenêtre.

— Vous êtes nouveaux dans le quartier ? demanda-t-il et, sans attendre la réponse, enchaîna : goûtez donc à la spécialité maison, l'andouillette Ravignan. Grillée avec une sauce au vin blanc, échalotes, beurre, estragon et citron. La petite dame m'en dira des nouvelles.

Diane acquiesça. Quentin préféra la raie au beurre noir inscrite sur le tableau servant de carte. En entrée, ils choisirent des œufs cocotte et commandèrent une bouteille de chanteperdrix, un vin d'Ardèche, autre spécialité de la maison.

— Alors, s'impatienta gentiment Quentin, quelle est cette bonne nouvelle ?

Diane prit le temps de boire une gorgée du vermouth que le patron leur avait servi d'autorité en apéritif et lança :

— J'ai trouvé du travail.

— Tu l'as déjà dit. Où ça ?

— Au journal *La Fronde*. Quentin, c'est magnifique ! Je vais être journaliste.

Sa voix tremblait d'enthousiasme. Quentin la regarda, les sourcils froncés.

— Ce quotidien où il n'y a que des femmes ?

— Ouiiiii ! De la propriétaire Marguerite Durand aux typographes… Pas un seul homme. Ou plutôt, si, un seul. Il fait le ménage !

Quentin avala une lampée de son vermouth. La création de ce journal, l'hiver dernier, avait éclaté comme un coup de tonnerre. Il se souvenait très bien de l'affiche de lancement ; on y voyait une ouvrière tenant un enfant, une intellectuelle portant un livre, une religieuse en cornette, une paysanne en coiffe et, au premier plan, une jeune femme dont le doigt pointait l'avenir à conquérir. Il avait été le premier à en rire.

— Mais, cette Marguerite Durand, on la prétend de mœurs très libres, dit-il, l'air réprobateur.

— Et alors ? rétorqua Diane. Cela ne l'empêche pas d'être une grande dame. Intelligente. Et belle de surcroît. Tout comme Séverine. Si tu la voyais avec sa crinière rousse ! On dirait une jeune fille alors qu'elle a plus de quarante ans.

— Ah ! Séverine ! Mais c'est une anarchiste, une socialiste ! Elle travaillait avec Jules Vallès, le communard. Dans quoi es-tu allée te fourrer ? Tu ne peux pas… C'est bien trop dangereux.

Le patron leur apporta lui-même les œufs cocotte. La crème ourlait délicatement le blanc des œufs piqueté du vert de la ciboulette.

— Ne touchez pas au ramequin, il est brûlant, les avertit-il.

Diane le remercia et attendit son départ pour lancer un regard furieux à Quentin.

— Ce que tu dis est ridicule. Quel danger vais-je courir ? Subir les ricanements de lâches dans ton genre ? Merci, c'est fait. Ce journal ne pose pas des bombes. Il ne fait pas la guerre. Ou alors, comme le dit Marguerite Durand, si *La Fronde* déclare la guerre, ce n'est pas à l'antagonisme masculin mais aux tyrans qu'on appelle abus, préjugés, codes caducs, lois arbitraires et non adéquates aux exigences nouvelles. *La Fronde* ne cherche pour la femme aucun triomphe sur l'homme.

Des regards s'étaient tournés vers eux et Quentin lui fit signe de baisser le ton.

— Tu vois, tu emploies déjà des mots de révolutionnaire, murmura-t-il.

— Parce que tu trouves normal que les femmes mariées soient considérées comme mineures par le Code civil, qu'elles n'aient pas accès aux grandes écoles. Et Jeanne Chauvin à qui on refuse le droit de faire partie du barreau de Paris ? Et Madeleine Pelletier qui ne peut pas devenir médecin aliéniste, alors qu'elle en a toutes les compétences ?

C'était pire que ce que Quentin avait pu imaginer. Diane avait une tendance à s'enflammer pour des causes diverses et variées, mais jamais encore, elle ne lui avait tenu ce discours.

Son œuf cocotte refroidissait et le patron qui les observait du coin de l'œil vint demander avec inquiétude s'il y avait un problème. Pour rassurer le brave homme, Quentin plongea sa fourchette dans le ramequin, avala péniblement une bouchée et se servit un verre de chanteperdrix.

— Au moins, la jeune dame a de l'appétit. Ça fait plaisir à voir. Je fais marcher l'andouillette. Et foi de père Alzon, vous avez intérêt à la manger, ma raie au beurre noir, conclut-il, en lançant un regard mauvais à Quentin.

Diane lui adressa le plus charmeur de ses sourires.

— Tu vois ! Le père Alzon a raison : tu chipotes…

— Sois sérieuse un moment. Pense à tes parents. Que vont-ils dire ?

L'évocation du comte et de la comtesse de Binville eut le don de mettre Diane vraiment en colère.

— Je me moque de mes parents. Ils me déshériteront pour la vingtième fois. Et alors ? Je ne suis pas aux ordres, comme tu peux l'être avec ta chère mère.

Ce fut au tour de Quentin de voir rouge. L'amour immodéré de sa génitrice, ses attentions tatillonnes, ses perpétuelles tentatives pour s'immiscer dans sa vie le hérissaient. Qu'il ait été un enfant fragile, il en convenait, mais devenu adulte, il jouissait d'une santé de fer.

Son dernier rhume devait remonter à deux ans. Ce qui n'empêchait pas Mme Savoisy de croire que le moindre courant d'air aurait raison de son fils.

— J'ai une autre manière d'agir, riposta-t-il. Je ne la prends pas de front. J'évite de provoquer des esclandres. Pourquoi crois-tu donc que j'habite ce quartier, outre le plaisir que j'ai à y être ? Parce que ma mère a bien trop peur pour y mettre les pieds.

— C'est bien ce que je dis, s'enflamma Diane. C'est de la lâcheté.

De nouveau, les dîneurs tournèrent leurs regards vers eux, certains se régalant visiblement d'assister à une scène de ménage. Le père Alzon, l'assiette de raie dans une main et l'assiette d'andouillette dans l'autre, nullement décontenancé, les posa en douceur sur la table en glissant à Diane :

— Ne vous laissez pas faire, mon petit. Vous avez du caractère, j'aime ça. Goûtez-moi cette andouillette, c'est de la dynamite.

Quentin se retint de lui demander de se mêler de ses affaires. Il regrettait de ne pas avoir insisté pour aller chez Foyot. Au moins, là, le patron laissait les gens se quereller en paix. Diane n'avait pas besoin d'encouragements pour faire sa tête de mule. Le père Alzon avait parlé assez fort pour que les trois jeunes femmes qui dégustaient une tarte à la rhubarbe lui fassent un signe de soutien. Diane leur adressa un geste de remerciement. Se rendant compte que la situation lui échappait, Quentin se dit qu'il ferait mieux de mettre fin à l'algarade. D'autant qu'elle avait raison. Plutôt que d'affronter sa mère, il préférait la fuite. C'était un trait de caractère qu'il se reconnaissait : il avait horreur des conflits. Alors que Diane fonçait tête baissée si quelqu'un s'avisait de lui imposer sa volonté. Cela avait d'ailleurs pour résultat qu'elle le menait par le bout du nez, il était le premier à l'avouer. Cela datait du temps de leur rencontre, sur la plage de Trouville. Surveillés par leurs gouvernantes respectives, ils s'adonnaient à l'art des châteaux de sable et quoique de trois ans plus jeune que lui, Diane l'avait immédiatement réduit en esclavage, lui faisant manier la pelle et le seau. Aussi dut-il convenir :

— Je te l'accorde. Je n'ai pas ton courage. Et laissons nos parents où ils sont.

Satisfaite de le voir lâcher prise, Diane entama d'un bel appétit son andouillette. Craignant que le père Alzon ne vienne lui reprocher de ne pas lui faire honneur, il attaqua l'aile de raie qu'il trouva très goûteuse. Pour faire bonne mesure, il ajouta :

— Et je suis d'accord avec toi. Les femmes sont capables de grandes choses, quoique médecin aliéniste...

La fourchette en l'air, Diane le regarda de travers.

— Je plaisante, s'empressa-t-il de dire. Mais si tu tenais tant à devenir journaliste, j'aurais pu en parler à Phileas Gilbert. Il t'aurait certainement trouvé quelque chose au *Pot-au-feu*.

Le regard de commisération qu'elle lui lança l'avertit que la bagarre risquait de recommencer.

— Mon pauvre Quentin, tu crois que j'aurais accepté la rubrique « Chiffons » de ton noble journal. Tu me vois comparer les vertus de la mousseline de soie ou du linon pour les robes de garden-partys, m'attaquer à l'embarrassante question de la lutte anti-mites ou de l'entretien des plantes vertes. Quant à la cuisine, tu sais très bien que si j'adore manger, je serais bien incapable d'écrire deux pages sur la recette de la sole à la portugaise.

Vexé, Quentin ne répondit pas. Le ton légèrement méprisant de Diane lui déplaisait. Certes, son travail de journaliste culinaire manquait de noblesse, mais il lui convenait parfaitement. Sans ambition particulière, il n'avait jamais songé à faire carrière. De l'argent, il en avait pour voyager comme bon lui semblait. Le plus important pour lui était de disposer d'assez de temps pour musarder, lire, rêver. Un jour, certainement, il ferait autre chose, mais pour le moment, il ne pouvait rêver mieux. Et mine de rien, des milliers de femmes attendaient avec impatience la parution du *Pot-au-feu*, les premier et troisième samedis du mois. Il avait reçu un abondant courrier pour le féliciter de ses derniers articles sur le service des vins. Celui qu'il préparait sur le *five o'clock tea* serait très bien reçu ; il en était persuadé.

S'apercevant qu'elle l'avait blessé, Diane lui caressa gentiment la main.

— Tu aimes l'art de la table, tu t'y entends. C'est ton monde. Ce n'est pas le mien. Et tu es un homme. Tu peux faire ce qui te chante. Pour moi, c'est beaucoup plus difficile. J'aurais adoré entrer aux beaux-arts, mais c'est impossible pour une femme. Pas plus que toi, je n'ai besoin de travailler, mais j'en ai envie. Je ne vais pas pour autant devenir institutrice ou demoiselle des postes. Je veux un métier qui m'intéresse. Journaliste me va parfaitement. Mais je ne veux pas rester assise derrière un bureau à écrire des fadaises. Je veux, comme Séverine, descendre dans le puits de mine de Saint-Étienne après le coup de grisou.

— Elle a fait ça ? interrogea Quentin, manquant s'étrangler.

— Oui. On lui avait préparé une culotte et une cotte de toile bleue, le chapeau bas à bord rabattu des mineurs... La cage est descendue de six cents mètres en six minutes. Il lui a fallu ramper dans des boyaux par une température de 30°. Elle a vu les hommes travailler torse nu, de l'eau jusqu'aux genoux pour six francs par jour. Elle a lancé une souscription qui a rapporté 12 000 francs. C'est ça que je veux faire.

— Mais c'est horriblement dangereux...

— Et alors ? Il faut des gens comme elle, qui témoignent et agissent. Comme pour la grève des casseuses de sucre de la rue de Flandre. Elle s'est fait embaucher à l'usine. Imagine : debout de sept heures le matin à six heures le soir, les ouvrières rangent le sucre dans des caisses qu'elles emportent ensuite aux bascules. Quarante voyages et mille kilos par jour. Les ongles et les dents rongés par le sucre, tout comme les poumons et l'estomac. Et voilà qu'on leur annonce que leur salaire sera diminué de dix centimes par cent kilos. On ne peut pas laisser faire ça. Il faut que tout le monde le sache.

Diane avait toujours été sensible aux injustices, prenant, à l'occasion, la défense d'une bonne mise à la porte par sa pinailleuse de mère, mais jamais Quentin ne l'aurait crue capable de s'enflammer ainsi pour le sort fait aux ouvriers. Quelle mouche la piquait ? Sa sincérité ne faisait pas de doute, mais combien de temps durerait cette lubie ?

— C'est bien ce que je disais, déclara Quentin en regardant fixement la pomme au four, joliment caramélisée, que le père Alzon leur avait servie en dessert.

Des coups de grisou, des grèves... Et pourquoi pas des manifestations ? Il n'y a que ça en ce moment.

Il lui raconta les mots et les coups échangés au pied de la statue de Jeanne d'Arc, les affrontements entre pro et anti Dreyfus. Diane prit un air sombre. Elle enleva délicatement le chapeau grilloté de la pomme, mélangea la chair fondante à la confiture de groseille et reposa sa cuiller sur la table.

— *La Fronde* se bat pour la révision du procès du capitaine Dreyfus. J'ai lu tous les articles publiés depuis la sortie du « J'accuse » cet hiver. Jusqu'alors, le journal n'avait pas pris parti. Tout a changé : Séverine a vu dans la réaction de Zola un acte de bravoure morale par ces temps de veulerie et de lâcheté.

L'espace d'un instant, Quentin se dit que devoir supporter à longueur de temps « Séverine a dit », « Séverine a fait » allait le fatiguer. Mais ce n'était pas le moment d'en faire grief à Diane.

— C'est vrai, continua-t-elle, que pour quelqu'un d'aussi célèbre que Zola, c'était prendre le risque d'encourir les foudres des autorités et se mettre à dos des millions de gens.

— Et c'est bien ce qui s'est passé. Mais, comme il l'a dit et répété, l'injustice et la méchanceté lui sont intolérables. Il paraît que c'est lors d'un dîner où il a entendu Léon Daudet, le fils de son grand ami Alphonse Daudet, se réjouir de la dégradation publique de Dreyfus et le qualifier de « raclure de ghetto » qu'il a décidé de partir en guerre contre le fanatisme.

— En publiant dans le *Figaro* un article intitulé « Pour les Juifs », ajouta Diane. Suivi de plusieurs autres pour aboutir au bouquet final, son « J'accuse ».

Quand l'annonce de la trahison du capitaine Dreyfus

avait éclaté, fin 1894, Quentin avait, comme tout le monde, cru à sa culpabilité et n'avait pas crié au scandale quand il avait été condamné à la déportation à l'île du Diable. Deux ans plus tard, le lieutenant-colonel Picquart, chef du contre-espionnage, avait évoqué la possibilité d'un autre coupable, un certain Esterhazy. Quentin était alors en Angleterre au Savoy, auprès d'Escoffier, et prêtait plus d'attention à ce qui défrayait alors la chronique londonienne : l'emprisonnement de l'écrivain Oscar Wilde pour fait d'homosexualité ou la préparation du jubilé de diamant de la reine Victoria. Il prêtait main-forte à son parrain pour la rédaction des menus et il s'était beaucoup amusé quand Escoffier avait décidé de faire manger des grenouilles aux Anglais. Il fallait à tout prix les déguiser. Il les avait fait cuire dans un court-bouillon aux herbes et les avait servies froides arrosées d'un chaud-froid au paprika, décorées d'estragon ciselé et couvertes d'une gelée de poule. Ils s'étaient creusé la tête pour trouver un nom suggestif. Escoffier avait proposé « Cuisses de nymphe à l'aurore ». Le prince de Galles les avait adorées. Autant dire que, dans l'environnement insouciant du Savoy, Quentin ne s'était guère préoccupé de savoir qui avait livré des documents militaires à l'Allemagne. Ni du sort du lieutenant-colonel Picquart, muté en Tunisie par l'état-major, après avoir fait part de ses doutes sur la culpabilité de Dreyfus.

Les rebondissements de ces derniers mois avaient commencé à le faire changer d'avis. On avait vu, dans les journaux des prises de position en faveur de Dreyfus à l'instigation de sa famille aidée d'un jeune journaliste, Bernard Lazare. Ils démontraient que le véritable coupable était le commandant Esterhasy, un officier criblé de dettes et que les soi-disant preuves étaient des faux fabriqués par l'état-major. L'éventualité d'une erreur judiciaire était de plus en plus admise et soutenue par des personnalités comme Anatole France, Clemenceau... Quentin avait été définitivement convaincu par le « J'accuse » de Zola, paru le 13 janvier dernier à la une de *L'Aurore,* le journal de Clemenceau, juste après l'acquittement d'Esterhazy par le conseil de guerre. Il se souviendrait toujours de l'onde de choc qu'avait provoquée l'article. Des crieurs de journaux s'époumonaient, courant tout Paris. Trois cent mille exemplaires vendus en quelques heures, avait-on dit. La stupeur des lecteurs, l'indignation de la plupart de voir des accusations aussi graves portées contre l'armée et les pouvoirs publics, la fureur de certains criant au complot juif. Quentin était un grand admirateur de Zola. Non pas qu'il ait la fibre sociale, mais il avait adoré *Le Ventre de Paris* et avait ensuite lu tous ses livres. Il ne pouvait croire qu'il ait lancé un tel brûlot sans être pleinement sûr de son fait. Subjugué par la véhémence, le courage et la générosité des propos de Zola en faveur de la vérité et de la justice, Quentin était devenu un dreyfusard inconditionnel, même s'il en faisait rarement état, toujours aussi peu enclin à la polémique.

Diane avait été bien plus hésitante. Peut-être fallait-il y voir un certain atavisme familial. Les Binville comptant des dizaines de militaires dans leurs rangs, elle avait encore un peu de mal à critiquer l'armée. Bénie soit sainte Séverine qui allait la faire changer d'avis !

— Donc, déclara-t-il d'un ton triomphant, tu te ranges au côté de Zola.

— Je crois que oui, admit-elle. Dreyfus est inno-cent.

— Voilà qui va faire sauter de joie tes parents.

Diane haussa les épaules. Les Binville étaient des antidreyfusards acharnés et rien ne les convaincrait du contraire.

Le père Alzon venait de leur apporter un petit verre d'absinthe. Ils y trempèrent les lèvres. Le sourire de Diane laissait entrevoir à Quentin une nuit d'amour qui effacerait les derniers mauvais souvenirs de la jour-née. Il paya l'addition. Bien modeste vu la qualité du repas. En attendant la monnaie, il demanda :

— Tu ne m'as pas dit de quelle rubrique tu allais t'occuper.

Diane rougit, hésita et, d'une petite voix, laissa tomber :

— Chronique mondaine…

— Aïe ! Toi qui ne voulais pas…

— Je sais ! Mais Marguerite Durand et Séverine m'ont promis que, dès que j'aurais fait mes preuves, elles me confieraient autre chose.

Quentin n'insista pas. Il laissa un bon pourboire au père Alzon qui les invita à revenir bientôt. Il enlaça amoureusement Diane et ils descendirent en riant la rue de Ravignan. À mi-pente, Quentin lui demanda :

— Et tu commences quand ?

— Demain.

— Mais, cet été… nos vacances à Trouville… ?

— Fichues ! Nous les passerons à Paris. Mais bonne nouvelle, comme le journal est rue Saint-Georges, à deux pas d'ici, je m'installe chez toi.

Voilà qui allait encore faire plaisir au comte et à la comtesse ! Vivre en concubinage avec un roturier, travailler dans un journal qui affichait des opinions républicaines, de libre-pensée et de surcroît féministe, Diane était une fille perdue. Pas pour tout le monde, se réjouit Quentin qui l'entraîna vers la rue Lepic.

3

Confortablement installé à la table du petit déjeuner, Quentin sirotait son café préparé par Nénette qui était descendue faire les courses. En l'engageant, il lui avait précisé qu'il détestait parler le matin, au lever. Bavarde comme une pie, la jeune fille lui avait promis d'être aussi muette qu'une tombe. Bien entendu, elle avait été incapable de se tenir au silence et son patron lui avait intimé l'ordre d'aller faire la causette dans la rue. Depuis l'installation de Diane la semaine précédente, sa charge de travail avait considérablement augmenté. La jeune femme semait derrière elle un désordre inimaginable et Nénette regrettait le temps où Quentin était célibataire. Une fois l'heure fatidique du petit-déjeuner passée, il l'écoutait volontiers raconter les nouvelles de la rue. Il n'était plus le même. Les draps froissés, les odeurs lourdes de corps amoureux baignant la chambre, faisaient dire à Nénette que les nuits étaient chaudes au cinquième étage. À dix-neuf ans, si elle n'avait pas rencontré Lulu, un menuisier du passage des Abbesses avec qui elle filait le parfait amour, elle aurait pu avoir le béguin pour son patron. Comme ses nuits au sixième étage, dans sa petite chambre de bonne, étaient aussi agitées, elle se réjouissait que l'amour règne en maître au 24, rue Lepic.

Quentin s'étira avec satisfaction. Diane était déjà partie travailler. Tout se passait merveilleusement bien. Elle était si contente d'être à *La Fronde* qu'elle en revenait, exténuée mais joyeuse, pleine d'entrain. Chaque soir, ils découvraient un nouveau lieu où prendre un verre, dîner, danser. Quentin avait presque réussi à chasser de son esprit l'assassinée du Ritz. Il n'avait eu aucune nouvelle de son parrain et, à la demande pressante de Diane, n'avait pas cherché à en avoir. Elle lui avait seriné d'oublier cette sombre histoire. En ne prévenant pas la police, César Ritz avait pris ses responsabilités. Que pouvait-il faire de plus ? Rien, avait admis Quentin, mais à chaque fois qu'il voyait des quartiers de viande pendus aux crocs des bouchers de la rue Lepic, il détournait les yeux, pris d'un haut-le-cœur.

Ses inquiétudes sur le travail de Diane s'étaient envolées. Elle ne risquait rien en faisant le compte rendu de « la première réception officielle de l'ambassadeur de Russie et de la princesse Ouroussof, la maîtresse de maison portant une admirable toilette argent avec parure de diamants » ou annonçant « la garden-party offerte à l'Élysée par le président de la République et Madame Félix Faure » ou le « Concours annuel du syndicat général des sténographes et dactylographes suivi d'un bal ». Elle ne fréquentait que des endroits sûrs où aucun affrontement avec la police n'était à redouter. Pas comme à Milan, où l'armée avait tiré contre des émeutiers, ainsi qu'il venait de le lire dans

Le Petit Journal. L'article racontait qu'à l'instigation de syndicalistes, socialistes, anarchistes, le peuple était descendu dans la rue pour protester contre la hausse du prix du pain et avait érigé des barricades. Les canons avaient fait plus de cent morts et le roi Umberto Ier avait décoré le général qui avait mené la répression. De nombreux fauteurs de troubles avaient été arrêtés et l'article rappelait la récente condamnation de l'anarchiste Malatesta après la grève générale qu'il avait organisée à Ancône, en début d'année.

Quentin connaissait bien l'Italie, tout du moins Rome où Ritz et Escoffier avaient créé le Grand Hôtel National en 1895, le premier hôtel du monde à avoir une salle de bains dans chaque chambre. Il avait été sidéré de l'incroyable beauté de la ville et de la misère de certains quartiers. Des hordes de mendiants, de vagabonds hantaient les rues, ce qui ne l'avait pas empêché de passer d'excellents moments avec les riches oisifs fréquentant l'hôtel. En visitant la basilique Saint-Pierre, César Ritz s'était exclamé, admiratif : « Quelle belle salle de banquet cela ferait ! » Il s'en était longtemps voulu de cette remarque étourdie.

Se beurrant une dernière tartine, Quentin continua sa lecture. Le procès en cassation d'Émile Zola était repoussé au 18 juillet. Condamné en février à un an de prison et une très lourde amende, l'écrivain ne pouvait s'attendre à ce que le jugement soit cassé. On disait que ses avocats lui conseillaient de quitter la France. Quentin ferma le journal en soupirant. La violence des anarchistes l'écœurait, celle des antidreyfusards le terrifiait. Une étrange maladie semblait s'être emparée de la France, où le droit du plus fort se substituait à la justice, où le mensonge, la brutalité, l'immonde devenaient banals. Que pouvait-il y faire ? Jamais il ne s'engagerait en politique. Ce n'était pas son monde. Il ne saurait pas comment se comporter alors qu'il maîtrisait parfaitement les codes des palaces et n'avait pas son pareil pour apprécier et rendre compte des innovations culinaires des restaurants de grand luxe.

Néanmoins, se mettre au travail lui coûta. Écrire pour *Le Pot-au-feu* ne lui paraissait guère exaltant. Il savait pertinemment qu'il s'en contentait par paresse, qu'il pourrait fort bien, s'il s'en donnait la peine, faire autre chose. Quoi ? Mystère et boule de gomme ! C'était la rançon d'être né avec une cuiller d'argent dans la bouche. Soupirant de plus belle, il prit son stylo et se plongea dans l'univers de la cuisine bourgeoise, spécialité du *Pot-au-feu*. Si son patron, Phileas Gilbert, se chargeait des recettes qui constituaient l'essentiel du journal et Pomponette, de son vrai nom Blanche Richard, de la rubrique mode, il se consacrait aux articles généraux ainsi qu'à l'élaboration des menus. Cette quinzaine, il devait rendre un article sur les vins du Rhin et de Moselle, un autre sur les cadeaux de noces qui l'ennuyait profondément et un dernier sur la consommation de la viande d'ours à Paris. Il décida de commencer par le plus exotique : l'ours. Ce serait vite fait. Pas plus de cinq plantigrades finissaient dans les assiettes des Parisiens chaque année. Le dernier en date provenait de la foire du Trône.

Un bruit de clé dans la serrure lui annonça le retour de Nénette. En la voyant toute pimpante, les joues roses mais les yeux cernés, il se dit que Lulu n'avait pas dû s'ennuyer la nuit dernière. Elle le salua d'un tonitruant « Bonjour monsieur Quentin. Bien dormi ? »

Sans attendre la réponse, elle se lança dans le compte rendu des potins montmartrois.

Quentin ne l'écoutait que d'une oreille, calculant le prix de l'ours au kilo sachant qu'un animal pèse environ cent cinquante kilos et se vend dans les quatre cents francs. Il fallait débourser plus si l'on voulait un ours de qualité supérieure, c'est-à-dire abattu par un chasseur des Alpes ou des Pyrénées. Nénette s'était éclipsée dans la cuisine, continuant à parler toute seule. Elle en ressortit en gémissant :

— Le chien, il a fait pipi. Sale bête, je vais lui filer une de ces roustes !

— Laissez, Nénette, je m'en occupe. Ce n'est pas sa faute.

Satanée Diane, elle lui avait promis qu'elle le sortirait avant d'aller au travail. Bien sûr, elle avait oublié.

— Monsieur Quentin, si vous ne voulez pas d'autres dégâts, si vous voyez ce que je veux dire, dépêchez-vous de l'emmener dehors.

Quentin s'habilla en toute hâte, s'engouffra dans l'ascenseur avec le chien qui trépignait, espérant qu'il saurait se retenir afin d'éviter les foudres de Madame Poutot, la concierge, acariâtre comme il se doit. L'animal sortit comme une flèche de l'immeuble, galopa jusqu'au coin de la rue des Abbesses et se soulagea aux pieds d'un agent en faction. Arrivé en courant, Quentin s'excusa des mauvaises manières de son chien. Le policier prit un air dégoûté et tonna :

— Chien errant sur la voie publique. J'appelle les attrapeurs et on l'emmène à la fourrière, votre cabot. L'a pas la rage, au moins ?

Quentin remit le chien en laisse et s'éloigna rapidement du cerbère aux moustaches cirées. La rue était calme. Seules des ménagères vaquaient à leurs occupations. Un marchand de coco, bois de réglisse écrasé mélangé à du jus de citron et de l'eau glacée, avait posé à terre sa fontaine en fer-blanc et massait son dos douloureux. Il faisait la causette avec une marchande de cresson qui, elle aussi, s'était débarrassée de sa lourde hotte. Montmartre, le matin, était un havre de paix. Les employés et petits fonctionnaires qui peuplaient le bas du quartier étaient au travail et les artistes tout comme les mauvais garçons du haut de la butte n'étaient pas encore levés. L'air embaumait le seringat, le chèvrefeuille, l'herbe coupée. Le quartier regorgeait de petits jardins et n'usurpait pas son titre de village. Le chien, la truffe au ras du sol, humait les traces odorantes laissées par ses congénères. Son maître composait mentalement son article sur l'ours : l'épaule excessivement nerveuse n'était pas mangeable, le cuissot était meilleur mais la patte était la plus recherchée et coûtait pas loin de cinq francs. Après l'avoir fait braiser, il fallait la paner ou la faire griller comme un pied de porc. Au-delà de ça, que dire sur la viande d'ours ? Quentin n'en avait jamais mangé et ne comptait pas essayer. La venaison n'était pas son fort, sauf les côtelettes de marcassin Saint-Hubert de son parrain, farcies de mousserons et de baies de genièvre, enveloppées d'une crépine, passées au four et servies avec une marmelade de pommes. Avant de rentrer, il acheta des pivoines, les premières de la saison. Diane en ferait un délicieux bouquet.

À peine avait-il franchi la porte que Nénette se précipita vers lui.

— On a apporté un message pour vous. Très urgent.

Elle lui tendit une petite enveloppe à l'en-tête du Ritz.

Quentin l'ouvrit. Escoffier lui demandait de venir de toute urgence. De graves événements s'étaient produits et il avait besoin de son aide.

Si son parrain faisait appel à lui – ce qui n'était pas courant – ce n'était certainement pas pour lui demander une recette de patte d'ours. Il sentit son cœur s'emballer. Le cadavre de la jeune fille avait-il été découvert ? La police était-elle en train d'enquêter ? Allait-il devoir rendre compte de ce qui s'était passé dans la chambre froide ? Il eut très envie d'ignorer ce message, mais esquiver le problème n'était certainement pas la solution.

Il confia le chien à Nénette qui fit la grimace.

— J'ai déjà bien assez du désordre de Mademoiselle Diane. Cette bête m'empêche de travailler. Elle me chipe balais et balayettes.

Le chapeau à la main, prêt à ressortir, Quentin lui lança :

— C'est un chien suisse, Nénette. Les Suisses aiment l'ordre et la propreté. Il veut certainement vous aider.

Nénette poussa un soupir à fendre l'âme et se réfugia dans la cuisine, suivie par le chien, joyeux et frétillant.

Sur la place Blanche, Quentin héla un fiacre et lui demanda de le conduire au plus vite place Vendôme. Le cocher maugréa que la circulation était infernale et que, si ça continuait, on irait plus vite à pied. En fait, ils arrivèrent sans encombre à l'église de la Trinité, puis à l'Opéra et à la rue de Castiglione. Le Ritz avait vraiment fière allure. La façade extérieure dessinée par Mansart pour les seigneurs de Vieuxville n'avait pas été touchée et se dressait, majestueuse, à côté du ministère de la Justice. Quentin pénétra dans le hall où un bataillon d'armoires de style Louis XVI attendaient d'être transportées dans les chambres. Des ouvriers en bleu de chauffe, des peintres vêtus de blanc se croisaient dans l'escalier monumental. À un peu plus de quinze jours de l'ouverture, les travaux étaient loin d'être finis. Quentin se prit à espérer que son parrain faisait appel à lui pour régler un problème de dernière minute : une pénurie de casseroles en cuivre, un fourneau défectueux…

Des cris éclatèrent. Un homme, modestement mais correctement habillé, se démenait entre deux chasseurs qui lui maintenaient les bras derrière le dos.

— Que se passe-t-il ? demanda Quentin à Perruchot, le concierge.

— Une lingère nous a prévenus qu'un individu louche rodait dans les étages. Les ordres de Ritz sont formels : toute personne étrangère à l'hôtel doit être immédiatement jetée dehors.

Quentin se réjouit que les consignes de sécurité soient appliquées aussi fermement. Si elles l'avaient été avant, la mort de la jeune fille aurait peut-être été évitée. Il fit un signe discret à Perruchot et se hâta vers les cuisines. Toujours aussi immaculées, elles étaient néanmoins envahies par une troupe de cuisiniers en costume de ville. Joseph Vigeard, l'assistant-chef d'Escoffier au Savoy qu'il avait débauché pour le faire venir à Paris, leur expliquait les différents postes de travail. L'air ébahi de la plupart prouvait que l'exercice n'était pas inutile. Pour réduire l'attente des clients et servir les mets à la bonne température, Escoffier avait radicalement modifié l'organisation des cuisines. Chaque cuisinier, selon sa spécialisation, travaillait en parallèle à l'élaboration du plat. Ainsi pour les œufs au plat Meyerbeer, les œufs étaient cuits au beurre par un commis chargé des entremets. Pendant ce temps, le chef rôtisseur faisait griller un rognon d'agneau et le commis saucier préparait la sauce Périgueux. Le résultat final était soumis au chef qui décidait de l'envoyer en salle. On passait ainsi de quinze à cinq minutes entre la commande et le service à table.

Quentin afficha un sourire contraint en frappant à la porte du bureau de son parrain. Escoffier lui fit signe d'entrer et lui demanda de fermer la porte – ce qui était exceptionnel. Il avait les traits tirés, le teint pâle et l'œil sombre des mauvais jours. Sans un mot, il tendit une feuille de cahier d'écolier où quelques mots étaient écrits à l'encre violette. Quentin s'en saisit. Son sourire se figea. « Les marmites vont vous péter à la gueule. » Avec en guise de signature : « L'Internationale des Nations. »

— Tu penses à la même chose que moi ? demanda Escoffier d'une voix blanche.

— Les anarchistes ? Ça semble évident. Comment ne pas voir dans ces quelques lignes l'annonce d'un attentat ? La police est au courant ?

Escoffier se prit la tête entre les mains, signe d'un profond désarroi, lui qui ne se laissait jamais aller à l'abattement.

— Hélas, César ne veut pas en entendre parler. Ce que je regrette profondément. Il est surmené et, depuis quelque temps, il ne maîtrise pas ses emportements. J'ai bien essayé de lui dire que le risque était trop grand. Il s'est énervé et m'a demandé si je voulais saboter l'ouverture du Ritz. Il est persuadé que ce message est l'œuvre de plaisantins.

— Ce n'est pas à exclure, rétorqua Quentin, mais après ce que nous avons vécu il y a quelques années, la menace n'est pas à prendre à la légère.

Ils furent interrompus par Vigeard, en colère, qui annonça que deux sauciers déclaraient forfait et qu'il allait falloir, au plus vite, recontacter l'agence de placement. Très calmement, Escoffier lui demanda de s'en occuper et le pria de ne pas le déranger avant la fin de son entretien avec son filleul. Surpris de la froideur inhabituelle de son chef, le cuisinier se retira sur la pointe des pieds sans manquer de lancer un regard interrogateur à Quentin. Ce dernier, les yeux fixés sur la lettre, n'y répondit pas.

— Souvenez-vous : le café Véry, le café Terminus à la gare Saint-Lazare, le restaurant Foyot, murmura-t-il, une fois la porte refermée. Des morts et des blessés... Les anarchistes pourraient très bien prendre le Ritz pour cible.

— Le jour de l'inauguration serait idéal, ajouta Escoffier.

— Ils y trouveraient la plus belle brochette de riches et de puissants...

— Je n'ose imaginer le carnage, continua Escoffier en frissonnant.

— Quand il a été arrêté, Émile Henry a raconté qu'avant de lancer sa bombe au café Terminus, il était passé devant le Café de la Paix et le restaurant Bignon et il avait trouvé qu'il n'y avait pas assez de monde...

— Ça ne sera pas le cas le 5 juin...

Ils se turent, épouvantés à l'idée de ce qui pourrait se passer. Quentin se leva, fit quelques pas, heurta malencontreusement une pile d'ouvrages de cuisine qu'Escoffier venait de recevoir. Le fracas des livres tombant par terre les pétrifia. Quentin s'empressa de les remettre sur la petite table d'angle.

— Gardons notre calme, intima le cuisinier. Nous avons besoin de tout notre sang-froid pour faire face à la situation.

Il redressa le nœud de sa cravate d'un geste brusque.

— J'étais à Londres, continua-t-il, quand la tempête des attentats s'est déchaînée, mais à chaque fois je tremblais d'apprendre qu'un de mes amis n'en ait été victime. Ce qui est arrivé chez Véry en 1892 quand Meunier a voulu venger Ravachol.

— Deux morts et quatre blessés dont la fille de Véry et deux serveurs, rappela Quentin. Suivi par l'attentat de la rue des Bons-Enfants : quatre policiers déchiquetés.

« Au café Terminus, dix-sept blessés dont des mères de famille venues écouter l'orchestre… Sans compter la bombe qui a explosé au Palais-Bourbon atteignant je ne sais plus combien de députés. L'explosion à l'église de la Madeleine qui, heureusement, n'a fait qu'une victime : le dynamiteur. Et, pour finir, en juin 1894, l'assassinat du président Sadi Carnot à Lyon par Caserio.

Cette sinistre énumération les fit se taire de nouveau.

— Une chose m'étonne, reprit Quentin. À ma connaissance, les anarchistes n'ont jamais annoncé leur cible. Ils se contentent de frapper aveuglément.

— Peut-être ont-ils changé de méthode. Après la répression qui a suivi la mort de Carnot, on n'entendait plus parler d'eux. En quatre ans, ils ont eu le temps de reformer leurs rangs. Le terme de « marmites » est bien celui qu'ils employaient pour désigner les bombes ?

Quentin en convint, mais demanda à son parrain si la menace ne pouvait pas, éventuellement, provenir de leur entourage. La réussite du couple Ritz-Escoffier faisait des envieux. Ils avaient parfois à prendre des décisions brutales comme de renvoyer du personnel... Et leur départ du Savoy de Londres ne s'était pas bien passé. On parlait de procès. Escoffier leva la main en disant :

— Je vois à quoi tu fais allusion et je t'arrête immédiatement. Les directeurs de la compagnie Savoy nous accusent d'avoir pratiqué des détournements de fonds et d'avoir bénéficié de pots-de-vin. Laissons-les dire. Mais une chose est certaine, jamais ils n'emploieraient d'aussi vils moyens pour nous nuire.

Le ton cassant de son parrain dissuada Quentin de continuer dans cette voie.

— Fort bien, continua-t-il. Si vous et César ne mettez pas la police au courant, comment comptez-vous faire face à cette menace ?

Escoffier s'appuya contre le dossier de son fauteuil, prit une inspiration et déclara :

— Nous allons te demander de mener l'enquête.

Quentin le regarda, ahuri.

— Moi ? Mais c'est impossible ! Vous êtes fou ? C'est ridicule ! Je suis le dernier à qui il faut demander une telle chose. Que voulez-vous que je fasse ?

— Il est évident que la mort de la jeune fille est liée à cette affaire. Tu pourrais essayer de savoir qui elle était et découvrir ce qui se trame, répliqua Escoffier.

— Puisque cela vous semble si évident, menez-la vous-même, cette enquête. Je ne suis pas votre larbin.

C'était bien la première fois que Quentin se fâchait contre son parrain. Il respectait trop son autorité et lui portait un amour quasi filial qui rendait toute critique impossible. Mais là, c'était trop !

— Je suis journaliste culinaire, pas policier ! reprit-il avec véhémence.

— Je le sais, Quentin ! Mais je n'ai personne d'autre vers qui me tourner.

— Et Poulvert, l'arrangeur des mauvais coups, pourquoi ne pas lui demander ? Il a fait disparaître un cadavre, il pourrait découvrir le coupable.

Escoffier agita la main avec lassitude.

— Poulvert a des limites. C'est un homme de l'ombre mais il n'a pas tes facultés d'imagination.

— Ah bon ! Parce qu'il faut être imaginatif pour poursuivre des criminels, s'insurgea Quentin qui avait du mal à saisir pourquoi son parrain tenait tant à le voir endosser un rôle pour lequel il n'était pas taillé.

— Je le crois. Je ne te demande pas de poursuivre des criminels et de les mettre sous les verrous mais d'explorer des pistes. Si tu pressens un danger, je te le jure, nous ferons appel à la police.

— Mais je n'ai aucune idée de ce qu'il faut faire, gémit Quentin. *Quis, quid, ubi, quibus auxiliis, cur, quomodo, quando*[1]…

Pour la première fois, son parrain esquissa un léger sourire.

---

1. Vers latin qui signifie : « Qui est le coupable, quel est le crime, où est-il commis, par quel moyen, pourquoi, de quelle manière, quand ? »

— Tu vois, tu as déjà les questions. Reste à trouver les réponses.

— Non, c'est non. Ne comptez pas sur moi.

Quentin se leva, fermement décidé à mettre fin à cette mascarade. Son parrain le retint, le prit par le bras, le fit se rasseoir.

— Une semaine, juste une semaine. Pour essayer d'y voir un peu plus clair. Après, je te le jure, je ne te demanderai plus rien.

Nullement convaincu, Quentin resta silencieux. Il savait que refuser sonnerait le glas de leur entente. Escoffier ne lui accorderait certainement plus la même confiance et lui ne se pardonnerait jamais de ne pas avoir répondu à ses attentes. Le ton pressant de son parrain et sa mine défaite eurent raison de ses réticences.

— Et je fais comment pour retrouver la trace de la jeune fille ?

Resté debout à ses côtés, Escoffier lui mit la main sur l'épaule et laissa échapper un léger soupir de soulagement.

— Nous avons retrouvé la lettre qu'elle avait envoyée pour poser sa candidature, annonça-t-il. Elle s'appelait Justine Baveau et habitait 6, rue Berthe dans le XVIIIe arrondissement.

— Savez-vous où Poulvert a déposé son corps ?

— Quelque part en bord de Seine, répondit laconiquement Escoffier.

Quentin blêmit. Escoffier alla chercher une bouteille de vieille fine champagne et lui en servit un petit verre qu'il avala cul-sec.

— Le verre du condamné ? demanda le jeune homme. Je vais faire mon possible, mais ce que vous me demandez là est vraiment stupide.

Escoffier répondit que c'était dans l'adversité qu'on reconnaissait ses véritables amis.

Dans le hall, Perruchot vint à la rencontre de Quentin.

— Tu connais la meilleure ? lui dit-il, hilare.

Quentin n'avait aucune envie d'écouter la énième mauvaise blague dont le concierge était friand.

— Le type qu'on a voulu jeter dehors, c'était un flic ! Je te raconte pas l'embrouille. Il a gueulé comme un putois jusqu'à ce que Ritz descende.

— Et ensuite ? demanda Quentin dont le sang s'était glacé.

— Ben... rien, le patron l'a emmené dans un petit salon. Il a demandé à ce qu'on leur serve à boire. Ils sont restés enfermés un bon moment et le flic est reparti.

Qu'est-ce que Ritz avait bien pu lui dire ? se demanda avec anxiété Quentin. Pourquoi n'avait-il pas fait appeler Escoffier ? Très certainement parce qu'il n'avait rien dévoilé de ce qui se passait.

Pour la deuxième fois en une semaine, Quentin sortit du Ritz dans un état second. Ce qui aurait dû être une fête se transformait en cauchemar. Il savait que, pour César Ritz, l'ouverture du premier hôtel à son nom était un enjeu primordial, mais faire l'impasse sur des menaces anarchistes lui semblait irresponsable. À moins que ce ne fût très courageux. Il savait pertinemment qu'au plus fort des attentats, des petits malins ou des jaloux ne s'étaient pas privés d'envoyer des lettres de menaces terrorisant leurs destinataires. Peut-être Ritz avait-il raison de les ignorer. Quentin l'espérait sans y croire.

Il faillit retourner voir Escoffier pour lui dire que la mission qu'il lui avait confiée dépassait largement ses capacités. Si seulement ils avaient fait appel à la police après le meurtre de Justine Baveau, lui, Quentin, ne serait pas en train de se ronger les sangs à l'idée de se lancer dans une telle aventure.

Au coin de la rue de la Paix et de la rue des Capucines, quelqu'un lui tapa sur l'épaule. Il se retourna et reconnut le policier du Ritz.

— Que me voulez-vous ? demanda Quentin, surpris et inquiet.

— Armand Vassière, commissaire de police, déclara l'homme avec un grand sourire.

Âgé d'une cinquantaine d'années, de taille moyenne, légèrement corpulent, la mine débonnaire, le commissaire lui inspira immédiatement confiance.

— Faisons quelques pas ensemble, si vous le voulez bien, proposa le policier.

Quentin hésita. Allait-il trahir la promesse faite à son parrain de tenir sa langue ? L'autre s'aperçut de son trouble et lui lança un regard moqueur.

— Je vous envie d'avoir accès aux cuisines d'Auguste Escoffier. Je lui porte une grande admiration. Malheureusement, mon salaire de commissaire ne me permet pas de goûter à ses plats légendaires. Ah ! La dodine de canard au Chambertin, le soufflé d'écrevisses à la Florentine, le sorbet au Cliquot rosé, j'en rêve…

Drôle d'entrée en matière, pensa Quentin. Vassière attendait-il de lui une invitation à la table du Ritz ?

— Vous êtes au courant de ma mésaventure ? continua-t-il d'un ton amusé. On m'a pris pour un rôdeur et j'ai failli être jeté dehors *manu militari*.

— Un lieu comme le Ritz nécessite une surveillance attentive, rétorqua Quentin. Je suis sûr que César Ritz vous a présenté ses excuses pour cette méprise.

— Il m'a fort bien traité en m'offrant une coupe de champagne. Un excellent Moët et Chandon qui m'a laissé un petit goût de revenez-y. D'ailleurs, j'y compte bien.

Vassière fit claquer sa langue d'un air gourmand. Ils étaient arrivés avenue de l'Opéra, grouillante de monde. Le commissaire ramassa l'ombrelle qu'une jeune femme avait laissé tomber dans la cohue et lui rendit en la complimentant avec galanterie sur son chapeau décoré de cerises en soie.

— Je suis affecté à la sécurité du Ritz, reprit-il. Vous savez comme moi que les temps sont troublés. On peut à chaque instant redouter des actions criminelles visant les grands de ce monde. Il nous faut redoubler de vigilance. Par chance, le Ritz m'a l'air préservé de ces turbulences. Votre patron m'a expliqué que tout se passait au mieux et que l'ouverture s'annonçait sous les meilleurs auspices. Tant mieux ! Je pourrai profiter en toute tranquillité du luxe et de la volupté d'un palace. Quand je pense à certains de mes collègues infiltrés chez ces ignobles anarchistes, je bénis mon chef de m'avoir confié cette mission. Pendant qu'ils leur courent après dans de sordides galetas, je vais péter dans la soie ! Alors, dites-moi, vous qui êtes dans le saint des saints, que va nous concocter Escoffier pour l'inauguration ?

Il se tourna vers Quentin, les yeux brillants de gourmandise. Le jeune homme ne répondit pas tant il était déconcerté. Un policier gastronome, soit, mais s'il ne se préoccupait que de ce qu'il y avait dans les assiettes, il ne leur serait d'aucune aide. La confiance qu'il avait ressentie de prime abord se transforma en déception. S'il avait pensé à lui dévoiler les menaces pesant sur le Ritz, il n'était plus aussi sûr que ce fût une bonne idée.

— Comment savez-vous que je travaille avec Escoffier ? demanda-t-il d'un ton froid.

— Vous pensez bien que, quand j'ai su où j'allais atterrir, je me suis renseigné. Quentin Savoisy, vingt-huit ans, fils d'Edmée et de François Savoisy, célèbre traiteur de la rive droite, hélas décédé, journaliste culinaire au *Pot-au-feu* auquel je suis d'ailleurs abonné, fiancé avec Diane de Binville. À ce sujet, mettez en garde cette jeune personne. *La Fronde* est un journal très surveillé. Un repaire d'anarchistes ! Et par les temps qui courent, vaut mieux se méfier, non ? Mais bon, moi, je m'en fiche, ce n'est pas mon secteur. Alors, vous me refilez des tuyaux sur ce que prépare Escoffier ?

— Désolé, je ne peux rien vous dire.

— Encore une consigne de silence donnée par Ritz ? Décidément, personne n'est très causant chez vous. Mais croyez-moi, j'arriverai à vous soutirer la recette de la timbale de sole Escoffier. J'ai les moyens de vous faire parler, comme on dit chez nous.

Vassière partit d'un grand rire et asséna une claque dans le dos de Quentin. C'en était trop pour ce dernier qui fit un pas de côté et prétexta un rendez-vous urgent pour se défaire du fâcheux. De bonne grâce, le commissaire le laissa partir en lui disant :

— Ne vous inquiétez pas, nous aurons l'occasion de reprendre cette conversation. Maintenant que j'ai mon rond de serviette au Ritz, je ne vais pas vous lâcher. Je vois bien que vous allez retrouver votre belle amie, mais faites bien attention à ces satanées punaises de féministes. Moi, je vous le dis : les femmes aux fourneaux pas dans les journaux !

Quentin partit au pas de course. Si c'est tout ce que la police avait à offrir pour assurer la sécurité des citoyens, il y avait du souci à se faire. Il n'avait plus qu'une envie : oublier le Ritz, rentrer chez lui, s'y enfermer pour finir l'article sur l'ours et commencer à se pencher sur les mérites respectifs des vins de Moselle et du Rhin. Voilà ce qui était dans ses cordes : parler avec légèreté des spécialités culinaires et non s'improviser détective. Il aurait rappelé que leur réputation d'être traîtres et de porter à la tête n'était pas usurpée, certains vignerons n'hésitant pas à rajouter de l'alcool pour les rendre plus capiteux. Il se serait attardé sur les grands crus de la région de Mayence, notamment le johannisberg au bouquet pénétrant d'une finesse incroyable. Hélas, le sujet n'était plus à l'ordre du jour. L'agitation de la place de l'Opéra où voitures automobiles, fiacres et omnibus à chevaux se disputaient le passage, le tira à peine de ses réflexions. L'heure du déjeuner était proche, les terrasses de café se remplissaient. Il aurait tellement aimé s'y installer, commander un porto blanc et le siroter en regardant passer les jeunes femmes venues faire leurs courses au grand magasin du Printemps. Le moment n'était pas à la flânerie. Il allait devoir plonger dans un monde dont il ignorait tout, le mouvement anarchiste et les hommes qui le composaient. Comme tout le monde, il avait lu les comptes rendus des attentats et des procès de Ravachol, de Henry, de Vaillant, frémissant aux descriptions sanglantes, mais aujourd'hui, qui étaient ceux qui prenaient la relève ? Le bavardage du commissaire Vassière l'avait au moins éclairé sur un point : il savait où chercher des informations. À *La Fronde*, bien entendu, ce repère de révolutionnaires.

4

Au 14 de la rue Saint-Georges, le petit hôtel particulier abritant le journal était charmant. Diane lui avait
raconté qu'il avait appartenu à Mademoiselle Lange,
une actrice ayant défrayé la chronique sous le Direc-
toire. En entrant, Quentin remarqua les murs gris-bleu,
les boiseries aux tons clairs mais fut surpris de l'acti-
vité qui y régnait. Comparer *La Fronde* à une ruche
n'avait rien d'exagéré. À droite, dans une grande pièce
aux baies vitrées, des typographes, toutes habillées de
vert clair, composaient les textes de la prochaine édition. Des femmes de tous âges se croisaient dans
l'escalier, parlant avec vivacité. On sentait vibrer une
énergie, une concentration peu communes. Il y régnait
une décence qui faisait défaut dans les salles de rédaction des journaux qu'il avait pu fréquenter. L'air n'était
pas empuanti par l'odeur des cigarettes et des cigares,
mais laissait percevoir des effluves d'eaux de toilette
raffinées. Quentin s'était attendu à tomber sur un
ramassis de bas-bleus plus ou moins négligés, or la
plupart étaient vêtues avec soin voire élégance. Diane
lui avait bien dit que certaines femmes radicales les
accusaient d'être des « féministes en dentelle ». Il ne
vit pas Léon, l'homme de ménage, le seul employé de

sexe masculin. Marguerite Durand, la fondatrice, avait été formelle. Si un seul homme avait fait partie de la maison, même dans l'administration, on aurait dit que le journal était dirigé dans les coulisses par des hommes et que les femmes n'étaient là que pour signer. Quentin s'adressa à la jeune personne qui accueillait les visiteurs et lui demanda à voir Diane de Binville.

— Elle est en conférence de rédaction, lui répondit-elle d'un ton légèrement hautain. Mais ces dames ne vont pas tarder à sortir pour aller déjeuner. Vous pouvez l'attendre.

Elle lui indiqua quelques confortables fauteuils recouverts de chintz fleuri qui auraient été du meilleur effet dans un boudoir, mais il préféra regarder les premières pages du journal qui avaient été encadrées et décoraient l'entrée. Il n'avait jamais remarqué qu'autour du titre figuraient la date des calendriers révolutionnaire, russe, israélite et la référence du psaume protestant du jour. Un bel effort œcuménique qui devait en faire hurler plus d'un.

Une cascade de paroles et de rires ne tarda pas à se faire entendre et une quinzaine de femmes descendirent l'escalier de bois ciré. Diane parlait avec une grande rousse à la silhouette sculpturale. Il reconnut immédiatement Séverine. L'apercevant, sa fiancée lui fit un petit geste joyeux de la main. Volubile, elle le présenta à sa compagne comme journaliste culinaire au *Pot-au-feu*. Séverine éclata de rire.

— Le monde à l'envers ! s'exclama-t-elle. Ou tel qu'il devrait être : un homme aux fourneaux !

Vexé, Quentin prit la mouche. Il avait assez de soucis pour ne pas avoir à subir les moqueries d'une de ces satanées féministes. Il en oublia sa bonne éducation et répliqua :

— Vous devez savoir que seuls des hommes sont à la tête des cuisines de renom. Les femmes, hélas, n'y brillent guère.

Virant au rose pivoine, Diane lui fit les gros yeux. Séverine se tourna vers lui et dit d'un ton faussement affligé :

— Ma pauvre petite, tu vas avoir du pain sur la planche ! Quant à vous, jeune homme, je vous félicite d'accepter de vous pencher sur nos problèmes de meringues et de vols-au-vent qui, on le sait, sont les premières préoccupations des femmes.

L'affaire était mal engagée. Séverine était à la hauteur de sa réputation, vive, tranchante et maniant l'humour avec férocité. Mais dans ses yeux turquoise dansait une petite lueur d'amusement. Quentin n'était pas assez sot pour s'enferrer, aussi répliqua-t-il de bonne grâce :

— Je suis surtout très fier d'avoir une fiancée qui va m'extraire de l'état d'ignorance crasse dans lequel je suis. Quoique rétrograde, je suis prêt à célébrer les victoires des femmes.

Diane poussa un soupir de soulagement. Séverine lui tapota le bras.

— Bien, tout n'est pas perdu ! Et si nous allions déjeuner ? proposa-t-elle. Vous nous donnerez votre avis sur la salade de museau qu'on sert dans le petit restaurant d'à côté.

À la grande table qui réunissait les journalistes de *La Fronde*, il était le seul homme. Marguerite Durand, une très jolie blonde d'environ trente-cinq ans, habillée d'une robe de linon bayadère, présidait. Il se retrouva entre Séverine et Maria Vérone, une jeune juriste chargée de la rubrique judiciaire. En face de lui, Diane entamait une discussion passionnée avec Hélène Sée, auteur des comptes rendus du Parlement et Aline Valette, institutrice dont la série d'articles sur le travail des femmes enflammait les lecteurs. Dans un premier temps, il se sentit un peu gêné d'être entouré de cet aréopage de femmes et ne parla guère, ne souhaitant pas être à l'origine d'un nouvel esclandre. Il fut rassuré par l'attitude très amicale de Séverine qui ne semblait pas lui tenir rigueur de leur petit accrochage. Mais il ne savait absolument pas comment aborder le sujet des anarchistes. La chance lui sourit quand Maria Vérone annonça que le procès de Georges Etievant aurait lieu le 15 juin. Il risquait la peine de mort pour avoir poignardé un policier en janvier dernier, quelques mois après sa sortie de prison où il purgeait une peine de cinq ans pour avoir volé la dynamite ayant servi à Ravachol. Quentin s'apprêtait à prendre la parole quand Diane le devança. Elle demanda à Maria si elle pourrait l'accompagner au Palais de Justice et rédiger un ou deux articles. Un peu gênée, sa collègue lui fit comprendre qu'elle débutait et n'avait pas l'expérience requise pour suivre une telle affaire. Séverine enfonça le clou en la traitant de présomptueuse. Qu'elle fasse ses classes et on verrait. À son habitude, Diane regimba, arguant qu'elle pouvait faire mieux que la chronique mondaine. Séverine n'en doutait pas mais, en cas de rébellion, elle serait rétrogradée à la rubrique culinaire. Quentin avala de travers et faillit prendre fait et cause pour sa fiancée mais laissa Diane se débrouiller toute seule. La menace eut pour effet de lui clouer le bec. On ne badinait pas avec le professionnalisme à *La Fronde* !

Après les harengs pommes à l'huile de l'entrée, on leur servit une côte de veau à la crème, moins goûteuse que chez Foyot mais tout à fait honorable. Quentin commençait à se détendre. Ces femmes n'étaient pas des ogres. Elles faisaient un métier difficile, étaient entourées d'hommes qui se réjouissaient de leurs éventuels faux pas et ricanaient de leurs possibles bévues. On ne pouvait leur reprocher de défendre les intérêts qui étaient les leurs. Le pichet de vin de Tain l'Hermitage commençait à lui délier la langue.

— Croyez-vous, demanda-t-il à Maria Vérone, que ce procès pourrait provoquer un retour des attentats ?

— On peut le craindre, répondit la jeune femme. Si Théodule Meunier a fait sauter le café Véry où Ravachol avait été arrêté, c'était un acte de vengeance, mais aussi une manière d'intimider les jurés.

C'était bien la réponse que redoutait Quentin.

— Et souvenez-vous des paroles d'Émile Henry lors de son procès pour les attentats de la rue des Bons-Enfants et du café Terminus. Il avait assisté à la répression après que Vaillant eut lancé sa bombe à la chambre des députés. Il l'a dit et redit : ses bombes étaient la réponse aux violations de la liberté, aux arrestations, aux perquisitions, aux lois sur la presse, aux expulsions d'étrangers, aux guillotinades ordonnées par le pouvoir bourgeois.

— Mais pourquoi s'attaquer à des innocents venus boire un bock de bière et écouter un orchestre ? demanda Quentin.

— Pourquoi ? Il a été très clair. Pour que la bourgeoisie comprenne bien que ceux qui ont souffert sont las de leurs souffrances. Ils montrent les dents et frappent d'autant plus brutalement qu'on a été brutal avec eux. Ils n'ont aucun respect pour la vie humaine parce que les bourgeois eux-mêmes n'en ont aucun. Ils n'épargnent ni les femmes ni les enfants de la bourgeoisie parce que leurs femmes et leurs enfants à eux ne sont pas épargnés non plus.

La voix de Maria Vérone enflait comme si elle se trouvait dans un prétoire. Elle ferait sans doute une excellente avocate quand les femmes auraient le droit de plaider.

— Il a dit aussi que sa tête ne serait pas la dernière à tomber, car les meurt-de-faim commencent à connaître le chemin des grands cafés et des grands restaurants.

Quentin tressaillit.

— Pour lui, malgré les pendus de Chicago, les décapités d'Allemagne, les garrottés de Jerez, les fusillés de Barcelone, les guillotinés de Paris, l'anarchie ne pourra pas être détruite. Ses racines sont trop profondes. Née au sein d'une société pourrie qui se disloque, elle est une réaction violente contre l'ordre établi. Elle est partout, ce qui la rend insaisissable. Elle finira par tuer la bourgeoisie.

Quentin était blême. Toute la tablée se taisait.

— Je ne crois pas qu'on connaisse aujourd'hui une telle escalade, reprit Séverine. Après ces tueries, beaucoup d'anarchistes se sont élevés contre l'usage de la dynamite.

— Certains en ont même été victimes comme le poète Laurent Tailhade qui a perdu un œil lors de l'attentat chez Foyot. Il avait pourtant déclaré au sujet de Vaillant : « Qu'importent les victimes si le geste est beau. »

À ces mots prononcés par Maria Vérone, Séverine se troubla. Elle demanda à Quentin de lui servir un peu de vin.

— J'ai fait la même sottise, commença-t-elle. Juste avant l'attentat chez Véry, j'avais écrit que, s'il fallait mourir, autant mourir galamment et regarder la mort en souriant. J'avais conclu en disant : « On ne saute qu'une fois. »

Elle eut un petit rire triste. Sa voix se fit plus grave.

— Pour la première fois depuis que Jules Vallès m'avait appris à penser et à réfléchir, à m'incliner, moi, petite bourgeoise égoïste, sur la détresse humaine, pour la première fois, j'étais hésitante, troublée, craignant l'erreur, indécise jusqu'aux larmes devant les innocentes victimes qu'on ramassait parmi les décombres, qu'on emportait sur des civières, en sang. J'étais arrivée à un carrefour rempli de ténèbres, toute clarté s'était éteinte en moi comme au-dehors, comme si la fumée de ces bombes abattant des femmes des enfants, voilant de deuil le soleil avait fait la nuit sur mes espoirs, sur toutes mes convictions, toutes mes vaillances. Et si je m'étais trompée… ? Si la cause à laquelle j'avais donné dix ans de ma vie, sacrifié la fortune des miens, pour laquelle j'avais enduré tant d'insultes, reçu tant de blessures, risqué et perdu tant de fois mon gagne-pain, si cette cause-là n'était pas celle de la vérité et de la justice… ? Cette angoisse était intolérable.

Quentin l'observait avec étonnement. Il n'avait jamais rencontré une femme exprimant ses convictions avec autant de force et reconnaissant ses erreurs avec autant d'honnêteté. Il comprenait mieux l'enthousiasme de Diane pour sa patronne et, même s'il était à mille lieues de partager les opinions de celle qu'il considérait comme une révolutionnaire, il saluait son courage. Il n'était pas loin de succomber au charme de ses grands yeux couleur des mers du Sud. Elle dut s'en apercevoir car elle lui adressa un petit sourire enjôleur.

— Vous n'êtes pas la seule à avoir adhéré au mythe du héros anarchiste, reprit Maria Vérone d'une petite voix pointue et d'un ton professoral que Quentin trouva très désagréables. Après son exécution, la tombe de Vaillant est très vite devenue un lieu de pèlerinage. La marquise d'Uzès voulut adopter sa fille, la petite Sidonie. Dans les rues, on chantait « La complainte de Vaillant » ou « L'orpheline en deuil ». Quant à Ravachol, on en a presque fait un saint alors que ce n'est qu'un vulgaire assassin.

— Les choses ne sont pas si simples, argua Séverine. Il était aussi un authentique anarchiste en disant que le travail est une des formes de l'injustice et qu'il faut voler et au besoin assassiner pour se procurer l'argent nécessaire pour vivre. Le droit au vol est un principe défendu par les anarchistes. Quant aux meurtres politiques, je m'étonne qu'il n'y en ait pas plus.

Le regard de Séverine avait perdu toute douceur et le silence se fit autour de la table. Elle agita la main en signe d'apaisement et déclara :

— Mais je crois que nous ne revivrons pas ces temps de terreur. Après les grands procès de 1894, beaucoup d'anarchistes ont adopté un nouveau mot d'ordre : agir au sein des syndicats. Ce qui me semble le meilleur des combats.

Quentin en avait oublié de manger sa tarte au citron meringuée. La serveuse lui demanda s'il n'avait pas aimé. Il s'empressa d'engloutir la pâtisserie. Diane le regardait avec un petit air narquois. Avait-elle remarqué qu'il était subjugué par Séverine ? Sans nul doute. Il la savait très observatrice. Il s'attendait à une remarque plus ou moins acerbe sur le fait qu'il l'avait complètement ignorée pendant tout le repas. Diane aimait être au centre des attentions. Quentin voyait avec surprise qu'elle était, au contraire, très à l'écoute de ses collègues de travail et ne semblait, en aucune manière, vouloir accaparer la conversation. *La Fronde* aurait-elle une influence bénéfique sur sa fiancée ?

Le café était servi. Quentin n'avait plus le temps de poser d'autres questions. Il avait eu confirmation que de nouveaux attentats étaient à craindre. Maria Vérone ayant quitté la table, Diane vint s'asseoir à côté de lui.

— C'est l'évocation des anarchistes qui te donne mauvaise mine ? demanda-t-elle. Tu es tout pâle. Sortons. J'ai des choses à te dire sur ta jeune fille.

— Quelle jeune fille ?

— Celle du Ritz, voyons ! L'aurais-tu oubliée ?

Quentin fronça les sourcils et discrètement mit un doigt sur ses lèvres. Ce n'était vraiment pas le lieu où parler d'un assassinat non déclaré à la police. Séverine, en grande discussion avec Hélène Sée, se tourna vers eux.

— Le Ritz ! s'exclama-t-elle. On y sert du pot-au-feu ? Il faudra m'y inviter. Il ouvre dans peu de temps, je crois.

Affolé, Quentin se lança dans une explication confuse où il fut question de menus avec du poulet à l'Algérienne, des filets de sole Calypso, de la selle d'agneau Washington qu'il était censé décrire dans son journal.

— Pourquoi ne dis-tu pas que tu es le filleul d'Escoffier ? s'étonna Diane. Ça n'a rien de secret ni de honteux.

— Ton fiancé m'a l'air assez embarrassé, poursuivit Séverine. Emmène-le donc prendre l'air. Il a peut-être du mal à digérer autant de présence féminine.

Elle lui refit son sourire charmeur en l'invitant à revenir quand il voudrait. Peut-être pourrait-il donner une conférence sur la cuisine. Ce serait piquant d'avoir, pour une fois, un homme traitant de ce sujet.

— Savez-vous, ajouta-t-elle, que vous avez dans vos rangs un anarchiste ?

Quentin se figea.

— Que voulez-vous dire ? demanda-t-il d'une voix anxieuse.

— Joseph Favre.

— Joseph Favre ? Mais je le connais ! Il a créé l'Académie de cuisine. Il est l'auteur du *Dictionnaire universel de cuisine*, un travail magistral…

— Certes, mais c'est un authentique anarchiste. Ou du moins, il l'était. Je crois qu'il fut très proche de Bakounine.

Quentin n'en revenait pas. Il avait rencontré Favre à plusieurs reprises, un homme affable, pétri de principes humanistes. Comment pouvait-il avoir été lié à Bakounine, apôtre de la violence ? Mais peut-être y avait-il là un début de piste.

Diane s'impatientait, le tirant par la manche. Il salua Séverine qui lui fit un petit geste amical.

Se tenant par la main, ils remontèrent jusqu'à la place Saint-Georges.

— Alors, commença Diane, comment les trouves-tu ? Elles sont formidables, non ? Et si tu veux mon avis, tu as tapé dans l'œil de Séverine. Je vais devoir te surveiller.

— Elle a quinze ans de plus que moi, protesta Quentin.

— Je ne crois pas que cela la dérange. On dit que son histoire avec Georges de Labruyère bat de l'aile. Il ne vit plus avec elle.

— Elle n'est pas mariée ?

— Si, mais avec un autre ! Dont elle a eu un fils et qui, je crois, habite dans le sud de la France et élève l'enfant. Mais ce n'est pas pour te parler de la vie dissolue de ma patronne que je suis là.

— La jeune fille du Ritz. Où es-tu allée mettre ton nez ? demanda-t-il d'une voix pleine de reproches.

Elle lui tapota le bras pour le tranquilliser et l'emmena jusqu'à un banc devant l'Hôtel de la Païva, qui disait-on avait coûté dix millions or. Quentin ne prêta aucune attention à la façade Renaissance qui avait abrité les amours tumultueuses de la croqueuse de diamants russe.

— Je te voyais tellement inquiet que j'ai mené mon enquête pour savoir si la police était au courant.

— Et alors ?

— Bien sûr, elle est au courant.

Quentin gémit.

— Un cadavre abandonné sur un quai de la Seine passe rarement inaperçu, continua Diane en haussant les épaules. Mais rassure-toi, l'enquête piétine. Personne n'a fait le lien avec le Ritz.

— Comment le sais-tu ?

Diane se rengorgea et déclara d'un ton légèrement condescendant :

— Le métier de journaliste est basé sur des enquêtes. Je n'ai fait que mettre en pratique certaines méthodes.

Si le sujet n'avait pas été aussi grave, Quentin se serait moqué de la fatuité de la journaliste en herbe.

— Qu'as-tu appris ?

— Maria Vérone a ses entrées à la Préfecture de police. Au fait, tu ne la trouves pas un peu pimbêche, celle-là ? Et tu as vu comment elle est attifée ? À ses horribles chapeaux et ses croquenots, on voit bien que c'est une ancienne institutrice.

La Fronde n'avait pas encore atténué le côté poseur de Diane, pour qui quelqu'un de mal habillé était par essence inférieur.

— Sais-tu ce que dit Marguerite Durand ?

Quentin fit signe que non. Habitué aux digressions de sa fiancée, il attendait qu'elle lui livre la suite concernant la jeune fille.

— Que l'extrême soin de sa personne et les recherches d'élégance ne sont pas toujours, pour une féministe, un délassement et un plaisir. C'est souvent un surcroît de travail, un devoir qu'elle doit s'imposer ne serait-ce que pour enlever aux hommes superficiels l'argument selon lequel le féminisme est l'ennemi du goût et de l'esthétique.

— La jeune fille ? relança Quentin d'une voix impatiente.

— Oui. Voilà ! Je suis allée à la Préfecture de police, disant que je m'occupais à *La Fronde* des faits divers. Un policier m'a dressé la liste des cadavres découverts autour du 8 mai. Il y en avait une bonne dizaine, mais un seul qui correspondait à une jeune fille d'environ vingt-cinq ans telle que tu me l'avais décrite.

— Ils savent qui elle est ?

— Elle ne portait rien qui puisse l'identifier.

Quentin poussa un soupir de soulagement.

— Donc, la police ne sait rien.

— Pour le moment. Une enquête est en cours.

Le sourire de satisfaction de Quentin s'évanouit.

— C'est bien normal, voulut le rassurer Diane. Le policier m'a dit qu'elle avait été assassinée de manière abominable. Il a vu le corps et m'a raconté qu'elle avait la gorge déchiquetée...

— Tais-toi ! Je sais. Moi aussi, je l'ai vue.

— Mais ils ne savent pas quelle est la cause de ses blessures. C'est plutôt une bonne nouvelle...

Quentin ne répondit pas. Diane attendait qu'il la complimente sur son habileté à mener l'enquête et sur l'aide qu'elle croyait lui avoir apportée. Il n'eut pas le cœur de lui dire qu'elle aurait mieux fait de s'abstenir. Mieux valait faire profil bas, ces temps-ci. Il n'avait aucune envie que la police remonte jusqu'à lui et au Ritz. À son tour, il lui raconta la lettre de menaces reçue par Escoffier et la mission qu'il lui avait confiée ainsi que l'arrivée du policier et les propos qu'il avait tenus.

— Il se doute de quelque chose ? demanda Diane.

— Je n'ai pas l'impression. Il n'était intéressé que par les petits plats d'Escoffier. Un incapable, si tu veux mon avis.

— Ce n'est pas plus mal. Nous avons le champ libre.

Quentin regarda sa fiancée avec stupéfaction.

— Il faut en avoir le cœur net, continua-t-elle d'un ton décidé. Nous allons vérifier que Justine Baveau habitait bien rue Berthe. Ce nom est peut-être pure invention.

— Je vais aller voir, déclara Quentin sans enthousiasme.

— NOUS allons y aller, dit-elle avec véhémence.

— Hors de question. Trop dangereux.

— Je veux être là, glapit-elle. S'il y a danger, mieux vaut être deux.

Elle lui fit promettre d'attendre qu'elle ait fini sa journée de travail pour se mettre en chasse. Sachant qu'elle ne lui pardonnerait pas d'y aller seul, Quentin capitula.

5

Après avoir raccompagné Diane jusqu'à l'entrée de *La Fronde*, Quentin se hâta vers la rue Lepic, distante de quelques centaines de mètres. Même s'il avait un peu de mal à se l'avouer, il n'était pas mécontent que Diane s'engage à ses côtés. Certes, ses initiatives pouvaient parfois se révéler intempestives et il aurait à tempérer ses ardeurs, mais sa vivacité et son énergie lui seraient précieuses. Sans compter qu'elle était la mieux placée pour recueillir des tuyaux sur les activités des anarchistes. Le déjeuner avec ses collègues journalistes en était la meilleure preuve. Comment aurait-il appris l'imminence du procès Étievant, lui qui tentait, autant que faire se peut, de se tenir éloigné de l'actualité ? Tout comme l'information lâchée par Séverine sur Joseph Favre qui l'avait laissé pantois. Jamais il n'aurait pu se douter que ce cuisinier avait fait partie des rangs anarchistes. La dernière fois qu'il l'avait vu, le pauvre homme était bien diminué. Une attaque cérébrale rendait sa démarche chancelante et son élocution embarrassée. Avec l'aide de sa femme, il continuait pourtant sa grande œuvre de vulgarisation culinaire. Quentin n'avait jamais rien remarqué de subversif dans ses écrits, mais il était bien décidé à y regarder de plus près.

Place Blanche, il fut retardé par une bagarre. Il crut d'abord qu'il s'agissait d'une manifestation mettant aux prises des nationalistes et leurs adversaires. En fait, il s'agissait d'une altercation entre souteneurs. Leurs protégées respectives se crêpaient le chignon sur le terre-plein central du boulevard de Clichy. Une voiture de police venait de déverser une dizaine d'agents qui tentaient de séparer les protagonistes. La plus grande confusion régnait. Une haie compacte de badauds bouchait l'entrée de la rue Lepic. Peu enclin à suivre l'échange de horions, Quentin joua des coudes et rentra chez lui au pas de course. Nénette avait déserté l'appartement. Il devait y avoir du Lulu dans l'air. Le chien avait élu domicile sur un des fauteuils en cuir fauve qu'il avait consciencieusement commencé à détruire. Quentin le prit par la peau du cou et le balança par terre. La bête couina et, sans rancune, vint se coller à son maître.

— C'est pas le moment. J'ai du travail.

Dans la petite pièce qui lui servait de bureau, il alla chercher les quatre volumes du *Dictionnaire universel de cuisine* de Joseph Favre. Il se servait occasionnellement de cette œuvre monumentale pour chercher des définitions de plats ou de produits comme le sabayon ou le puits d'amour. En l'étudiant de plus près, peut-être trouverait-il quelques indices sur des desseins cachés de l'auteur. Il passa rapidement la préface de Charles Monselet, célèbre chroniqueur culinaire qui, certes, saluait l'ouvrage comme capital, mais en profitait surtout pour citer ses propres travaux. Il négligea l'article d'un médecin sur l'hygiène de l'estomac et se plongea dans la « Lettre au lecteur » rédigée par Joseph Favre. Sa volonté encyclopédique et scientifique était clairement affichée. Quentin trouva le propos intelligent. Cet homme avait une haute idée de la cuisine et en faisait un outil de civilisation et de morale. Un discours auquel souscrivait certainement Escoffier. Il apprécia le passage où Favre disait que pour connaître l'état d'évolution d'un peuple, son degré moral, ses relations sociales, il fallait étudier ses ustensiles de cuisine et de table, ses modes de nourriture, les recettes de ses mets nationaux. Il était ensuite question de la mère de famille qui trouverait dans son ouvrage le moyen d'étudier les importantes questions d'hygiène alimentaire et ainsi proposer à ses enfants une alimentation adaptée à leur croissance. Puis, venait un paragraphe destiné aux médecins que Quentin survola. La surprise vint de l'insistance de Favre à vouloir instruire les cuisiniers. Pas uniquement en leur inculquant les techniques propres à leur métier mais en ouvrant leur esprit à la littérature. La profession n'était pas connue pour sa grande culture, Quentin pouvait en témoigner. À part des êtres d'exception comme Escoffier et quelques autres grands chefs, les cuisiniers mettaient rarement le nez dans un livre, si ce n'est de recettes. Favre, lui, voyait dans cette éducation le meilleur moyen d'apprendre à diriger une cuisine en maître. Il écrivait que plus l'ouvrier est intelligent et instruit, plus il est un collaborateur utile. Il fournit, à temps égal, plus de travail et un produit de meilleur qualité que son collègue moins instruit. La pensée détermine l'action, règle et économise les mouvements, elle lui permet d'élargir le domaine de son art en le transformant en véritable science, ajoutait-il. C'était aussi ce que pensait Escoffier quand il disait que l'étude ouvre l'esprit et fournit le meilleur moyen de se perfectionner dans la pratique de son métier. Quentin trouvait ces principes beaux et bons, mais très utopiques. Ils pouvaient éventuellement être mis en pratique avec les cuisiniers employés par Escoffier qui étaient la crème de la crème. Mais ceux qui travaillaient dans les petits restaurants, harassés de fatigue, agonis d'injures par des chefs ignares et hargneux, n'avaient aucune chance d'accéder à ces connaissances. Le souci de Favre traduisait une sensibilité que bien peu partageaient. Son engagement social était réaffirmé quelques lignes plus loin quand il annonçait que le dictionnaire visiterait la mansarde de l'ouvrier et lui enseignerait comment, avec des ressources modestes, il était possible d'avoir une nourriture saine et meilleure que dans un restaurant borgne. Au moins, les choses étaient-elles claires, Favre n'écrivait pas que pour la bourgeoisie, ces quelques phrases le prouvaient mais rien n'indiquait qu'il fût un dangereux anarchiste. Loin de là ! La piste se révélait aussi froide qu'un saumon en gelée. Quentin feuilleta machinalement la suite. Les tartelettes de pêche à la Condé, les saucisses truffées à l'allemande, le pudding de riz aux fruits, les tomates sautées à la provençale ne lui apprirent rien de plus.

Diane n'allait pas tarder à rentrer. Ils iraient, alors, rue Berthe sur les traces de la pauvre Justine Baveau. Quentin n'avait aucune idée de la manière dont ils s'y prendraient. D'autant qu'ils auraient à se montrer prudents. La police surveillait peut-être les lieux. Pour s'éclaircir les idées, il alla se préparer une tasse de thé.

Cela lui fit souvenir qu'il devait absolument rendre son article sur le *five o'clock tea* le lendemain. Vu les circonstances, écrire sur cette nouvelle mode qui faisait fureur dans les maisons bourgeoises lui parut vaine futilité. Le chien, qui s'était endormi sur son coussin, ouvrit un œil et, voyant son maître se lever, en fit de même sans manquer de s'étirer avec un grognement de satisfaction. Quentin lui gratouilla le sommet du crâne.

— Bon, dis-moi, le thé, tu le prends avec ou sans sucre ?

Le chien bougea une oreille.

— Un morceau ?

Le chien jappa.

— Du citron ?

Le chien alla chercher sa balle.

— Peu ou beaucoup de crème ?

Le chien se colla à lui.

— Tu préfères peut-être un verre de punch ?

Le chien recula, attendant que Quentin lui lance la balle.

— Encore un petit gâteau ?

Diane apparut dans l'encadrement de la porte.

— Je suis sûre qu'il va te répondre oui, dit-elle en souriant.

— Surtout si je lui propose des muffins, des rôties onctueuses de beurre, des sandwichs au caviar, au foie gras, aux anchois, des allumettes feuilletées, des choux…

— Qu'est-ce que tu racontes ?

— Je prépare mon article sur le thé pour *Le Pot-au-feu*.

— Et le chien t'aide ?

— Si seulement il pouvait écrire à ma place, soupira Quentin.

— Bonne idée. Laisse-lui ton stylo. Nous avons plus urgent à faire. Je vais me changer et tu devrais faire de même. Nous allons chez des gens du peuple.

Quentin ne lui fit pas remarquer que ces propos ne seyaient guère à son statut de journaliste révolutionnaire. Se départir de ses habitudes aristocratiques prendrait du temps ! Il y vit surtout l'amour immodéré qu'avait sa fiancée pour les déguisements. Toutes les occasions étaient bonnes pour se travestir. Il l'avait vue en gitane, en pirate, en Schéhérazade et même en Buffalo Bill après que ce dernier fut venu à Paris, en 1896, présenter son spectacle. Elle s'était prise de passion pour la chasse au bison et l'attaque de diligences ! Quentin, lui, détestait se grimer et les bals costumés étaient sa hantise.

Quel prétexte pourraient-ils bien évoquer pour demander des renseignements sur la jeune morte sans que cela paraisse bizarre ? Diane n'avait pas pensé à cet aspect des choses. Elle réfléchit quelques minutes.

— Si on disait qu'on a du travail pour elle ? On peut penser qu'en se présentant au Ritz, elle devait être femme de chambre ou repasseuse ou couturière… Disons que nous sommes un jeune couple nouvellement installé, ce qui est vrai, et que nous cherchons des domestiques.

Quentin ne trouva pas de meilleure idée. Ils gardèrent donc leurs vêtements bourgeois et bras dessus bras dessous entamèrent la grimpette jusqu'à la rue Berthe. Rue de Ravignan, le père Alzon, dont ils étaient devenus les fidèles clients et qui prenait le frais devant son restaurant, les salua d'un petit geste et leur dit qu'au dîner il y aurait de la tête de veau sauce Gribiche. Si le cœur leur disait, il leur en réserverait une part. Ils déclinèrent l'offre et continuèrent leur chemin. La pente était rude, les pavés inégaux. Diane se tordit une cheville. Les maisons ne dépassaient pas trois étages et leurs jardins donnaient un petit côté campagnard à la rue.

— Tu ne trouves pas que l'air est plus vif ici ? demanda Diane.

— Nous ne sommes qu'à deux cents mètres de la rue des Abbesses... mais tu dois avoir raison, on perçoit l'atmosphère piquante des cimes, le parfum des alpages...

— Moque-toi ! On en reparlera quand, cet hiver, tu descendras la rue Lepic en luge.

Ils reprirent leur souffle pour le dernier raidillon et débouchèrent rue Berthe. Dans le lointain, ils apercevaient les échafaudages de bois entourant le futur campanile de la basilique du Sacré-Cœur. Aucun véhicule ne s'aventurait dans le haut Montmartre et les rues étaient le domaine réservé des enfants, des chats et des chiens. Au rez-de-chaussée des maisons, des artisans travaillaient porte ouverte. Petits menuisiers, serruriers, doreurs côtoyaient quelques pauvres boutiques de mercerie et d'épicerie.

— À Montmartre, plus on monte et plus les gens sont pauvres, remarqua Diane.

— Deux rues plus haut et c'est ce fameux Maquis où vivent les plus démunis.

— On ira s'y promener un jour, proposa Diane.

Devant l'air peu enthousiaste de son fiancé, elle ajouta :

— Tu es bien plus snob que moi. À moins que tu n'aies peur...

— Je n'ai aucune envie d'aller voir comment vivent les miséreux. Par respect et aussi, oui, je l'avoue, les coupe-gorge ne m'attirent pas. Terminer lardé de coups de couteau par une bande d'Apaches ne m'enchante pas.

Diane cessa de l'asticoter, d'autant qu'ils étaient arrivés devant le numéro 6 de la rue Berthe, au coin des escaliers de la rue Chappe. L'immeuble ne faisait que deux étages. La porte étroite jouxtait un petit hôtel meublé. Le couloir sentait l'humidité et les murs peints en marron s'écaillaient. L'endroit ne respirait pas l'aisance. Ce n'est pas ici qu'on s'intéresserait à la manière de réussir un *five o'clock tea*. Nappes, napperons, serviettes incrustés de points de Venise ou de guipures anciennes, plateau et service à thé en vermeil modèle Queen Anne, assiettes à gâteaux avec fonds en dentelle n'étaient certainement pas en usage au 6, rue Berthe.

Ils débouchèrent dans une petite cour où des plantes anémiques cherchaient en vain le soleil. Une porte grillagée s'ouvrit sur une femme à la peau parcheminée qui aboya :

— K'seti k'vous voulez ?

Diane et Quentin surent immédiatement qu'ils avaient affaire à la concierge. Tout aussi en manque de lumière que ses pauvres plantes, elle cligna des yeux et chercha à voir si elle reconnaissait ses visiteurs. Avant qu'elle n'émette une phrase malsonnante, Diane lui dit de sa voix la plus sucrée :

— Nous avons quelque chose pour Justine Baveau.

Les traits du cerbère s'affaissèrent. Elle mit une main devant sa bouche et murmura :

— La pauvre, mes pauvres, je ne l'ai pas revue depuis un bon bout de temps. Je m'inquiète, même que je vais pas tarder à aller voir la police. Faudrait pas qu'il lui soit arrivé malheur. Avec tout ce qui se passe en ce moment, on sait pu où qu'on en est.

Diane et Quentin se composèrent un air étonné.

— Vous la connaissez d'où, Mademoiselle Justine ? demanda la bignole. S'cuzez, faut que je m'assoie. Ça me donne des palpitations de parler.

Elle tira une chaise de son antre et s'y laissa tomber.

— Je le disais encore ce matin à Madame Bertrand, la patronne de l'hôtel à côté, tout peut arriver. Y'a plus de religion. Elle est bien d'accord, vu que son frère est curé en Belgique.

— Le frère de Justine ? demanda Quentin.

— Ben non, çui là à Madame Bertrand. L'autre, çui à Justine, m'en parlez pas. Un mauvais gars. Pas plus tard qu'il y a deux semaines, il est venu lui faire une scène à la pauvre Justine. Pour sûr que c'était pour lui soutirer des sous. Un vaurien. Son patron l'a renvoyé. Il avait volé dans la caisse. Y disait que c'était le droit des ouvriers de voler leur patron. C'est-y-pas Dieu possible ! Y disait que si les prolos n'étaient pas toujours sur le qui-vive, les singes[1] les auraient vite réduits à boulotter des briques à la sauce aux cailloux.

« Que l'usine était à eux tous pasque chaque brique des murs est cimentée de leur sueur, chaque rouage des machines graissé de leur sang et que le but était le chambardement général. Je me demande où il allait chercher tout ça[2].

Elle fit un signe de croix frénétique. Ce qu'elle disait du frère sentait furieusement le discours anarchiste.

---

1. Les patrons.
2. Dans *Le Père Peinard*, journal anarchiste.

Quentin se souvenait très bien que, lors de son procès, Clément Duval, accusé de cambriolage, membre d'un groupe appelé « La Panthère des Batignolles », avait clamé que voler les riches, reprendre aux bourgeois leurs richesses acquises sur le dos des travailleurs était non seulement un droit mais une arme révolutionnaire. Si le frère de Justine était anarchiste, peut-être l'était-elle aussi. Peut-être était-elle allée au Ritz repérer les lieux pour perpétrer un sale coup.

— Justine partage-t-elle les opinions de son frère ? demanda Quentin.

La concierge refit un signe de croix.

— Vous n'y pensez pas ! C'est une bonne petite. Elle va à la messe tous les dimanches. Pas comme ces mécréants qui disent qu'ils n'ont ni Dieu ni maître. Y savent plus quoi inventer. La dernière mode, c'est d'aider leurs copains à déménager à la cloche de bois. Y disent que les proprios sont des affameurs et que faut pas payer de loyer. Où c'est-y qu'on va, mon pauvre monsieur. Au fait, c'est quoi que vous lui vouliez à Justine ?

Diane fouilla fébrilement dans son petit réticule de soie grège et en sortit un billet.

— Elle a fait quelques travaux pour nous. Nous lui devons de l'argent. Je vous le confie.

La concierge empocha prestement l'argent et jura qu'elle lui remettrait dès qu'elle la verrait.

— Vous savez où travaillait son frère ? demanda Quentin.

— Vous n'allez pas lui donner de l'argent à lui ? J'vous dis que c'est un vaurien.

Diane sortit un autre billet et lui tendit.

— Il était pâtissier chez Stohrer, rue Montmartre. Avant qu'il tourne mal, il apportait à Justine des petits gâteaux le dimanche. Un délice, j'vous dis pas.

Un pâtissier ! Anarchiste ! Quentin sentit son cœur s'emballer. Tout se tenait. Les anarchistes avaient le projet de faire exploser une bombe au Ritz. Peut-être, le frère de Justine avait-il essayé de s'y faire embaucher ? Justine l'avait-elle appris ? Avait-elle tenté de prévenir la direction de l'hôtel ? L'avait-il suivie et l'avait-il tuée ?

Sans penser à saluer la concierge, il se précipita dans le couloir. Il avait besoin d'air. Diane le suivit. Il entendit la vieille leur crier :

— Hé ! Vous êtes qui ? Que je le dise à Justine...

Ils étaient déjà dans la rue. Quentin très abattu, Diane rayonnante.

— Tu vois ! Je fais une excellente enquêtrice. Je lui ai tiré les vers du nez sans difficulté.

— N'exagère pas, bougonna Quentin. On n'a rien eu à lui demander. Elle aurait parlé à ses pots de fleurs.

Diane se renfrogna.

— Toi qui es si malin, que proposes-tu ?

— Suis-moi ! Je te raconterai en descendant.

Ils dévalèrent les escaliers menant à la rue de la Vieuville et au pas de course arrivèrent devant la poste de la rue des Abbesses. Haletant, Quentin donna à la préposée le numéro de téléphone du Ritz. Ils s'enfermèrent dans la cabine numéro un et attendirent qu'on leur passe l'appel. Quentin demanda à parler à Escoffier. On lui répondit qu'il était en cuisine. Il hurla que c'était urgent. Comprimés dans le petit espace, Diane et lui étaient en nage. Au bout de quelques minutes, il eut son parrain en ligne et lui enjoignit de vérifier immédiatement si un certain Baveau avait été engagé comme pâtissier. Escoffier lui demanda de patienter. Quentin essuya d'un revers de main la sueur dégoulinant de son front. Un homme énervé vint frapper à la cabine pour leur signifier que leur conversation avait assez duré. En guise de réponse, Diane lui adressa un geste grossier. Escoffier était de nouveau au téléphone.

— Ah ! Personne de ce nom-là ? Vous êtes sûr ? s'enquit Quentin

— Très bien, nous... je vais essayer d'en savoir plus, conclut-il en s'apprêtant à raccrocher, mais Escoffier n'en avait pas fini.

— Le policier ? Il est à vos basques ? Il fouine partout ? reprit Quentin. Oui, c'est très ennuyeux. Peut-être serait-il temps de tout lui raconter...

Regardant Diane d'un air dépité, il raccrocha le combiné et déclara :

— Il a dit qu'il était hors de question de prévenir la police.

Ils sortirent sous l'œil courroucé de l'homme qui attendait leur cabine.

— On se demande bien où vous avez été élevée, lança-t-il à Diane.

— Chez les sœurs de l'Assomption. Pourquoi ? Ça vous défrise ?

Quentin entraîna Diane en lui intimant l'ordre de se taire. Il la connaissait assez pour savoir qu'elle était capable de se livrer à un festival de déclarations obscènes. Il ressentit une soudaine et immense fatigue. Courir après des criminels n'était décidément pas sa tasse de thé. D'ailleurs, terminer son article sur le *five o'clock tea* lui semblait maintenant la plus délicieuse des occupations. Il aurait conseillé d'utiliser de l'eau bouillante et rappelé que les tripotages d'eau tiède qui allongent indéfiniment le breuvage étaient formellement interdits. Il aurait évoqué la possibilité d'offrir du chocolat accompagné d'une crème fouettée servie sur une soucoupe de cristal sertie d'argent et pourquoi pas du lait chaud vanillé dans des gobelets russes à carapace d'argent ajouré. Il ne rêvait que d'un bon bain, d'une soirée tranquille à siroter une bouteille de Johannisberg bien fraîche. Oublier le meurtre de Justine Baveau, la menace d'une bombe… Il n'était plus aussi sûr que la présence de Diane soit une bonne idée. Elle se comportait comme s'il s'agissait d'un jeu et n'avait pas l'air de se rendre compte de la gravité de la situation. Découragé, il s'assit sur une borne de pierre. Paris s'offrait à ses yeux. Le dôme des Invalides scintillait de tous ses ors. Il distinguait la structure métallique du Grand Palais des Beaux-Arts qui ouvrirait ses portes dans deux ans, à l'occasion de l'Exposition universelle. Son regard s'attarda sur la tour Eiffel. Il n'arrivait pas à savoir s'il la trouvait ridicule ou géniale.

Vexée qu'il l'ait rabrouée, Diane s'était éloignée et regardait un peintre remballer ses toiles et son chevalet. Quentin hésitait. Il avait envie de lui demander de le laisser seul ce soir. Il savait que c'était impossible. Cela provoquerait un drame. Elle refuserait d'aller dormir chez ses parents qui ne manqueraient pas de lui reprocher de vivre en concubinage. Peut-être même lui fermeraient-ils leur porte. Elle l'avait peu évoqué, mais son installation chez Quentin avait fait l'objet d'une violente altercation au 16, rue de l'Université, demeure des Binville. Elle lui avait juste dit que son père l'avait pourchassée dans l'enfilade des pièces de l'hôtel particulier en lui promettant les flammes de l'enfer. Non, il ne pouvait lui infliger de revivre une telle scène. Et s'ils n'étaient pas mariés, c'était tout comme. Il se releva et, faisant contre mauvaise fortune bon cœur, déclara :

— Joignons l'utile à l'agréable. Que dirais-tu d'un baba au rhum chez Stohrer ? En se dépêchant, nous arriverons avant la fermeture.

La mine revêche, Diane accepta. Ils se faufilèrent entre les baraques foraines de la place des Abbesses et descendirent la rue Houdon. Une fois place Pigalle, elle proposa de prendre un fiacre. Quentin préférait la marche à pied qui, dit-il, lui éclaircirait les idées. C'était une affaire de vingt minutes et vu l'état de la circulation, une voiture ne leur ferait gagner que peu de temps. Diane retrouva sa bonne humeur place Saint-Georges. La proximité de *La Fronde* y était-elle pour quelque chose ? Certainement, car elle se mit à parler de l'éventualité d'une grève générale dans les chemins de fer et du sort réservé aux femmes garde-barrière qui travaillaient parfois jusqu'à dix-huit heures pour un salaire de misère.

Quentin l'écoutait d'une oreille distraite. Il repensait à Justine. La concierge l'avait présentée comme une brave jeune fille dont le seul défaut était d'être dotée d'un frère anarchiste. Peut-être l'était-elle aussi et donnait-elle le change en faisant semblant d'être en mauvais termes avec lui. Mais ça ne tenait pas debout. Quand elle avait été éconduite du Ritz, elle avait crié qu'ils s'en repentiraient. Si elle était venue en repérage pour poser une bombe, pourquoi se faire remarquer ainsi ? D'autant qu'avec la foule d'artisans et d'ouvriers présents dans l'hôtel, elle n'aurait eu aucun mal à visiter à sa guise tous les étages. Le mystère restait entier.

À ses côtés, Diane continuait à parler. Elle abordait la polémique qui opposait une des journalistes de *La Fronde*, Maria Pognon, et la présidente du syndicat des infirmières, Marie-Louise Coûtant.

— Tu te rends compte ! Elle dit que la bicyclette, qui est déjà dangereuse pour les viscères abdominaux des hommes, peut causer chez la femme des désordres incurables. Heureusement, Maria lui a rétorqué qu'une bicycliste sur sa machine doit se garer des voitures, éviter les embarras, faire attention aux tournants. C'est pour elle une gymnastique du cerveau qui va vers l'indépendance intellectuelle et lui enlève sa timidité et sa crainte, jusqu'à la hardiesse. La bicyclette est aussi un trait d'union entre les hommes et les femmes dans l'accomplissement d'un exercice fait en commun. Tu n'es pas d'accord ?

Quentin, qui n'avait strictement rien écouté, hésita une seconde et répondit : « Si, si. » L'air satisfait de Diane le rassura. Il avait opté pour la bonne réponse.

Boulevard Montmartre, ils croisèrent un cortège d'une centaine d'étudiants hurlant « Conspuez Zola », « Mort aux Juifs ». Des consommateurs les applaudirent. Une dame bien mise se leva et cria d'une voix stridente « Mort aux youtres ». Pour faire bonne mesure, son compagnon lança « La France aux Français » en agitant son haut-de-forme en direction des jeunes gens qui s'empressèrent de reprendre le slogan.

— Ça devient insupportable, s'indigna Diane. Pourquoi les laisse-t-on faire ? Tu vois des policiers dans le coin ?

— Pas une moustache, pas un képi à l'horizon. Il y a tellement de manifestations ces temps-ci qu'ils ne peuvent pas être partout.

— Dis plutôt que la police est complice.

— Tu exagères !

— Au journal, on le sait très bien. S'ils arrivent toujours après la bataille, c'est qu'ils ne veulent pas voir. Ils minimisent. Ils disent que c'est un simple tapage, qu'il n'y a rien de grave. Combien de ceux qui ont attaqué des Juifs, des magasins juifs, des synagogues, combien, je te le demande, ont été arrêtés ? Pratiquement aucun. Ou alors, ils ont été relâchés sur-le-champ. Si c'étaient des grévistes, je te fiche mon billet qu'ils seraient des centaines sous les verrous. N'oublie pas que la plupart des policiers sont des anciens militaires. Ils haïssent les dreyfusards. On en a même vu fraterniser avec ceux qui criaient « Mort aux Juifs, À bas Rothschild » devant les bureaux de *La Libre Parole*, le journal de Drumont, il y a quelques jours. Et pendant le procès de Zola, en février, ils ont passé à tabac et traité de sale Juif un journaliste qui avait eu le malheur de crier : « Vive Zola ! ». Si tu veux des exemples de l'inertie de la police, voire pire, j'en ai à la pelle.

Quentin l'avait rarement vue aussi remontée. Elle avait certainement raison. La majorité des policiers ne pouvaient être qu'antidreyfusards. Penser que l'armée avait menti et monté l'affaire de toutes pièces était inconcevable pour eux. L'espace d'un instant, il se demanda de quel côté penchait le commissaire Vassière. Sans nul doute contre Dreyfus. À condition qu'entre deux repas, il se soit posé la question.

Par attachement pour celui qu'il considérait comme le meilleur écrivain du siècle, Quentin avait assisté à la première audience du procès de Zola, en février. Il y avait eu des bagarres dans les galeries du Palais de Justice. Dans la rue, les troupes menées par Jules Guérin criaient « Mort aux traîtres » « À l'eau les youtres ! ». Il avait entendu l'expert Bertillon affirmer que le bordereau, principale pièce accusant Dreyfus, était incontestablement de sa main. Le lendemain, *La Libre Parole* titrait : « Cela doit sentir bigrement mauvais, le youpin grillé. » Quentin ne s'était plus senti le courage d'y retourner. Il avait suivi dans la presse les déclarations d'Esterhazy, désigné par les dreyfusards comme le véritable coupable, prédire que « les rues de Paris seraient jonchées de cent mille cadavres avant la conclusion de cette misérable affaire ». Le témoignage du colonel Picquart, chassé de l'armée pour avoir découvert la trahison d'Esterhazy, avait été ovationné par les dreyfusards ; la déposition de Jean Jaurès applaudie jusque dans les rangs de ses adversaires. Quant à Zola, sous les huées et les invectives des nationalistes, il s'était adressé aux jurés en ces termes : « Vous êtes le cœur et la raison de Paris, de mon grand Paris où je suis né, que je chante depuis quarante ans... En me frappant, vous ne ferez que me grandir... Dreyfus est innocent, je le jure. Par mes quarante années de travail, je jure que Dreyfus est innocent. » Rien n'y fit. À la majorité, il avait été condamné. Et sans aucun doute, il le serait encore lors de l'audience de cassation, le 18 juillet prochain.

Ils n'étaient plus très loin de la Bourse. Les trottoirs étaient noirs de monde. Des hommes surtout, vêtus de vêtements sombres, signe distinctif des gens de finance. Quentin se surprit à se demander qui était juif et qui ne l'était pas. Encore une preuve que les campagnes antisémites fonctionnaient à merveille. Combien d'appels, d'affiches avait-il lus appelant à défendre la France contre les financiers juifs, les traitant de vermine ? Autant d'appels à la haine qui avaient fait dire à Zola en apprenant sa condamnation à l'issue de son procès, au mois de février : « Ce sont des cannibales. » C'était bien ce que ressentait Quentin. Des cannibales, des barbares, déchaînés à l'idée de piller et de tuer. Certains journaux craignaient le déclenchement d'une Saint-Barthélemy des Juifs. Le climat était si délétère que, hélas, l'idée n'était pas absurde.

La foule se fit encore plus dense aux abords de la rue Montmartre, mais cette fois, il s'agissait de femmes venues faire leurs emplettes dans les boutiques jouxtant les Halles. À cette heure, les bâtiments centraux étaient fermés. Ils ne s'animeraient qu'au cœur de la nuit avec l'arrivée des charrettes venant de toute la région. En temps normal, Quentin adorait ce quartier pourtant sale, bruyant, désordonné, grouillant de vermine. C'est là qu'on trouvait les meilleurs produits du monde. Il songea que nul mieux que Zola n'avait su en décrire l'abondance et la splendeur. Il se remémora le passage du *Ventre de Paris* où la belle Lisa disposait « dans des plats de porcelaine blanche, les saucissons d'Arles et de Lyon entamés, les langues et les morceaux de petit salé cuits à l'eau, la tête de cochon noyée de gelée, un pot de rillettes ouvert et une boîte de sardines dont le métal crevé montrait un lac d'huile ; puis, à droite et à gauche, sur des planches, des pains de fromage d'Italie et de fromage de cochon, un jambon ordinaire d'un rose pâle, un jambon d'York à la chair saignante, sous une large bande de graisse. Et il y avait encore des plats ronds et ovales, les plats de la langue fourrée, de la galantine truffée, de la hure aux pistaches ; tandis que, tout près d'elle, sous sa main, étaient le veau piqué, le pâté de foie, le pâté de lièvre, dans des terrines jaunes ».

Arrivés devant l'élégante pâtisserie Stohrer, ils restèrent un long moment à regarder la vitrine tout en se concertant sur la manière d'agir. Quentin dut réfréner les ardeurs de Diane qui continuait à vouloir prendre les choses en main. Ils se firent bousculer par deux enfants qui, le nez collé à la vitre, dressaient la liste de leurs envies. Une religieuse au chocolat bien noir ornée d'une collerette de crème, une tartelette aux fraises mouchetée de chantilly, un saint-honoré aux choux caramélisés... Leurs blouses raccommodées et leurs tignasses hirsutes indiquaient qu'ils n'avaient jamais dû y goûter. Diane entra dans la boutique et en ressortit avec la religieuse et la tartelette convoitées. Les deux gamins en restèrent bouche bée quand elle leur donna. Ils la gratifièrent d'un « Merci, m'dame ! » et se carapatèrent, des fois que la bonne dame change d'avis et leur reprenne ces morceaux de paradis.

— Et pour toi, ce sera ? demanda Diane en riant.

— Baba au rhum, comme d'habitude. Et pour toi, puits d'amour ?

— Voilà ce que c'est d'être un vieux couple. Nous savons tout l'un de l'autre.

Quentin lui piqua un baiser de réconciliation sur la joue et ils entrèrent. L'odeur de caramel, de crème, de vanille était si puissante qu'il sentit sa gorge se nouer.

Ses premières émotions culinaires, dans les cuisines d'Escoffier étaient liées aux effluves de pralin s'échappant des grandes bassines en cuivre et aux pyramides de meringues à l'italienne dans lesquelles il piochait en cachette. Il gardait un souvenir ému de l'ineffable charlotte Colinette, garnie de Chantilly vanillée et de violettes pralinées et de la coupe Petit-Duc : de la glace vanille avec une demi-pêche garnie de groseilles et décorée de cordons de glace citron. L'espace de quelques instants, il oublia le but de leur visite et se laissa porter par les réminiscences d'un temps où l'insouciance se conjuguait avec la découverte des plaisirs. Un petit coup de coude de Diane le ramena à la réalité. Elle avait fait emballer leurs gâteaux par une jeune employée à l'air si propret qu'on aurait pu la croire tout juste sortie d'une illustration du *Journal des Demoiselles*. Quentin s'avança vers la caisse tenue par une dame d'âge mûr à la robe noire strictement boutonnée sous le menton.

— J'aurais aimé m'entretenir quelques instants avec M. Stohrer, lui dit-il avec un aimable sourire.

— C'est pour un mariage, des fiançailles ? demanda-t-elle en regardant Diane d'un air sévère.

— Une question d'ordre professionnel, précisa Quentin.

De mauvaise grâce, la caissière se leva, dévoilant un embonpoint qui devait certainement beaucoup aux douceurs étalées sous son nez à longueur de journée. Elle leur ouvrit une porte et leur indiqua le chemin à suivre. Nicolas Stohrer supervisait le nettoyage des moules à pâtisserie et des tables de travail. La journée était finie. La sarabande des crèmes et des biscuits ne reprendrait qu'à l'aube. Lorsque Quentin se présenta, le pâtissier s'exclama :

— Savoisy ! Une grande famille de cuisiniers et d'artistes de bouche ! Nos ancêtres se sont certainement croisés dans des cuisines royales.

Quentin n'ignorait pas que le premier Nicolas Stohrer avait officié à la cour de Louis XV et ouvert sa pâtisserie en 1730. Une époque où ses propres ancêtres faisaient commerce de vins et de liqueurs. L'histoire familiale disait qu'une arrière-grand-tante, prénommée Alixe, avait même été la cuisinière privée du Régent et avait assisté aux orgies qui se déroulaient au Palais-Royal[1]. Quentin aurait mille fois préféré évoquer ce passé plus ou moins glorieux plutôt que de s'enquérir d'un pâtissier anarchiste. Il expliqua que chargé du recrutement pour le Ritz, il avait entendu parler d'un certain Baveau qui avait travaillé chez lui. Stohrer leva les bras au ciel.

— Ce voleur ! Ne m'en parlez pas ! Je l'ai pris la main dans la caisse. Croyez-vous qu'il en ait été marri ? Pas du tout. Il est devenu enragé. Il m'a dit que ça s'appelait de la reprise individuelle et que cet argent servirait à faire sauter la cafetière des bourgeois. Je l'ai jeté dehors avec perte et fracas. C'était pourtant un excellent pâtissier. Personne ne réussissait mieux que lui la crème pâtissière. Un véritable virtuose de la ganache. Il n'était pas comme ça quand je l'ai embauché. Plutôt un gentil garçon. Qu'est-ce qui lui est passé par la tête ? Qui lui a bourré le crâne ? Vous pensez bien qu'avec ma clientèle, je ne pouvais pas le garder.

---

1. Cf. *Les Soupers assassins du Régent*, Le Livre de Poche, n° 31963, 2010.

Le meilleur monde vient se servir chez moi. Imaginez qu'il ait essayé de les empoisonner, voire de faire sauter la boutique…

— Savez-vous où il est allé ? demanda Quentin.

— Pas la moindre idée. Avec la réputation que je lui ai faite, ça m'étonnerait qu'il soit resté à Paris. Aucun des collègues ne se serait aventuré à l'embaucher.

Stohrer eut un petit sourire de satisfaction.

— Que de la mauvaise graine ce petit monde ! reprit-il. Des loups dans la bergerie.

Quentin jugea bon de ne pas poser d'autres questions. Autant la concierge du 6, rue Berthe ignorait qui ils étaient, autant Stohrer pourrait sans problème le désigner à la police comme s'intéressant de près à l'affaire. Il remercia le pâtissier qui s'empressa de remplir un petit carton de macarons et de religieuses qu'il offrit à Diane.

À défaut d'avoir obtenu des révélations fracassantes et des pistes tangibles, ils pourraient se gaver de sucre, de crème et de chocolat.

6

Le lendemain, quand il arriva au Ritz, il trouva le commissaire Vassière riant aux éclats avec Perruchot. Ils lui firent un petit signe de la main, l'invitant à se joindre à eux. Quentin pressa le pas. Il devait absolument voir César Ritz pour lui faire part de l'existence du pâtissier anarchiste et du risque d'avoir parmi les employés de l'hôtel des poseurs de bombes. Ritz le reçut en regardant ostensiblement sa montre et en lui précisant qu'il avait très peu de temps à lui accorder. Il resta de marbre aux annonces de Quentin. Que le pâtissier fût le frère de Justine Baveau et qu'il ait quitté son emploi chez Stohrer du jour au lendemain ne l'inquiétait pas le moins du monde. Il continua d'affirmer qu'aucun danger ne menaçait le Ritz. Le jour de l'inauguration, il comptait bien mettre en place un dispositif de sécurité qui leur garantirait paix et tranquillité. D'ailleurs, le commissaire Vassière qui ne quittait guère l'hôtel était de son avis. Quentin ne put s'empêcher de dire que le policier n'avait pas l'air de prendre très au sérieux sa mission. Ritz se contenta de hausser les épaules en déclarant qu'il lui restait encore beaucoup à faire et il partit d'un pas pressé, demandant à

Quentin de le rejoindre dans un quart d'heure au restaurant.

Quentin l'avait trouvé excessivement fébrile, ce qui pouvait se comprendre à une semaine de l'ouverture, mais il y avait quelque chose d'inquiétant dans son attitude. Escoffier lui avait déjà dit que depuis un certain temps, César manifestait des troubles nerveux, passant de l'accablement à l'enthousiasme le plus débridé. On avait parfois l'impression que son esprit s'obscurcissait, l'empêchant de voir la réalité. Il lui avait conseillé de voir un médecin. En vain. Il n'avait pas osé s'en ouvrir à Marie-Louise, son épouse. Elle aussi avait parfois l'air inquiet, mais sa vénération pour César était telle qu'elle aurait minimisé les troubles de son mari.

Espérant encore le convaincre que c'était pure folie de ne pas prendre au sérieux les menaces, Quentin prit le chemin du restaurant. Malheureusement, au détour d'un couloir, il tomba sur Vassière, le nez en l'air, en train d'admirer les moulures du plafond.

— C'est vraiment très beau ! On m'a dit que le patron souhaitait que son hôtel ressemble à une élégante demeure particulière meublée au gré des héritages des siècles passés. Moi qui n'ai pas d'ancêtres, ça me rend tout chose.

Comme lors de leur première rencontre, il prit familièrement Quentin par le bras.

— J'ai tout visité, continua-t-il avec un grand sourire. Les chambres de style fin XVIIe, début XVIIIe, les suites royales avec le mobilier Empire. Enfin ça, on me l'a dit parce que je suis bien incapable de faire la différence. J'ai trouvé que c'était une bonne idée de remplacer les lourdes tentures, les tapisseries trop sombres par des murs peints et de légers voilages. Pas vous ?

La France était au bord de la guerre civile, des dizaines de personnes risquaient de mourir dans un attentat au Ritz et la police, en la personne de cet olibrius, se piquait de décoration. Quentin en resta sans voix.

Toujours bras dessus bras dessous, ils étaient arrivés à la salle de restaurant. Pour la première fois, Quentin la vit éclairée. Il n'en revint pas. Il n'y avait aucun lustre. Ritz, que les lumières vives gênaient, avait fait installer les lampes dans de monumentales urnes d'albâtre qui projetaient la lumière vers le plafond.

— Une excellente idée qui permettra aux femmes, grâce à un éclairage doux et subtil, d'apparaître sous leur meilleur jour, chuchota Vassière qui avait suivi le regard de Quentin. Il lui lâcha le bras et partit fureter comme s'il était le propriétaire des lieux.

La salle était vide hormis les chaises de style Régence disposées en rond comme un immense escargot. César Ritz était en compagnie de sa femme, Marie-Louise, du baron Pfyffer, le propriétaire du Grand Hôtel National de Lucerne, et de Charles Mewès, l'architecte. Tous s'extasiaient sur la ligne parfaite des chaises et la délicatesse du brocart rose qui les recouvrait. César en tira une à lui, s'assit et convint qu'elles étaient confortables mais après avoir esquissé une petite moue, déclara : « Dommage que la moitié de ces chaises ne soient pas des fauteuils. Il n'y a rien de tel qu'une bonne assise pour inciter les convives à rester plus longtemps à table. » Le sourire satisfait de Mewès s'effaça. Il savait que de nouveaux ennuis se profilaient. Ritz ordonna de renvoyer des dizaines de chaises chez l'ébéniste afin de les doter de bras. Mewès protesta qu'il n'aurait pas le temps de dessiner un modèle convenable et que la manufacture de Lyon qui fabriquait le tissu ne pourrait les approvisionner dans un délai aussi court. Ritz tempêta ; Mewès s'inclina. Un tel souci du détail paraissait extravagant mais c'était ce qui faisait le succès des hôtels gérés par Ritz. Cela rendait encore plus inexplicable son attitude envers la menace d'un attentat qui réduirait tous ses efforts à néant. À ainsi faire l'autruche, il courait à la catastrophe. Tout à son affaire de chaises, il n'accorda pas un seul regard à Quentin. Puis il entraîna le pauvre Mewès à la mine défaite au premier étage où il avait remarqué que certaines chambres manquaient de lampes.

Découragé, Quentin n'avait plus qu'à aller rendre compte de son échec à Escoffier. C'était sans compter avec Vassière qui lui emboîta le pas. N'y tenant plus, Quentin lui lança :

— N'avez-vous pas plus important à faire que de me suivre ?

— Je veille, mon jeune ami, je veille. Je suis là pour ça. Je dois me tenir au courant de tout.

Quentin eut un petit rire nerveux, mourant d'envie de lui demander comment le meurtre d'une jeune fille et la menace d'un attentat avaient pu lui échapper.

— Comme vous allez voir votre parrain, puis-je vous accompagner ? J'adore l'ambiance des cuisines. Et il y a toujours quelque chose à grignoter… conclut-il l'air gourmand.

Quelle plaie ce bonhomme ! Pour s'en débarrasser, il le confia à Vigeard qui expliquait, casserole en main,

110

la subtile différence entre la sauce hollandaise et la sauce maltaise[1]. Vassière eut l'air ravi. Le Ritz pouvait partir en fumée, la police resterait le nez dans les marmites. Quentin s'esquiva.

Escoffier ne fut pas surpris de la réaction de César Ritz. Selon lui, il avait la tête aussi dure que les mules de son pays natal, le Valais suisse. Qu'Escoffier se résigne ainsi ne rassura pas Quentin. Cela l'agaça même tellement qu'il menaça d'aller lui-même à la Préfecture de police, puisqu'il venait encore d'avoir la preuve que Vassière se fichait éperdument d'assurer leur sécurité.

— Ritz doit être ravi qu'on lui ait affecté un incapable, continua Quentin. Le commissaire est tellement content à l'idée de se goberger lors de l'inauguration qu'il serait le dernier à donner l'alerte si, par miracle, il découvrait quelque chose de louche.

— En le voyant fureter partout, j'ai cru qu'il était au courant de l'assassinat. Quand il a demandé à voir les chambres froides, j'ai redouté le pire, mais il s'est contenté d'admirer le modernisme de l'installation et de s'informer sur nos fournisseurs car, a-t-il dit, il voue un amour immodéré à la viande de charolais. À mon grand soulagement, il a terminé son inspection en me demandant la recette du tournedos à la japonaise. J'ai dû lui expliquer que j'y mettais des crosnes, ces nouveaux petits légumes venus du Japon.

---

1. La sauce maltaise est une sauce hollandaise à laquelle on ajoute du jus d'orange et qui accompagne les asperges.

— Incroyable ! s'exclama Quentin. Vous voyez bien qu'en cas de danger, il sera totalement inefficace.

— C'est vrai qu'il n'est pas dérangeant. Il se contente d'essayer tous les fauteuils du hall et des salons. On l'a même trouvé endormi sur un lit d'une des suites. Il aide à porter les meubles. Il a fait ami-ami avec tout le personnel. Chaque jour, il vient partager notre repas.

Quentin secoua la tête avec agacement.

— Si un attentat se produisait et tuait ne serait-ce qu'une personne, reprit-il, comment feriez-vous pour vivre avec le remords ?

Escoffier se troubla. Il admit qu'il ne s'en remettrait pas, que son métier était d'apporter du plaisir, du bien-être.

— Et non de servir la mort sur un plateau, conclut Quentin d'une voix rauque.

En proie à un terrible dilemme, le cuisinier resta silencieux de longues minutes. Quentin fit valoir que si c'était lui qui avertissait les autorités, il aurait moins l'impression de trahir César Ritz dont il partageait les aventures depuis quinze ans.

— Cette pensée est très généreuse de ta part. Je suis en effet trop lié à César pour détruire ses rêves.

— Et vous rendre complice de meurtre ? s'emporta Quentin.

— Avec les mesures qu'il compte prendre, le pire peut être évité. Les invités à l'inauguration sont connus. Toute personne qui chercherait à s'introduire sera immédiatement repérée.

Quentin ricana.

— Comment pouvez-vous faire preuve de tant de crédulité ? Vous n'allez pas filtrer vos illustres hôtes !

Vous voyez Ritz demander à Boni de Castellane ou à la duchesse d'Uzès de lui montrer qu'ils ne sont pas porteurs d'une bombe.

— Ton exemple est stupide.

— C'est exact. Eux ne présentent aucun danger. Et je sais que Ritz a une mémoire phénoménale. Tous les gens qui ont fréquenté ses hôtels sont gravés dans sa tête. Mais il n'a pas le don d'ubiquité que je sache ! De telles mesures sont illusoires. D'autant que je suis persuadé que le danger vient de l'intérieur.

— Je sais, tu me l'as déjà dit, rétorqua Escoffier avec une légère impatience. Je ne peux pas me résoudre à le croire. Après ton appel d'hier, nous avons vérifié les références de tous les employés. Tu sais très bien que la plupart viennent du Savoy et que nous les connaissons depuis des années.

— Pas tous, laissa tomber Quentin.

— Je me porte garant de ceux qui travaillent en cuisine.

Quentin leva les bras au ciel.

— Les mules de Villeneuve-Loubet doivent valoir celles du Valais !

Cette allusion au village natal d'Escoffier eut pour effet de le faire sourire. Il prit son filleul par le bras et lui dit :

— Ne nous disputons pas. Je n'aurais jamais dû t'embarquer dans cette histoire. C'est à moi de prendre mes responsabilités. Dorénavant, tu resteras à l'écart.

— Trop tard, parrain ! Quoi que vous fassiez ou disiez, ce qui se passe ou se passera au Ritz me concerne.

Escoffier le regarda avec affection.

— J'oublie parfois que tu n'as plus douze ans et que je ne peux plus te chasser de mes cuisines à coups de pied aux fesses. Par contre, je vais te demander deux services.

Quentin lui lança un regard interrogateur.

— Le premier serait de rédiger quelques articles du futur *Guide culinaire*. Je n'ai le temps de rien en ce moment comme tu peux l'imaginer. Phileas Gilbert et Émile Fétu s'impatientent. Ils font leur part du travail et moi je traîne.

— Avec joie, répondit Quentin. J'ai quelques papiers à terminer pour *Le Pot-au-feu* mais rien de bien méchant. Cela me permettra de penser à autre chose qu'aux attentats. Et le second service ?

Escoffier se racla la gorge.

— Eh bien, justement... J'ai pensé... que peut-être...

— C'est de nouveau lié au Ritz ? demanda Quentin en fronçant les sourcils.

— Voilà : tu m'avais dit que ton chien était très doué pour détecter les odeurs de poudre. Je me demandais si le jour de l'inauguration, tu ne pourrais pas...

— L'amener ? compléta Quentin.

— Et lui faire faire des sortes de rondes...

— Ce n'est pas complètement idiot, s'exclama Quentin. En une semaine, je peux l'entraîner à reconnaître la dynamite. On passerait au crible l'hôtel avant la réception.

— Avant et pendant, précisa Escoffier.

Quentin regarda son parrain avec surprise.

— Pendant ? Vous ne craignez pas que les invités s'offusquent de la présence d'un chien ?

— Certaines dames ne vont pas se priver de venir avec leurs horribles petites bêtes.

— Oui mais ce n'est ni un caniche, ni un bichon, ni un de ces chihuahuas qui nous viennent d'Amérique. C'est un vulgaire chien de ferme dont le travail est de garder les vaches.

— On ne lui demande pas de courir après un troupeau ni de savoir distinguer une cuiller à café d'une cuiller à thé ! Renifler suffira.

Quentin admit que son chien devrait en être capable. Quant à lui, c'était moins sûr, mais il ne le dit pas. Il était mort de peur à l'idée de tomber sur un objet suspect, pire encore, sur un individu s'apprêtant à allumer la mèche fatale. Que ferait-il ? Aurait-il le courage de se jeter sur lui ? Serait-il la première victime de la bombe ? Il ne se sentait absolument pas le courage d'aller au-devant de tels dangers. Quand il sortit du bureau d'Escoffier, la vision du commissaire Vassière plongeant subrepticement un doigt dans une casserole le convainquit que, hélas, il n'avait pas le choix.

Commença alors une étrange semaine. Quentin termina à toute allure son article sur le *five o'clock tea*, laissa de côté celui sur les huîtres et la fièvre typhoïde, pour se lancer dans un genre de recette peu répandu : la fabrication d'une bombe. Il aurait nettement préféré se pencher sur les quelque quatre-vingts sortes de bombes glacées inventées par Escoffier, de la Coppelia, à la vanille et à la praline, à la Tosca mariant abricot et marasquin en passant par la Médicis au cognac et à la framboise. Meringues, amandes effilées, fruits confits, chantilly, biscuit, marasquin ne pouvant que faire exploser de plaisir les papilles.

Le premier jour, ne sachant vraiment pas comment s'y prendre, il traîna toute la matinée chez lui, se contentant de cacher des biscuits derrière les rideaux, dans les pots de fleurs. Ravi, le chien courait partout, dérapant sur le parquet ciré, se cognant dans les portes à la recherche de ces trésors qu'il trouvait en quelques secondes. Nénette grognait, furieuse de voir l'animal éparpiller des miettes dans tout l'appartement. Elle se planta devant Quentin, croisa les bras et le menaça de rendre son tablier si ce cirque continuait. S'ils avaient envie de jouer, lui et son chien, qu'ils aillent dehors.

Il n'avait pas parlé à Diane de la nouvelle mission confiée par Escoffier. Il craignait bien trop qu'elle se mette en quatre pour lui trouver une vraie bombe. Il devait prendre le problème à la base. Quels types d'explosifs utilisaient les anarchistes ? Comment s'en procurer pour que le chien puisse les reconnaître ? Le sujet avait été abondamment abordé par les journaux au moment des procès de Vaillant et d'Émile Henry. Le mieux serait d'aller explorer les archives du *Temps*, où travaillait un de ses amis. En quelques minutes, il s'habilla, confia le chien à Nénette, toujours furibonde.

François Moulin l'installa devant les journaux de 1892 à 1894 et lui souhaita bonne chance. Quentin avait prétexté une recherche sur les événements mondains de ces années-là. Drôles de sauteries, se dit-il en soupirant avant de plonger dans les récits terrifiants.

Il passa sur la description d'Émile Henry, un jeune homme de vingt-deux ans au teint pâle et à l'air doux. De bonne famille, admissible à Polytechnique, rien ne laissait prévoir sa dérive. Il ne put s'empêcher de relire ce qui s'était passé le 8 novembre 1892, au siège de la Compagnie des mines de Carmaux. Dans l'escalier, le concierge avait découvert un drôle de paquet qui s'avéra être une marmite. Il la descendit sur le trottoir de la rue d'Argenteuil où des agents de police se chargèrent de la transporter au commissariat, rue des Bons-Enfants. La bombe explosa. Le gardien de la paix Réaux eut les deux jambes arrachées, les cuisses broyées, le visage et les mains carbonisés. Le plancher fut couvert d'un amoncellement de débris, de lambeaux de chair. D'un bec de gaz au plafond pendait un paquet d'entrailles. Les murs étaient éclaboussés de sang. On dénombra quatre victimes : le sous-brigadier Formorin, le garçon de bureau Garin, le secrétaire Pousset, l'inspecteur Troutot, agonisant, qui mourut dans la journée.

Émile Henry avoua. Il voulait prouver aux mineurs de Carmaux, en grève, que seuls les anarchistes se préoccupaient d'eux.

Pour fabriquer sa bombe à renversement, il s'était procuré en guise de détonateur un étui en métal qu'il avait payé 1,50 franc. chez la dame Colin, papetière au 107, rue La Fayette. Puis, il avait acheté chez Billaut, spécialiste en produits chimiques, place de la Sorbonne, 4 kilos de potasse de sodium à 4 francs le kilo. Il était revenu le lendemain chercher un flacon de 100 grammes de sodium qu'il avait payé 2,65 francs.

Le principe était simple : une fois l'engin renversé, l'eau entrait en contact avec le sodium qui, ayant pris feu, faisait détoner les trous amorcés de fulminate de mercure.

Quentin lut avec horreur qu'Émile Henry avait acheté sa marmite à deux pas de chez lui, chez Comte,

117

quincaillier rue Lepic. Il y avait placé le détonateur entouré de vingt cartouches de dynamite et rempli le vide avec 4 kilos de chlorate de potasse et la même quantité de sucre en poudre. Le 12 février suivant, il faisait exploser une nouvelle bombe au café Terminus en allumant la mèche avec son cigare... et regrettait de ne pas avoir tué plus de monde.

Quentin n'ignorait plus rien des composants d'une bombe. Sauf qu'il se demandait bien comment il pourrait se les procurer, à part la marmite et le sucre en poudre. À la rigueur, il pourrait trouver du chlorate de potasse, un excellent désherbant, paraît-il, chez un jardinier, mais à part Émile qui travaillait pour les parents de Diane dans leur manoir de Normandie, il n'en connaissait aucun. Pour le fulminate de mercure, étant donné la publicité qui avait entouré ce produit, il se voyait mal aller en acheter. Autant se promener avec un écriteau : « Je fabrique une bombe. »

Quant à la dynamite, il savait que cet explosif avait été inventé, il y a une trentaine d'années, par un Suédois vivant en France, un certain Nobel mais elle n'était certainement pas en vente dans les boutiques que fréquentait Quentin. Un militaire pourrait l'aider. Malheureusement, là encore, à part le père de Diane, colonel de cavalerie, il n'avait aucune connaissance dans ce milieu, ayant échappé au service militaire grâce aux interventions de sa mère. Étant donné leurs relations, il se voyait mal demander au comte de Binville de l'emmener dans une caserne afin qu'il promène son chien dans les dépôts de munition.

Dans un des articles du *Temps*, il vit qu'une dizaine d'années plus tôt, avait été publié un livre intitulé *L'Indicateur anarchiste*, véritable manuel de l'apprenti

dynamiteur. Seule l'introduction était citée : « En suivant scrupuleusement nos prescriptions, tu peux
manœuvrer en toute confiance. Un enfant de douze ans
ferait aussi bien que toi. » Voilà qui n'était guère ras-
surant. Il préférait que les enfants de douze ans jouent
à chat et mangent des sucettes Pierrot-Gourmand. Ce
livre lui serait-il utile ? Il en doutait. Pour se le procurer, il lui faudrait entrer en contact avec des anarchistes et il ne voyait vraiment pas comment procéder.
Et cela ne l'aiderait pas à trouver les produits néces-
saires. Le chien allait devoir se débrouiller avec un
entraînement minimum. Il se contenterait d'aller acheter quelques cartouches de chasse pour lui remémorer
l'odeur de la poudre. Il referma les reliures contenant
les journaux en espérant une fois de plus que la
semaine prochaine, il n'achèterait pas un journal où le
Ritz ferait les gros titres. À moins qu'il ne fût parmi
les victimes...

Sur le chemin du retour, abîmé dans de sombres
réflexions et peu pressé de retrouver la mauvaise
humeur de Nénette et les gambades du chien, il repensa
à Joseph Favre. Faute de mieux, un ancien anarchiste
aurait peut-être des révélations intéressantes à lui faire.
Il n'était pas loin de la rue du Mail où *Le Pot-au-feu*
avait ses bureaux. Il avait toutes les chances d'y trouver
son patron, Phileas Gilbert, qui lui donnerait l'adresse
de Favre. Véritable bourreau de travail, Phileas, qui
aurait pu mener une prestigieuse carrière dans de
grands restaurants ou des cours européennes, passait
sa vie à écrire pour le grand public mais aussi à prendre

la défense des cuisiniers et à soutenir leurs revendications.

Tout menu, la barbichette bien taillée, il accueillit Quentin avec son affabilité coutumière.

— Content de te voir. Tu viens m'apporter tes derniers papiers ?

— Vous les aurez demain à la première heure, répondit Quentin.

— Sans faute ! Escoffier m'a prévenu qu'il allait te confier certains articles du guide culinaire. Ça va nous permettre d'avancer. Je suis moi-même assez pris. D'ailleurs, tu tombes bien. Je dois finir d'écrire la recette de l'alose au court-bouillon et celle du pâté de pigeons à l'anglaise. Pourrais-tu me rédiger la page sur les produits de la quinzaine ?

Quentin ne pouvait refuser. Phileas était un homme charmant, sauf dans deux cas : quand on ne travaillait pas à son rythme effréné et quand on parlait des femmes en cuisine. Pour lui, la cuisinière était la scorie de la profession, le produit d'un temps avide et vulgaire qui préférait la quantité à la qualité. Cela donna à Quentin l'idée de proposer à Diane, quand cette maudite affaire serait terminée, de faire une enquête sur les cuisinières de maisons bourgeoises. Sous-payées et traitées avec peu d'égards, elles avaient pourtant à leur actif de sublimes réussites gastronomiques. *La Fronde* s'intéresserait certainement à un tel sujet et ils pourraient y travailler ensemble. Si Diane daignait accepter son concours !

Il prit le tas de feuilles où Phileas avait noté le cours de chacun des produits en vente sur les marchés. Cela irait vite. Il lui suffirait d'ajouter un court commentaire. Ainsi, au rayon des poissons, il indiqua que le beau saumon était toujours aussi cher et valait environ 9 francs le kilo, le bar, lui aussi, en raison de sa rareté atteignait les 6 francs. Par contre, les maquereaux dont c'était la pleine saison, ne coûtaient que 60 centimes. Les merlans, à 2 francs le kilo étaient aussi à recommander. Tout comme les dorades. La langouste avait baissé : 7 francs le kilo et le homard à 4,50 francs était redevenu abordable. Il donna d'autres indications pour les soles, sardines, barbues, rougets, écrevisses... et s'attaqua aux volailles. Les poussins de Hambourg étaient excellents en cocotte avec des légumes nouveaux ; les poulets et les dindes grasses de Houdan pouvaient faire l'affaire, mais la plupart des chasses étant fermées, on ne trouvait aucune bécasse, gélinotte ou coq de bruyère, seulement des grosses cailles d'Amérique à 2,50 francs. Pour les légumes, il précisa que les petits pois de Bordeaux n'étaient pas aussi bons qu'ils devraient l'être, que les choux-fleurs d'Angers étaient laids, peu abondants et fort chers, mais qu'on trouvait de jolies bottes d'asperges, de belles tomates de Marseille. Il accéléra sur les fromages de saison, proposant Hollande, Gruyère, Roquefort, fromage à la crème et en rappelant qu'il fallait renoncer au Brie, au Camembert et au Coulommiers. Quant aux fruits, les fraises de Paris arrivaient sur le marché à partir de 60 centimes la livre. Les cerises n'avaient jamais été aussi belles et précoces et les pêches de serre à 2,50 francs étaient tout à fait honorables. Il termina en mettant en garde contre les abricots d'Espagne, jolis d'aspect mais mauvais au goût.

Phileas le remercia d'avoir fait si vite, mais quand Quentin lui demanda l'adresse de Joseph Favre, il se récria vivement :

— Hé ! Tu ne vas pas passer à la concurrence ?

Quentin le rassura : il n'avait nullement l'intention de les laisser tomber, Escoffier et lui.

Cette fois, il prit un fiacre, Joseph Favre habitant presqu'à la campagne, à Boulogne-sur-Seine. Il eut tout le temps pour se préparer à la rencontre avec son premier anarchiste.

7

La maison était petite mais agréable, entourée d'un jardin fleuri de roses et de clématites, aux antipodes du galetas de la rue Berthe. Quentin dut attendre un long moment avant qu'on vienne lui ouvrir. Une femme plantureuse d'une cinquantaine d'années lui demanda, l'air méfiant, ce qu'il voulait. Quentin avait préparé un petit discours. Son journal, *Les Échos de Montmartre*, tenait à rendre hommage au grand cuisinier Joseph Favre. Un gros mensonge, mais il n'avait rien trouvé de mieux. Le visage de la femme s'éclaira.

— Mon mari est un peu diminué depuis son attaque cérébrale, mais il sera ravi de s'entretenir avec vous. Je vous demanderai juste de ne pas le fatiguer.

Quentin promit d'être aussi bref que possible, ce qui était d'ailleurs bien son intention. Mme Favre le conduisit dans une pièce à l'arrière de la maison donnant sur des massifs de fleurs entretenus avec soin. Il y régnait une chaleur étouffante. Mme Favre s'en excusa :

— Son accident a rendu mon mari très frileux. Aussi, je vous en prie, mettez-vous à l'aise. Enlevez votre veste.

C'est donc en bras de chemise qu'il prit place en face de Joseph Favre, installé dans un grand fauteuil d'osier, une couverture sur les genoux. Il somnolait et son épouse lui caressa légèrement la main pour le réveiller. Elle lui expliqua les raisons de la présence de Quentin. Il fit un geste de la main exprimant la lassitude mais dans son œil s'alluma une lueur de vivacité.

— Je vais vous chercher un pichet de limonade, annonça Mme Favre. Vous en aurez bien besoin.

Quentin savait Favre malade mais il ne s'attendait pas à le voir aussi diminué. La conversation n'allait pas être facile. Or, c'est tout le contraire qui se produisit. D'une élocution, certes un peu lente mais tout à fait compréhensible, le cuisinier commença :

— Madeleine me couve comme si j'étais un nourrisson. Tout juste si elle ne me fait pas manger de la bouillie. Alors, jeune homme, que souhaitez-vous savoir ?

— Pour commencer, dites-moi pour quel public vous écrivez.

— Je l'avoue humblement, j'écris pour tout le monde. Avec trois critères à l'esprit : l'économie, le bon goût et l'hygiène.

Quentin se réjouit : le bonhomme avait toute sa tête. S'il savait le manœuvrer habilement, il aurait les renseignements qu'il cherchait. Mais il valait mieux commencer par des sujets n'entraînant pas de polémique.

— Vous attachez beaucoup d'importance à la santé par l'alimentation. Pourquoi ?

— Il vaut mieux bien se nourrir que de courir chez le médecin. Savez-vous que je rêvais de faire des études médicales ? Hélas, mon père n'avait pas les moyens et il m'a placé comme apprenti-cuisinier à Sion, dans le Valais suisse.

« Tiens, se dit Quentin, il est originaire de la même région que Ritz et ils ont à peu près le même âge. Y aurait-il jalousie ou conflit sous roche ? » Malgré sa faiblesse physique manifeste, Joseph Favre pouvait fort bien avoir mis sur pied les instruments d'une vengeance.

— Et comme je faisais preuve de dons culinaires certains, j'ai poursuivi ma carrière à Genève, Wiesbaden, Berlin mais aussi à Paris, au Café Riche, au Café de la Paix.

L'arrivée de son épouse interrompit Joseph Favre. Elle disposa sur un plateau la limonade accompagnée de petits biscuits sablés et retourna à ses occupations.

— Très vite, reprit le cuisinier, je me suis fait remarquer en voulant simplifier la cuisine. Je ne supportais pas les fleurs de cire ou en mie de pain dont on surchargeait les plats, pas plus que ces abominables socles de graisse ou de pâte destinés soi-disant à mettre en valeur les mets.

Quentin voyait bien que Favre avait grand plaisir à parler de sa carrière, mais cela l'éloignait de sa quête.

— Vous avez à cœur de proposer des mets appétissants à ceux qui n'ont pas les moyens d'aller dans les grands restaurants, dit Quentin espérant qu'il mordrait à l'hameçon.

Favre émit un petit rire cassé.

— Vous touchez là une de mes préoccupations premières. Je suis un homme de gauche et je ne m'en cache pas. En 1870, j'ai rejoint l'armée de Garibaldi venue en France se battre contre les Prussiens. J'ai été l'ami de Gustave Courbet, obligé de s'exiler en Suisse après la chute de la Commune.

Quentin jubila. Les anarchistes se profilaient à l'horizon. Malheureusement, l'irruption de Mme Favre, venue s'assurer que tout se passait bien, fit perdre le fil au pauvre homme. Le trouvant fébrile, elle le recouvrit d'une nouvelle couverture. Quentin attendit qu'il retrouve ses esprits pour demander prudemment :

— On dit que vous avez côtoyé des anarchistes. Est-ce exact ?

Le visage de Favre s'éclaira de nouveau. Après avoir demandé à Quentin de lui enlever cette maudite couverture qui l'étouffait, il reprit :

— Bien sûr ! J'ai fait partie de l'Internationale anarchiste qui prônait la destruction de tout pouvoir par la grève des travailleurs dans tous les pays. J'étais ami avec Bakounine, Malatesta, Élisée Reclus, Benoît Malon. J'ai même cuisiné pour eux. Un jour d'hiver, à Lugano, après une de nos réunions. Il y avait aussi Jules Guesde, mais lui n'a pas continué dans la voie anarchiste, il est devenu socialiste. Dommage !

Joseph Favre commençait à fatiguer. Ses paroles devenaient indistinctes.

— Et ce repas ? Qu'avez-vous préparé ? demanda Quentin espérant relancer son intérêt.

— Je ne sais plus bien, mais il y avait des poissons du lac, du risotto. Je me souviens que Malatesta, Guesde et moi buvions du vin rouge d'Asti, Élisée Reclus de l'eau et Bakounine tasse de thé sur tasse de thé. Il nous enfumait de si belle manière avec ses cigarettes de tabac turc qu'Élisée et moi étions à moitié asphyxiés. Il a consenti à s'arrêter pour goûter au pudding que j'avais fait spécialement pour l'occasion et que j'avais appelé Salvator, du nom du mont qui domine le lac del Cerisio. J'avais coupé en cinq abaisses un gâteau de Compiègne ; je l'avais tartiné de marmelade d'abricots et parsemé d'angélique et de gingembre confit, puis ajouté des œufs mélangés à du lait et du marasquin et fait cuire au bain-marie trente minutes. Je l'ai servi avec un sabayon au marasquin.

Le pauvre homme avait de plus en plus de mal à articuler. Quentin lui donna à boire un peu de limonade. De toute évidence, il n'avait aucun dessein caché et ne manifestait aucun esprit rancunier. Quentin faisait fausse route en pensant qu'il pouvait tirer les ficelles d'un complot. Il en eut la certitude quand Favre dit dans un souffle :

— Je me suis détaché de ce mouvement quand le mot d'ordre est devenu la révolte permanente par le poignard et la dynamite et non plus par la parole et l'écrit.

Ces paroles glacèrent Quentin. Quoique épuisé, Favre manifestait l'envie de continuer à égrener ses souvenirs. Il raconta comment il avait mystifié Charles Monselet, rédacteur en chef du journal *Le Gourmet*, en lui faisant manger une tranche de queue de crocodile qu'il avait fait passer pour une escalope de saumon. Il en riait tout seul. Il se faisait tard. Quentin ne savait plus comment mettre fin à l'entretien. Il fut sauvé par Mme Favre qui lui ordonna sans ménagement de partir, son mari étant visiblement à bout de force. Un peu honteux d'avoir menti au cuisinier, Quentin se promit d'écrire un véritable article sur lui, un jour, quand le Ritz serait hors de danger. Il prit congé en promettant de revenir dès qu'il le pourrait.

Le bilan de sa journée était maigre. Il ne pourrait compter que sur la chance et la bonne volonté du chien.

Les jours suivants, il reprit l'entraînement en cachant dans l'appartement non pas des biscuits mais de la poudre à fusil dissimulée dans des petites boîtes en métal que l'animal découvrait en un rien de temps. Nénette n'apprécia pas. Elle s'en ouvrit à Diane, disant que les nouvelles manies de son patron lui donnait un surcroît de travail, le chien mettant tout sens dessus dessous dans ses courses effrénées. La jeune femme compatit et lui assura qu'elle en parlerait à son fiancé. Elle n'en fit rien, trop occupée à travailler sur un mystérieux sujet dont elle ne voulait rien dévoiler. Elle partait tôt, rentrait tard. Ce qui arrangeait Quentin. S'il lui avait caché la mission que lui avait confiée Escoffier pour le jour de l'inauguration, il avait tout fait pour la dissuader d'y assister. Chargée de relater les événements mondains pour *La Fronde*, elle était, bien entendu, invitée. Elle monta sur ses grands chevaux, disant qu'il n'avait pas le pouvoir de lui interdire quoi que ce soit. Il lui rappela les menaces, allégua le danger. Pour faire bonne mesure, il lui lança :

— Souviens-toi du Bazar de la Charité.

— Mais cela n'a rien à voir. Il s'agissait d'un incendie accidentel…

— Sauf que tu as failli mourir.

Une ombre voila le regard de Diane. L'année précédente, elle n'avait pu se soustraire à l'obligation rituelle d'être présente au comptoir de l'Œuvre de Sainte-Geneviève, habituellement tenu par sa mère. Fatiguée, la comtesse de Binville ne pouvait être présente les deux jours que durait la vente de charité. Les objets d'art, bijoux, tableaux, récoltés auprès de généreux donateurs étaient revendus à de non moins généreux acheteurs, eux aussi issus de la haute bourgeoisie et de l'aristocratie. À cette occasion, de grandes dames comme la duchesse d'Uzès ou la princesse Kotchoubey faisaient l'article et jouaient à la marchande. En ce 4 mai 1897, tout se passait à merveille, la recette de la veille avait atteint quarante-cinq mille francs et une foule huppée s'arrachait les derniers objets. Vers seize heures, Diane avait décidé de s'accorder une pause et d'aller prendre l'air devant le numéro 17 de la rue Jean-Goujon. Ce qui la sauva. Tout au fond du hangar, le cinématographe avait pris feu et, en quelques minutes, les flammes se propagèrent aux décors de toiles peintes censées représenter une rue de Paris au Moyen Âge, puis à tout le bâtiment. La panique s'empara des douze cents personnes présentes qui tentèrent de gagner les deux seules portes de sortie. La bousculade fut telle que beaucoup furent piétinées à mort. Diane vit sortir des torches humaines, d'autres avec, Dieu merci, seulement les cheveux ou la barbe roussis. Elle se précipita vers une dame dont le bas de la robe était en flammes pour lui porter secours. Avec stupeur, Diane la vit rebrousser chemin et remonter le flot humain qui tentait d'échapper au drame.

— Que faites-vous ? lui hurla-t-elle.

— Mon fils ! Il ne m'a pas suivie…

Diane ne sut jamais si la dame était ressortie. Des voisins étaient accourus. Les pompiers furent sur place quelques minutes plus tard. Mais le feu était allé si vite que rien ne put être tenté pour sauver ceux qui étaient encore à l'intérieur. Pendant des mois, dans ses cauchemars, Diane entendrait les hurlements de peur et de douleur des prisonniers de ce piège infernal.

Le soir même, on dénombrait cent vingt-trois morts et plus de trois cents blessés. Les corps carbonisés ou ce qu'il en restait furent transportés dans une aile du Palais de l'Industrie. Toute la nuit, on vit des pères, des frères, des maris errer dans cet enfer. Car, le plus incroyable, c'est qu'on ne comptait que cinq hommes parmi les victimes. Dès le lendemain, la presse se déchaîna contre les « chevaliers de la pétoche », « les marquis d'escampette » qui s'étaient empressés d'écraser femmes et enfants pour sauver leur peau. Les témoignages étaient accablants, ainsi cette religieuse racontant comment des messieurs l'avaient jetée à terre, foulée aux pieds et abattaient des dames à coups de poing pour fuir plus vite.

Quentin savait que Diane avait eu le plus grand mal à se remettre de cette tragédie. La lui rappeler était, certes, cruel mais, connaissant l'obstination de sa fiancée dès qu'il s'agissait de son travail pour *La Fronde*, il n'avait guère le choix. Diane resta pourtant intraitable. Elle irait à l'inauguration. La discussion était close.

Quentin n'était pas retourné au Ritz et n'avait eu aucune nouvelle d'Escoffier qui devait plancher avec son équipe sur la mise au point du menu de gala sous la haute surveillance du commissaire Vassière se léchant les babines par avance. De toute évidence, aucune autre lettre de menace n'était arrivée, mais rien ne prouvait que les anarchistes aient renoncé à leur projet. Le calme avant la tempête, se disait Quentin qui se désespérait de l'inertie de César Ritz. Le compte à rebours était commencé : l'inauguration aurait lieu dans une semaine. Chaque jour, il épluchait la presse, cherchant toute information en lien avec les anarchistes. Rien de probant ne lui apparut. À l'affût, elle aussi, Diane revenait bredouille. Non pas que la période fût calme, bien au contraire. La préparation des élections législatives faisait monter la pression d'un cran. La cassation du jugement de Zola exacerbait la haine des nationalistes. La Ligue antisémitique inondait Paris de tracts, d'affiches, de journaux, de libelles. Collées sur les vespasiennes, les affiches de théâtre, les murs, les vitrines de magasins, on ne pouvait échapper aux mises en garde. « Français, les Juifs, il y a un siècle, ne possédaient rien en France. Aujourd'hui, ils sont maîtres de tout et ont volé la moitié de la fortune nationale. À bas les Juifs ! Vive la France aux Français ! » Tout y passait, l'absorption des petits commerces par les bazars juifs, la trahison de la juiverie cosmopolite et des francs-maçons... On prévoyait la victoire de nombreux candidats nationalistes et antisémites[1] dont le fameux Drumont, qui faisait une campagne triomphale à Alger. De graves débordements avaient eu lieu dans toutes les villes de la colonie. Des « youpinades », se réjouissaient les antisémites ! Juifs molestés, cafés refusant de les servir, boycott des magasins, des avocats, des médecins juifs... Ces flambées de violence faisaient horreur à Quentin. Il se disait parfois qu'il serait temps de s'engager aux côtés de ceux qui luttaient contre ces mouvements mortifères, mais il ne se voyait pas aller batailler dans les manifestations. Faire l'autruche n'était pas très valeureux, il le savait. Il se le reprocherait certainement un jour, mais pour l'heure il préférait rester enfermé chez lui, rue Lepic.

---

1. Vingt-six furent élus.

Entre deux séances d'exercice canin, il se plongeait avec plaisir dans l'écriture des articles confiés par son parrain. L'espace de quelques heures, il oubliait l'inquiétude qui le taraudait. L'œuvre projetée allait recenser plus de cinq mille recettes ; elle serait immense et ferait certainement plus de mille pages. Sa rédaction durerait plusieurs années. Escoffier était très clair : pas question de faire un ouvrage de luxe, une curiosité à reléguer dans une bibliothèque. Ce devait être un compagnon de tous les instants à garder à portée de main, un outil plutôt qu'un livre, laissant à chacun la liberté d'établir sa façon d'opérer selon ses vues personnelles.

Le 22 mai, jour du deuxième tour des élections législatives, il n'alla pas voter au grand dam de Diane qui lui reprocha violemment son manque de conscience politique. Elle, qui aurait tant aimé pouvoir glisser son bulletin dans l'urne, trépignait en lui disant que sa collègue Hubertine Auclert avait bien eu raison de refuser de payer ses impôts vu que, ne votant pas, elle n'avait pas à s'en acquitter. Pour faire bonne mesure, Hubertine appelait à la grève ménagère. Voyant poindre les prémices d'une dispute qu'il souhaitait à tout prix éviter, Quentin lui proposa d'aller manger une glace chez Tortoni. Il savait qu'elle ne résisterait pas à l'appel du biscuit glacé à base de macarons, arrosé de marasquin et couronné de crème fouettée. Le chien fut le premier à la porte, le premier dans l'ascenseur et le premier dans la rue où les attendait un spectacle peu commun. À l'angle de la rue des Abbesses, ils

virent une douzaine de drôles de zèbres tirant une car-
riole où était juché un âne blanc. À leurs côtés, un
homme d'une trentaine d'années, à la barbe et aux
cheveux roux, haranguait la foule : « Chers électeurs,
finissons-en. Votez pour lui. L'âne Nul, dont les ruades
sont plus françaises que les braiments patriotards. C'est
l'occasion de voter blanc, de voter Nul, tout en se
faisant entendre. »

Trouvant le discours pertinent et correspondant à
son état d'esprit, Quentin éclata de rire et suivit le chien
qui voulait aller voir de plus près cet étrange équipage.
Mi-figue, mi-raisin, Diane leur emboîta le pas. Elle
demanda à une dame qui applaudissait à tout rompre
si elle savait qui était l'individu qui menait la charge.

— Bien sûr ! C'est une figure du quartier, Zo
d'Axa. On le dit anarchiste. Mais, surtout, n'allez pas
croire que c'est un va-nu-pieds. Pas du tout, il est le
descendant d'un célèbre explorateur, La Pérouse. Le
pauvre homme doit se retourner dans sa tombe...

Diane rejoignit Quentin en train de lire une feuille
imprimée qu'on venait de lui tendre : « Réfléchissez,
chers citoyens. Vous savez que vos élus vous ont
trompés, vous tromperont et pourtant vous allez voter.
Votez donc pour l'âne. On n'est pas plus bête que
vous. »

La charrette se mit en route entourée d'une joyeuse
cavalcade. Sur son passage, fusaient des quolibets, certains amusés, d'autres bien plus agressifs, des passants
n'admettant pas qu'on se moque ainsi du suffrage universel. Quelques « sales Juifs » jaillirent.

Quentin s'empressa d'entraîner Diane vers les
horizons paisibles de Tortoni et de ses biscuits glacés.

8

Le 5 juin, jour de l'inauguration, il faisait un temps exécrable, s'accordant fort bien à l'humeur de Quentin. Des nuages bas plombaient le ciel de Paris, une petite pluie fine rendait le pavé gras et glissant. S'il avait neigé, il en aurait été fort heureux. Tout ce qui pouvait inciter le grand monde à ne pas se rendre au Ritz, serait bienvenu. Il priait pour que les invités préfèrent rester au sec dans leurs hôtels particuliers, pour que les femmes craignent d'abîmer leurs escarpins, leurs chapeaux, même si une vaste rotonde protégeait l'arrivée des voitures.

N'en menant pas plus large qu'un mouton sur le chemin de l'abattoir, Quentin se présenta au *Ritz* en début de matinée. Il aurait mille fois préféré rester au lit, douillettement à l'abri des fureurs du monde. Une fois de plus, Diane était partie à l'aube, happée par ses mystérieuses occupations. Elle lui avait donné rendez-vous au Ritz et souhaité une bonne journée. Plaise au ciel qu'ils se retrouvent le lendemain, sains et saufs, amoureusement enlacés, avait pensé Quentin quand il avait entendu la porte se refermer sur elle. Il avait pris un temps fou pour se préparer et opté pour un smoking, un habit de soirée mis à la mode par le prince de Galles, composé d'un veston noir à revers de satin et d'un pantalon à galon de soie. Nénette avait été chargée de l'emballer soigneusement. Place Blanche, il avait arrêté un fiacre pour le conduire place Vendôme. Pris dans les embouteillages de l'avenue de l'Opéra, il avait décidé de continuer à pied. Ce qu'il avait aussitôt regretté. La pluie battante allait sans aucun doute ruiner son habit, il avait le cou et les pieds humides, le chien tirait comme un forcené sur sa laisse. Il faillit faire demi-tour et rentrer s'enfermer chez lui. Il l'aurait sans doute fait si Diane n'avait accepté l'invitation du Ritz. Il ne se pardonnerait jamais de la laisser seule face au danger. La tête basse, il avait poursuivi son chemin, espérant sans y croire une seule seconde que César Ritz, prenant enfin au sérieux les menaces, aurait décidé d'annuler les festivités.

Le chien, qui détestait la pluie, s'ébroua avec vigueur dans le hall, provoquant le regard furibond d'un des portiers qui fit aussitôt appel à une femme de ménage pour que soient effacées les traces humides de pattes. Pour une fois, Quentin ne s'excusa pas. Le chien était en service commandé et, à ce titre, devait être considéré comme un collaborateur à part entière. Il avait été décidé qu'ils feraient des rondes dans tous les étages de l'hôtel, des caves voûtées aux mansardes en passant par les chambres froides de sinistre mémoire, les suites encore inoccupées, et surtout le restaurant et les salons où se tiendrait la réception. Avec l'accord d'Escoffier, Quentin avait rajouté à cette liste les cuisines. Il savait que c'était un peu illusoire, le chien risquant de s'intéresser plus aux effluves de viandes rôties qu'aux éventuels relents de dynamite.

Dûment chapitrés, les employés avaient pour ordre, à la moindre présence suspecte, au premier geste équivoque, de prévenir Poulvert ou l'un des membres du service de sécurité qu'il avait embauché. Bien entendu, les raisons de ce surcroît d'attention n'avaient pas été révélées, mais personne n'y avait trouvé à redire.

Autant l'atmosphère extérieure était triste et froide, autant l'ambiance à l'intérieur du Ritz était chaleureuse et raffinée. Quentin remarqua les fougères et les palmiers en pots disséminés dans le hall. Personne, à part Ritz, ne s'était jamais donné la peine de soigner ainsi le décor d'un hôtel. Le chien tira sur sa laisse mais Quentin lui refusa le plaisir de s'approcher de ce qu'il prenait sans doute pour une forêt où s'ébattre. Ils passèrent les portes du restaurant. Les tables tant attendues étaient enfin arrivées et des membres du personnel s'activaient fiévreusement pour les mettre en place. Le visage fermé, César Ritz supervisait l'opération, le fidèle Mewès à ses côtés. César prit place à l'une d'elles, posa les mains sur le bois précieux, fit mine de lire un menu et s'exclama d'une voix courroucée :

— Ces tables sont beaucoup trop hautes. Impossible d'y manger confortablement. Il faut les renvoyer et les faire raccourcir. D'au moins deux centimètres.

Le pauvre Mewès se laissa choir sur une chaise et le regarda d'un air désespéré.

— Mais c'est impossible ! Nous n'avons que quelques heures... Les voitures qui les ont amenées sont certainement reparties.

Ritz bondit, traversa la salle de restaurant et le hall en courant, se précipita sous la verrière et sortit sous la pluie battante. Les voitures étaient déjà à l'angle de la rue de Castiglione. Il leur fit faire demi-tour, ordonna de recharger les tables et de les rapporter dans trois heures.

Tout le personnel était pétrifié. Quentin en entendit quelques-uns murmurer : « Il est fou ! ». Effondré, Mewès n'avait pas quitté sa chaise. Ritz lui tapota l'épaule et lui dit d'une voix guillerette :

— Vous voyez. Rien n'est impossible.

Quentin s'étonna de ne pas voir le commissaire Vassière dans les parages. Le minimum aurait été qu'il surveillât les entrées mais sans doute était-il en train de roder autour des cuisines. Il le découvrit quelques minutes plus tard, nonchalamment installé dans un salon, une brochure à la main.

— Quentin ! Le grand jour est arrivé ! On fait la bombe ce soir ! s'exclama-t-il en éclatant d'un rire tonitruant.

Quentin sursauta et faillit lui sauter à la gorge. Sentant la colère de son maître, le chien se mit à grogner. Vassière se leva et s'approcha de l'animal dans l'intention de le caresser.

— Oh ! C'est un bon toutou, ça ! dit-il d'une voix sucrée.

Le chien gronda de plus belle. Le policier retira sa main. Quentin songea subitement que personne n'avait pris la peine de vérifier que Vassière faisait vraiment partie de la police. S'il y avait une personne étrangère à l'hôtel qui avait eu tout loisir d'explorer les moindres recoins et de cacher des explosifs, c'était bien lui. Si le chien avait grogné, c'est peut-être qu'il en avait une partie sur lui.

— Savez-vous, reprit Vassière, qu'il y a cinquante ans la police avait utilisé des chiens pour sauver des personnes de la noyade, mais ça n'a pas bien marché.

Aujourd'hui, le préfet Lépine songe à avoir recours à eux pour lutter contre les cambriolages. Votre chien aurait ses chances... Je peux lui en parler. Au préfet Lépine... ah ! ah ! ah !... pas au chien.

Ce lourdaud aurait-il des dons de double vue ? Mais ce n'est pas en lui balançant le nom du préfet Lépine qu'il apaiserait les doutes que Quentin venait de concevoir à son égard. Vassière retourna s'asseoir dans un des confortables fauteuils et agita la brochure qu'il tenait toujours en main.

— L'avez-vous lue ? demanda-t-il. Très luxueuse. Très intéressante. « Histoire de la place Vendôme » ! Ce César Ritz est vraiment rusé. Il nous décrit les monuments historiques de la place et en profite pour vanter toutes les nouveautés proposées par son hôtel. Très astucieux ! Il paraît qu'il en a diffusé gratuitement des centaines d'exemplaires. Faut vraiment qu'il soit riche. Ceci dit, je ne l'envie pas vraiment. Il m'a l'air très nerveux. Mais bon, on le serait à moins...

Pourquoi disait-il ça ? Pourquoi se planquait-il au fond d'un salon ? Les doutes de Quentin redoublèrent.

— Si vous voulez bien, tenez-moi compagnie, mon cher Quentin. Je me fais tout petit pour ne pas gêner le personnel. Pour vous dire, je ne suis même pas descendu aux cuisines. Ils sont sur les dents, là-bas. J'attends tranquillement avant de m'en mettre plein la lampe.

Sans qu'il lui demande, Vassière avait réponse à tout. Quentin ne savait plus que penser. Devait-il lui demander un document prouvant qu'il était bien commissaire de police ?

— Aujourd'hui est aussi un grand jour pour moi, lança Vassière. Regardez, je viens d'être promu commissaire de première classe ! Fêter ça au Ritz, c'est un peu mieux que dans une salle qui pue les pieds et la sueur au 36, quai des Orfèvres, non ?

Quentin prit la feuille à l'en-tête de la Préfecture de police, Direction générale des recherches. Signée par un certain Puibaraud, elle attestait la promotion de Vassière. Soulagé et dépité, Quentin lui rendit le papier en le félicitant. Son anxiété lui avait joué un mauvais tour, voilà tout. Il voyait des coupables partout. Il devait absolument faire preuve de plus de sang-froid. Mais Dieu du ciel, fallait-il que ce Puibaraud soit naïf pour ne pas voir la crétinerie d'un policier comme Vassière.

Ayant retrouvé son calme, Quentin commença ses rondes par les chambres. La plupart n'étaient pas louées, aussi avait-il le champ libre. L'objectif était de vérifier qu'aucun matériel suspect n'y était entreposé. Si le poseur de bombes faisait partie du personnel, il pouvait très bien avoir eu l'idée d'y cacher son funeste outillage. Il ouvrit toutes les armoires, penderies, tiroirs et les referma en prenant bien soin de ne laisser aucune trace. Il regarda sous les lits, appréciant au passage les couvre-lits en dentelle de Venise assortis aux dessus de coiffeuses et housses de coussins que Marie-Louise Ritz avait fait exécuter par des paysannes italiennes. « Le meilleur n'est pas trop beau », avait coutume de dire Ritz.

La truffe au ras de la moquette, le chien fit preuve d'une grande conscience professionnelle, allant jusqu'à dénicher quelques clous oubliés, un mouchoir de dentelle aux initiales de Marie-Louise Ritz et un marteau dans une baignoire. Quentin évita de déranger les piles de serviettes de bain d'une douceur exceptionnelle, les bibelots joliment disposés sur les secrétaires et les commodes. Un seul incident émailla son parcours. Pénétrant dans une des suites, il eut la surprise de voir jaillir un petit homme furibond, les hanches ceintes d'une serviette.

— Alors, vous avez mon escabeau ? hurla-t-il avec un fort accent anglais.

Interloqué, Quentin le regarda avec incompréhension.

— C'est une honte, continua le gnome. La baignoire est bien trop haute pour que je l'enjambe. Ritz m'a promis un escabeau. Où est-il ? Je vais faire un scandale. Les lecteurs du *Times* en seront avertis.

Quentin reconnut alors Henri Blowitz, le correspondant du quotidien anglais. Ses écrits étaient considérés comme paroles d'évangile outre-Manche, aussi valait-il mieux ne pas le contrarier. Avant que Quentin ait pu trouver des paroles rassurantes, un garçon d'étage surgissait dans l'encadrement de la porte, portant l'escabeau tant attendu. L'incident diplomatique évité, Quentin s'éclipsa sur la pointe des pieds, laissant le nain à ses ablutions.

Cette première inspection qui lui prit deux heures ne donna rien de probant. Il continua dans les lingeries où des centaines de draps étaient rangés dans un ordre tout militaire. Il négligea les appartements privés de César et Marie-Louise. Dans le jardin, il examina les socles des statues, les abords de la fontaine, laissant au chien le soin d'explorer les massifs et les bosquets. Un jardinier qui coupait des roses fanées se mit à hurler en voyant l'animal creuser furieusement au pied d'un rhododendron. Quentin rappliqua aussitôt et empêcha l'homme de donner un coup de pied au chien. D'une voix impérieuse, il indiqua qu'ils agissaient sur ordre du patron. Le chien s'arrêta soudain et s'assit sur son arrière-train. Quentin, qui s'attendait à une trouvaille significative, en fut quitte pour reboucher le trou à la main sous l'œil courroucé du jardinier. Ils quittèrent le jardin pour les cuisines, le jeune homme ayant décidé de s'octroyer une pause déjeuner. Il aperçut Escoffier penché sur des casseroles puis vérifiant le travail des pâtissiers. Ils se saluèrent de loin, Quentin lui fit signe que tout allait bien.

Si les cuisiniers n'étaient pas encore en plein coup de feu, les préparatifs allaient bon train. Les effluves de truffe, de pain chaud, de bouillons aromatiques le firent saliver et il se dirigea vers la salle à manger du personnel où il pourrait trouver de quoi apaiser sa faim. Le chien, le museau frémissant, se planta devant une desserte où trônaient des tranches de gigot encore fumantes. Quentin dut le traîner derrière lui, provoquant là encore des regards peu amènes. Il engloutit rapidement du poulet froid et une belle part de tarte aux fraises, le tout accompagné d'un excellent bordeaux. En récompense de ses bons et loyaux services, le chien eut droit à quelques lambeaux de viande et ils reprirent leur quête. La visite des caves fut une véritable épreuve. Sans cesse, il revoyait le corps de Justine pendu aux crocs de boucher. Il lui fallut faire appel à tout son courage pour ouvrir les chambres froides, écarter les carcasses d'animaux pour s'assurer qu'elles ne cachaient rien de suspect. Il en ressortit pantelant, au bord de la nausée. Le chien, lui, regretta de ne pas y passer plus de temps.

Ayant repris ses esprits, Quentin pénétra dans la cave à vins où reposaient quatre mille bouteilles des meilleurs vins, champagnes et liqueurs. D'un seul coup d'œil, il vit que rien ne clochait. Le sommelier Guichard prenait un soin maniaque de ses nectars et avait mis au point un système de numérotation qui permettait à une bouteille commandée d'être décantée et servie en quelques minutes.

Quand il reparut dans le hall de l'hôtel, l'ambiance s'était subtilement modifiée. La pression déjà tangible était montée d'un cran et se mêlait à la nervosité manifeste de Ritz. Il s'était ouvert à plusieurs collaborateurs de sa peur que personne ne vienne, le mauvais temps ayant encore empiré. Le retour des tables raccourcies lui donna l'occasion de s'occuper et d'oublier ses craintes l'espace d'un instant. Quentin qui était en cours d'inspection de la salle à manger assista à l'arrivée d'une escouade de serveurs. Ce fut alors un ballet de nappes damassées qui s'envolaient pour retomber en plis parfaits, suivi d'une cascade de couverts en argenterie de chez Christofle, brillant de tous leurs feux qui vinrent se placer comme par miracle aux côtés des verres de cristal de Baccarat. Pour ne pas les gêner, Quentin avait interrompu ses recherches et admirait la maestria des serveurs. Quand il put reprendre son inspection, la salle à manger étincelait. Ritz avait l'air satisfait. Pour parfaire le décor, il fit disposer sur les tables une profusion de bouquets et de guirlandes de roses. Rien à voir avec les abominables fleurs raidies de fil de fer qu'on trouvait habituellement dans les restaurants.

Ayant passé au peigne fin tous les recoins, Quentin était sûr que rien de dangereux n'avait été dissimulé.

Pour récompenser le chien, il lui accorda une balade au jardin des Tuileries. La journée était loin d'être finie et, malgré la pluie toujours battante, un peu d'air et de liberté leur firent le plus grand bien. Quand ils revinrent, les buffets avaient été installés, le personnel visiblement en ordre de bataille, mais César Ritz continuait à s'angoisser. Debout au pied de l'escalier, il demandait à son vieil ami le baron Pfyffer :

— Croyez-vous qu'ils vont venir ? Mon avenir dépend de cette inauguration. J'ai lancé des invitations à tous ceux qui comptent dans la haute société parisienne et londonienne.

Quentin entendit Pfyffer le rassurer mais il se prit de nouveau à rêver que la soirée fût un désastre pour cause de manque d'invités. Quoi qu'il en soit, il n'avait plus de temps à perdre. Il alla se changer dans le vestiaire des cuisiniers, d'où l'on entendait le fracas des casseroles et les cris des chefs de partie. Ce n'était pas le moment de déranger Escoffier.

Il se plaça dans le hall, entre deux palmiers, le chien soigneusement dissimulé derrière un pot. Il devrait y rester toute la soirée à surveiller les allées et venues. Habitué des soirées mondaines, il n'aurait aucun mal à identifier la plupart des invités et pourrait signaler les inconnus faisant preuve d'un comportement étrange.

À son grand désappointement, les invités commencèrent à arriver. Boni de Castellane, l'arbitre des élégances parisiennes, Mme de Breteuil vêtue à l'américaine, la comtesse de Pourtalès en robe à traîne, la princesse Lucien Murat, Mme de Lévis-Mirepois, le jeune Marcel Proust toujours aussi nerveux, Antoine du Bourg de Bozas... Mais aussi le grand-duc Michel

144

en compagnie de la comtesse Torby pour qui il avait dû quitter la cour de Russie, Lady de Grey qui avait traversé la Manche exprès tout comme Evelyn Fitzgerald, sans compter ceux venus d'Amérique : James Gordon Bennett, Santos-Dumont, M. Gulbenkian, l'homme le plus riche du monde. César Ritz rayonnait. Il accueillait avec chaleur ses invités. Il avait réussi son coup. Le Gotha international, la haute finance, les artistes, les sportifs, les femmes les plus recherchées, les lanceurs de mode, tous avaient répondu à son invitation. C'était un triomphe.

Et plus César se réjouissait, plus Quentin se décomposait. Il avait sous les yeux le plus beau tableau de chasse que pouvait s'offrir un anarchiste. Des Rothschild en pagaille, le banquier Chase, les duc et duchesse d'Uzès, de Morny, de Rohan, le prince de Furstenberg, l'Aga Khan... Un véritable cauchemar. Quentin voyait déjà les cervelles de tout ce beau monde éclabousser les murs, leurs membres disloqués, lui et le chien pataugeant dans le sang. Il n'avait pas vu Diane. Aurait-elle suivi ses conseils ? Ne pouvant quitter son poste d'observation, il espéra qu'elle avait renoncé à venir. Quand le flot des arrivants se calma, il commença à s'ennuyer ferme entre ses deux palmiers. Le brouhaha des conversations et des rires lui parvenait assourdi.

Un grognement du chien le fit sursauter. En alerte, il regarda de tous côtés. Le hall était désert, hormis les valets chargés d'accueillir les retardataires. Se dévissant le cou, pour observer l'escalier, il ne vit personne. Mais il entendit le rire de Vassière qui s'approchait de lui.

— Mon petit Quentin ! Vous prenez racine ! Qu'est-ce que vous trafiquez en pleine jungle ?

Il se frappa le front en désignant le chien qui grondait toujours.

— Mais c'est bien sûr ! Vous surveillez ! Il ne fallait pas vous donner cette peine. Tout se déroule à merveille. Cela me chagrine. Vous auriez pu me faire confiance. Vous ratez le meilleur. Si ça se trouve, il n'y a déjà plus de homards Thermidor. Je n'en avais jamais mangé.

Consterné, Quentin le laissa lui raconter la chair onctueuse, délicatement grillée et nappée de crème à la moutarde anglaise.

— Et le faisan Souwaroff ! Aux truffes et au foie gras ! s'extasia-t-il. Vous connaissez tout ça, mais moi, faut que j'en profite. Je retourne me faire péter la sous-ventrière. Par ici, la bonne soupe. Et vous avez vu les rombières ? Couvertes de diamants ! Allez, ne restez pas entre vos pots de fleurs, c'est là-bas que ça se passe, conclut-il en désignant le restaurant.

Dans un sens, Vassière avait raison. S'il devait arriver quelque chose maintenant, ce serait au restaurant. Chapitrant le chien pour qu'il se tienne correctement, Quentin pénétra dans la grande salle. Il fut ébloui par l'atmosphère élégante qui y régnait. Ritz avait raison, l'éclairage indirect rendait grâce à la beauté des femmes et à la splendeur de leurs bijoux. Comme il s'y attendait, les buffets étaient somptueux. Des homards Thermidor et des faisans Souwaroff chers à Vassière, des langoustes à la parisienne, des huîtres à la Mornay, des bouquets d'écrevisses Tosca, des aiguillettes de canard aux truffes, des fonds d'artichauts Cussy, des aspics d'ortolans, des soles au chambertin, des cailles aux cerises, des carrés d'agneau Soubise, des noisettes de chevreuil Romanoff, des ris de veau Régence, des darnes de saumon à la royale, des vols-au-vent Frascati, des turbotins Dugléré, des filets de bœuf Orloff, des pavés de foie gras Lucullus, des noisettes de lièvre Mirza, des timbales de morilles, des pigeonneaux à la crapaudine, des poulardes en demi-deuil, des poussins à la Cendrillon, des timbales Grimaldi... Quentin reconnaissait les plus grands succès culinaires d'Escoffier. Les dîneurs semblaient apprécier. Il aurait volontiers pris place parmi eux, le poulet et la tarte aux fraises du déjeuner étant bien lointains.

César Ritz allait de table en table, pour s'assurer que ses hôtes ne manquaient de rien mais surtout pour recueillir leurs compliments. Quentin aperçut Vassière, seul à une petite table, la mine réjouie. D'un regard circulaire, il tenta de repérer Diane. Il crut la reconnaître tout au fond et s'apprêtait à aller la voir quand le chien tira si brusquement sur sa laisse qu'il lui échappa. Quentin le rappela à voix basse, mais l'animal irrésistiblement attiré, continua son chemin au milieu des tables. Personne ne s'en aperçut jusqu'à ce qu'il passe sur les pieds d'un serveur portant un plateau de bouchées au caviar. Ce dernier dirait plus tard qu'il avait cru voir un énorme rat. De saisissement, il laissa choir son chargement qui se répandit à terre. Ritz fut sur place en deux bonds et d'une voix coupante ordonna au serveur de décamper après avoir réparé sa gaffe. Quentin savait qu'il serait renvoyé sur-le-champ, aussi voulut-il aller expliquer à César la cause de l'incident. Mais le chien avait disparu et il lui fallait le retrouver avant qu'il ne commette de nouveaux dégâts. S'il lui en prenait l'envie, il pouvait mettre à sac le buffet et transformer les précieux mets en infâme carnage. Il vit une dame s'agiter en poussant des petits cris. L'animal était à ses côtés, grognant d'un ton sourd. Quentin blêmit. Il ne connaissait pas cette femme, mais tout dans son maintien et ses vêtements disait la femme du monde. Que devait-il faire ? Alerter Ritz ? S'enquérir lui-même du problème ? Il opta pour cette dernière solution. Prenant son air le plus aimable et le plus distingué, il s'approcha de la dame et d'une voix qui se voulait assurée demanda :

— Ce chien vous importune ?

— C'est le moins qu'on puisse dire ! Regardez ce qu'il est en train de faire.

L'animal s'était emparé de son charmant petit sac en soie et s'employait à le mettre en pièces. Quentin se pencha pour lui retirer sa proie. Secouant la tête dans tous les sens, le chien ne voulut rien lâcher. Le compagnon de la dame s'était à demi levé et, à son air furieux, on pouvait s'attendre à ce qu'il crie au scandale. Divers objets tombèrent par terre dont un petit pistolet que Quentin saisit prestement. La dame s'empourpra ; son compagnon se rassit.

— Ce n'est rien. Je vais vous expliquer. Depuis mon difficile divorce, s'empressa-t-elle de chuchoter, je ne sors jamais sans mon arme. Mon ex-mari me traque. Il a menacé de tuer Georges. Il sait que je suis ici ce soir.

Ledit Georges blêmit.

— Tu ne me l'avais pas dit...

— Je ne voulais pas t'effrayer. Et c'est bien pour ça que je suis armée...

— Ma pauvre amie, tu es si myope que tu ne vois pas à plus de dix mètres !

Quentin s'esquiva sur la pointe des pieds, emmenant le chien qui agitait joyeusement entre ses dents un petit mouchoir en dentelle. Deux minutes plus tard, il vit Georges se lever et quitter la table. La dame était en larmes. Quentin faillit lui rapporter son mouchoir mais se ravisa. Mâchouillé par le chien, il ne lui serait d'aucune utilité.

Ce fut le seul incident notoire de la soirée qui se poursuivit fort tard dans la nuit. Un pistolet de dame, un mari jaloux, un amant effrayé… Piètre résultat – mais inespéré pour Quentin qui croyait dur comme fer qu'une catastrophe se produirait. Il retrouva Diane, délicieuse dans sa robe en mousseline de soie, très décolletée et brodée de tulipes rose pâle et crème. Elle l'invita à s'asseoir à la table qu'elle partageait avec de vieilles connaissances. Toujours sur ses gardes, il n'y resta que quelques instants et continua à patrouiller dans l'hôtel. Les derniers invités partis, Escoffier et Ritz laissèrent éclater leur joie et se congratulèrent. Une fois de plus, ils avaient fait la preuve de l'excellence de leur accueil. L'hôtel était appelé à un brillant avenir. César Ritz ne manqua pas de souligner qu'il avait eu raison de ne pas attacher d'importance aux menaces d'attentats. Escoffier prit son filleul à part et le remercia d'avoir veillé au bon déroulement de la soirée et invita le chien à un festin de rôti de bœuf quand il le voudrait. Quentin n'en revenait pas d'être encore vivant. Il lui faudrait du temps pour évacuer la tension nerveuse de ces dernières heures. Quoique immensément soulagé, il avait du mal à croire que la lettre d'avertissement de « L'Internationale des

Nations » fût un canular. Justine Baveau n'avait pas été assassinée par un mauvais plaisant. Que Ritz et Escoffier, tout à leur succès, semblassent l'avoir définitivement rayée de leurs préoccupations le gênait, mais il n'allait pas être plus royaliste que le roi. Le temps effacerait l'image du corps de la jeune fille, encore si bien gravé dans son esprit. On ne saurait jamais rien des causes de sa mort. Ce drame resterait inexpliqué. La vie reprendrait son cours normal. Il retournerait avec joie à son train-train quotidien : les articles pour *Le Pot-au-feu*, la mauvaise humeur de Nénette, les dîners chez le père Alzon et les nuits avec Diane.

9

Quoi de plus délicieux qu'une grasse matinée dans les bras de son amoureuse ? Quentin était aux anges. Diane avait consenti à ne pas aller travailler. Les ébats auxquels ils s'étaient livrés, la fougue dont il avait fait preuve, l'intensité de son désir et de son plaisir lui avaient montré à quel point l'angoisse des dernières semaines l'avait éloigné du cœur de sa vie. Il émit le souhait d'aller passer quelques jours au bord de la mer, mais elle refusa, arguant de son travail à *La Fronde*. Quentin s'y attendait. Elle l'avait prévenu, mais il insista. Sacrifier leur séjour traditionnel à Trouville lui coûtait. C'était sur cette plage qu'il l'avait rencontrée, lui en culottes courtes et elle en barboteuse. Les Savoisy, qu'on pouvait qualifier de nouveaux riches, avaient très tôt sacrifié à la mode des bains de mer pour se mêler à la clientèle aristocratique fréquentant l'Hôtel des Roches Noires et les élégantes villas de la côte. Quentin se fit une raison. Le sable blond, les promenades pieds nus à la lisière des vagues, les flots étincelant à la lumière des étoiles lui manqueraient, mais Diane valait bien ce sacrifice.

Il s'étira, tenta de rattraper sa fiancée qui se levait en le traitant de cossard. Il s'étonna. Depuis quelque temps, son vocabulaire, déjà très imagé, s'était étoffé de mots qu'il ne connaissait pas. Patiemment, elle lui expliqua que « tirer sa cosse » signifiait « flemmarder » ou « paresser » s'il préférait. À la question de savoir où elle apprenait de telles expressions, elle répondit laconiquement « Dans la rue » et disparut en direction de la salle de bains. Le chien profita de la porte ouverte pour venir lui manifester son affection. Quentin tenta un repli sous les draps, mais l'animal le poursuivit de ses assiduités à tel point qu'il finit par se lever en soupirant. Nénette avait pris soin de tenir du café au chaud, mais dans un de ses mauvais jours, elle ronchonna dès qu'elle le vit :

— Votre chien demande qu'on le sorte. Comptez pas sur moi. J'ai du travail.

Le journal ouvert sur la table tendait à prouver que l'essentiel de ce travail était la lecture des faits divers. D'excellente humeur et ne voulant pas gâcher son premier jour de liberté, Quentin avala une tasse de café et prit la laisse pour la plus grande joie du chien.

Il vécut la suite comme un mauvais rêve. À son retour, Diane était partie. Nénette l'attendait, un petit papier à la main.

— Une lettre urgente pour vous, dit-elle.

Escoffier lui demandait de venir toute affaire cessante. Un drame avait eu lieu. Ce message lui rappelait furieusement celui reçu quelques semaines plus tôt. Il faillit le déchirer et le mettre à la poubelle, mais il ne put s'y résoudre. La mort dans l'âme, il prit le chemin du Ritz.

La mauvaise nouvelle datait du matin même. Ritz et Escoffier avaient reçu un télégramme du Grand Hôtel de Rome. Un plat destiné à la princesse Orsini avait explosé dans les mains d'un serveur, le défigurant et lui arrachant un bras. Le pauvre homme était mort quelques heures plus tard. Escoffier avait tenté de joindre la direction de l'hôtel par téléphone. En vain. Ce nouveau système de communication, s'il fonctionnait bien localement, n'était pas très fiable pour les longues distances, se lamentait Escoffier.

Quentin restait perplexe. L'accident, quoique ayant coûté la vie d'une personne, était mille fois moins grave que ce qui aurait pu se passer la veille au Ritz. Sauf qu'on ne pouvait pas plaisanter avec la sécurité des clients d'un palace. Devant l'air accablé d'Escoffier, il saisit le téléphone, appela l'opératrice qui le prévint que l'attente risquerait d'être longue. Par miracle, deux minutes plus tard la sonnerie aigrelette se fit entendre. Le Grand Hôtel était en ligne. Escoffier fit signe à Quentin de prendre l'écouteur. Ils apprirent que la police n'avait pas encore été prévenue, mais que le secret ne tiendrait pas longtemps. Officiellement, l'explosion était due au mauvais fonctionnement d'un réchaud à gaz mais les employés témoins du drame divulgueraient la vérité à un moment ou un autre. Une lettre signée de « L'Internationale des Nations » revendiquant l'attentat venait juste d'arriver. Escoffier et Quentin se regardèrent d'un air entendu. Mais le plus étonnant était la teneur des revendications de ce mystérieux groupe. Il était demandé au Grand Hôtel de mettre à sa carte la pizza Margherita et d'autres plats typiquement italiens, sinon d'autres explosions auraient lieu.

— De la pizza Margherita, demanda Escoffier, abasourdi, vous êtes sûr ?

Quentin lui faisait des grands signes pour signaler qu'il avait quelque chose à demander. Escoffier n'en tint pas compte et continua sa conversation.

— Demandez-leur quel était le plat qui a explosé, insista Quentin.

D'un geste de la main, Escoffier lui intima l'ordre de se taire.

— Est-ce que c'était un pudding ? le pressa Quentin.

Devant le ton insistant de son filleul, Escoffier posa la question à son interlocuteur.

— Ah ! c'était bien un pudding...

— Demandez-leur s'il y avait des abricots et du marasquin, poursuivit Quentin.

Escoffier, le regardant d'un air ahuri, s'exécuta.

— Ah ! Il y avait bien du marasquin et des abricots...

— Un pudding Salvator, j'en étais sûr ! s'exclama triomphalement Quentin.

Quand Escoffier raccrocha, il lui raconta sa rencontre avec Joseph Favre et l'histoire du fameux pudding. Le crime du Grand Hôtel de Rome était signé. C'était bien un acte anarchiste. Le cuisinier semblait dubitatif. Que venait faire la revendication concernant la pizza et les autres mets italiens ? Pourquoi les anarchistes se mêlaient-ils de cuisine ? Cela n'avait pas de sens. Quentin convint qu'il n'y comprenait goutte. Vouloir atteindre la princesse Orsini se concevait. Mais se battre pour de la pâte à pain était absurde. Quoique... Il se remémora les récentes émeutes à Milan, menées à l'instigation des anarchistes en raison de la cherté du pain. Non, ça ne tenait pas debout, se dit-il. Il n'en restait pas moins qu'une nouvelle étape avait été franchie et que cette « Internationale des Nations » venait de commettre son premier crime. Silencieux, Escoffier le regardait avec insistance. Quentin n'eut aucun mal à saisir ce qu'il avait derrière la tête.

— Non, ne me demandez pas ça ! s'écria-t-il. Je n'irai pas à Rome. Que les Italiens se débrouillent ! Ils ont bien une police...

Escoffier lui lança un regard désappointé.

— Nous avons des responsabilités envers le Grand Hôtel, César et moi. C'est nous qui l'avons mis sur pied et ce qui s'y passe, en bien ou en mal, nous concerne.

— Pas moi !

— Tu as raison. Mais ce serait me rendre un grand service...

— Ce n'est tout de même pas moi qui vais donner la chasse à tous les anarchistes d'Europe... Vous surestimez mes capacités, parrain. Je vous l'ai dit mille fois.

— Je crois que tu te trompes. Tu as fait preuve de perspicacité avec ton pudding Salvator. Peut-être découvriras-tu autre chose ?

Une fois de plus, Quentin se sentit dans l'incapacité de dire non à Escoffier.

— Très bien, dit-il. J'ai compris. Je pars à Rome.

— Je crois que cela s'impose et je t'en remercie. Mais tout de même, de la pizza Margherita... C'est insensé !

Au terme d'un voyage de près de vingt-cinq heures, Quentin arriva défait en gare de Rome Termini. La veille, il avait juste eu le temps de repasser chez lui faire sa valise, laisser un mot à Diane, confier le chien à Nénette qui, bien entendu, s'était récriée qu'elle avait assez de travail comme ça. Il ne serait parti que quelques jours, l'avait-il rassurée.

Il prit devant la gare une petite voiture découverte pour le conduire au Grand Hôtel. La chaleur était étouffante en cette fin d'après-midi. La chemise collante, les pieds en feu, il n'aspirait qu'à prendre un bain et ne prêta guère attention aux monuments que lui signalait le cocher. Hélas, il n'était vraiment pas à Rome pour faire du tourisme. Plutôt que d'enquêter sur un meurtre, il aurait nettement préféré se promener, le nez au vent, dans les rues du Trastevere ou musarder aux alentours de la fontaine de Trévi.

Ouvert en 1895 par Ritz et Escoffier, le Grand Hôtel n'avait rien perdu de sa splendeur. En très peu de temps, il était devenu le lieu de passage obligatoire des riches touristes et de la bonne société italienne. Les habitués du Savoy s'y donnaient rendez-vous l'hiver, assurant ainsi à l'hôtel une clientèle huppée et dépensière. À peine arrivé dans le hall, Quentin vit Alphonse Pfyffer se précipiter vers lui. Blême, la cravate de travers – ce qui chez cet Helvète rigoriste équivalait à sortir nu en pleine rue. Fils du propriétaire du Grand National de Lucerne et protégé de César Ritz, il s'était révélé un excellent gestionnaire et un amoureux inconditionnel de la Ville éternelle.

— Venez, venez, dit-il à Quentin, suivez-moi ! La police ne va pas tarder à arriver. Nous n'avons pas pu garder le secret plus longtemps.

— Pitié ! Laissez-moi prendre un bain. Je suis couvert de crasse et je dois sentir le rat crevé.

— Aucune importance, rétorqua Pfyffer. Vous aurez tout votre temps après.

Quentin poussa un soupir déchirant et suivit Pfyffer dans son bureau qui donnait sur les thermes de Dioclétien.

— J'ai été très soulagé quand j'ai reçu le télégramme de M. Escoffier m'annonçant votre arrivée. Cette histoire va avoir d'épouvantables conséquences sur la bonne marche de l'hôtel. Par chance, le plus gros de la saison est passé. Songez qu'à Pâques nous avons reçu le prince Radolin, Lord et Lady Essex, le comte Opersdorf... Imaginez le scandale... Nous avons de plus en plus de princes allemands et monténégrins. Les dames de l'aristocratie italienne, pourtant peu habituées à quitter leurs palais, fréquentent assidûment le restaurant. Oh, mon Dieu ! Si la princesse Orsini avait été atteinte, c'en était fait de nous.

Quentin acquiesça quoiqu'il regrettât de ne pas avoir entendu un seul mot de compassion pour le pauvre serveur. Mais le grand monde était ainsi fait. On s'y souciait peu du sort des petites gens.

— Je ne suis pas sûr de vous être d'une grande aide, continua-t-il. Auriez-vous récemment embauché un pâtissier du nom de Baveau ?

— Je vais m'en enquérir, répondit Pfyffer qui passa dans le bureau d'à côté.

Quelques minutes plus tard, il était de retour, tenant une petite fiche à la main.

— Émile Baveau. Il est parmi nous depuis un peu moins d'un mois. Il a travaillé à Paris et semble donner toute satisfaction. Vous le soupçonnez ?

Quentin ressentit un long frémissement le long de la colonne vertébrale. Il avait vu juste. Après avoir tué

157

sa sœur pour une raison encore inconnue et renoncé à s'attaquer au Ritz, il était venu perpétrer son forfait à Rome. Restait à savoir comment procéder pour le mettre hors d'état de nuire. Le plus simple serait de le livrer à la police, mais l'affaire prendrait alors de telles proportions que les clients du Grand Hôtel s'enfuiraient illico. Du moins, c'était l'argument que lui servirait Pfyffer, Quentin en était certain.

— Il se peut qu'il soit lié à cette affaire, répondit-il prudemment. Que comptez-vous dire à la police ?

De blême, Pfyffer devint livide et desserra un peu plus son nœud de cravate.

— Le moins possible. Nous avons, je dois l'avouer, généreusement graissé la patte aux deux serveurs témoins de l'accident. Je crois que nous pouvons compter sur leur silence. D'autant que nous leur avons bien fait comprendre que, s'ils parlaient, ils auraient le plus grand mal à retrouver du travail. Nous maintenons pour la police la version du réchaud à gaz. Vous serez d'accord avec moi que nous ne pouvons nous payer le luxe d'un scandale. L'Italie connaît une situation très instable avec tous ces socialistes et anarchistes qui mettent de l'huile sur le feu.

Comme au Ritz, la police serait soigneusement maintenue dans l'ignorance, regretta in petto Quentin.

— Avez-vous l'adresse du pâtissier ? demanda-t-il.

Pfyffer reprit sa fiche et annonça :

— Au 5, piazza del Fico. C'est dans le centre de Rome…

De livide, il passa au verdâtre.

— Juste à côté du palais Orsini… La princesse… Vous croyez…

Il épongea son front ruisselant de sueur avec un mouchoir de fine batiste.

— Disposez-vous de deux ou trois hommes de confiance capables de maîtriser un individu dangereux ?

— Vous voulez l'assassiner ?

Quentin se rendit compte que ce qu'il avait dit pouvait effectivement laisser croire qu'il songeait à éliminer Baveau. De détective, il passait au statut de tueur. Mais c'était une bonne question. S'ils s'en emparaient, qu'allaient-ils en faire ? Il n'en savait fichtrement rien. À moins que l'homme se soit enfui, ce qui était fort probable.

— Non, répondit-il. Juste l'attraper. Vous déciderez de ce que vous en ferez.

Après tout, à Pfyffer de prendre ses responsabilités. Il n'allait pas régler le problème à lui tout seul.

— Savez-vous s'il travaille aujourd'hui ? reprit-il.

Le directeur replongea le nez dans sa fiche et compta sur ses doigts.

— Il fait partie de la brigade du matin. Nous ne le verrons que demain.

Quentin hésita. Ce serait beaucoup plus facile d'agir à l'arrivée du gaillard à l'hôtel. À condition qu'il reprenne son travail, ce qui serait très étonnant. Peut-être avaient-ils encore une chance de le cueillir chez lui. Pfyffer semblait avoir suivi le même raisonnement car il déclara d'une voix impérieuse :

— Il faut que vous y alliez maintenant. Suivez-moi, je vais chercher Luigi, Carlo et Pietro qui vous accompagneront.

Quentin voyait l'espoir d'un bon bain s'envoler. Il avait l'impression de mariner dans un jus noirâtre et sentait se développer autour de lui un âcre fumet. Les trois hommes de main du Grand Hôtel se tinrent d'ailleurs soigneusement à l'écart de lui dans la voiture qui les menait piazza del Fico. Les rues étant trop étroites, ils finirent le chemin à pied. Arrivés devant le numéro 5, une antique maison aux fenêtres gothiques, Quentin expliqua dans son mauvais italien que l'homme pouvait être dangereux et qu'il ne devait en aucun cas s'échapper. Il ne faisait pas le fier, se reprochant d'avoir eu cette idée saugrenue d'agir seul. Lui qui ne s'était jamais battu de sa vie et qui prenait le large dès qu'il voyait une rixe à l'horizon…

La concierge, qui ressemblait comme une sœur à celle de la rue Berthe, leur indiqua un numéro de porte au quatrième et dernier étage. La peur de Quentin augmentait au fur et à mesure qu'il gravissait les marches. Il prit une profonde respiration devant la porte de Baveau. Les hommes de main se placèrent de part et d'autre. Comme il s'y attendait, il n'y eut aucune réponse. Avec une pointe de soulagement, il s'apprêtait à abandonner la partie quand la porte s'ouvrit sur un jeune homme de son âge, torse nu, les cheveux ébouriffés. Il sut immédiatement qu'il s'agissait bien du frère de Justine.

10

— Que me voulez-vous ? demanda Émile Baveau d'une voix ne trahissant aucune nervosité.

— Vous parler de l'attentat qui a coûté la vie à un de vos collègues au Grand Hôtel, annonça Quentin.

— Je croyais qu'il avait été victime d'une explosion de gaz.

— Ne faites pas le malin, s'énerva Quentin. C'est vous qui avez fait le pudding Salvator qui l'a tué.

Émile Baveau tenta de refermer sa porte mais Pietro l'en empêcha et le repoussa sans ménagement.

— Ne cherchez pas à vous enfuir. Vous n'avez aucune chance.

— Je n'ai aucune raison de m'enfuir. Je n'ai rien à voir avec cette histoire, tempêta Baveau.

— Pourquoi vouliez-vous assassiner la princesse Orsini ?

— Je n'ai rien voulu de tel. Pourquoi insistez-vous ?

— Vous êtes bien anarchiste ?

— Je ne le cache pas. Vous pensez que tout anarchiste est un assassin en puissance, c'est ça ? Vous voulez me mettre sur le dos un crime que je n'ai pas commis ?

Quentin perdait pied. Il n'était pas, loin de là, rompu aux techniques d'interrogatoires. Il pensa un instant laisser Baveau entre les mains des sbires. Après tout, il avait parfaitement bien réussi sa mission en identifiant aussi rapidement le coupable. Mais quelque chose le chiffonnait. Pourquoi Baveau ne s'était-il pas enfui ? C'est ce qu'aurait fait n'importe quel coupable.

— Votre princesse, je m'en fiche, reprit le pâtissier. S'il fallait zigouiller tous les aristos… Ce n'est pas ça qui m'intéresse dans l'anarchie.

— Mais vous connaissiez le pudding Salvator, insista Quentin. Celui qui a été servi à Bakounine…

— Bakounine, je connais et je respecte mais votre pudding machin-chose, vous pouvez vous le mettre où je pense.

Les trois gardes du corps qui ne comprenaient pas le français commençaient à s'impatienter. Quentin leur demanda d'attendre dehors. Baveau le regardait avec un petit sourire ironique. Il avait perçu son hésitation.

— Écoutez, l'ami. Je vois bien que vous n'y connaissez rien, alors je vais vous dire pourquoi je suis anarchiste. Nos parents se sont saignés aux quatre veines pour qu'on aille à l'école. Je voulais devenir instituteur. J'avais une sœur qui aurait pu l'être aussi. Et puis le malheur habituel. Le père qui meurt, la mère qui n'a plus un sou. Justine placée comme bonne, moi comme apprenti-pâtissier. Et c'en est fini des rêves. On turbine pour les patrons. On voit toutes leurs crapuleries. Et on se dit qu'on ne peut pas supporter plus. Faut que ça change. Et c'est pas les socialos qui vont nous aider. Alors, oui, j'ai suivi Tortelier qui proposait de cesser le travail partout en même temps. La grève générale internationale ! Ça n'a pas marché il y a dix ans, mais on y travaille. J'ai jamais été pour les marmites explosives. C'est dans les syndicats qu'il faut agir.

Quentin l'avait écouté avec attention. Il sentait confusément qu'il disait vrai.

— Ça n'explique pas pourquoi vous avez quitté la France juste après la mort de votre sœur, lança-t-il.

Une ombre voila le regard de Baveau.

— Parce que j'ai eu peur qu'on m'accuse. Je venais juste d'être libéré de prison pour avoir volé Stohrer. Tout le monde savait qu'on était pas du même bord, Justine et moi. Quand je suis allée la voir pour qu'elle m'aide, elle m'a sorti les pires horreurs et moi aussi je lui ai dit ses quatre vérités. La bignole a même pointé son vilain nez de fouine sous prétexte qu'elle avait peur que je fasse du mal à la petite chérie. Quand j'ai appris la mort de Justine, je me suis tiré pour éviter que les argousins me tombent sur le paletot.

Soudain, une contradiction évidente sauta aux yeux de Quentin. La police n'avait pas identifié le corps. À part lui, Escoffier, Ritz et Poulvert, seul son assassin pouvait savoir qu'elle était morte.

— Comment avez-vous appris son décès ? demanda Quentin d'une voix coupante.

— J'ai reçu un message.

— De qui ?

— Je ne sais pas…

— Vous vous fichez de moi ! Vous recevez un message anonyme annonçant la mort de votre sœur et vous filez à l'anglaise. Sans vérifier ! Vous deviez avoir quelque chose sur la conscience…

— Je n'ai pas dit qu'il était anonyme. Il était signé.

— Par qui ?

— Un camarade que je ne connaissais pas.

— Que disait le message ?

— Que Justine avait été assassinée et que ça risquait de me retomber dessus. Il me conseillait de venir ici, à Rome.

— Et vous l'avez cru sans sourciller ?

— Vous savez, dans ces cas-là, on ne réfléchit pas trop. Je suis fiché à la police. La tôle, j'ai donné. Aucune envie d'y retourner. Mais… ça veut dire que Justine est vivante ? demanda-t-il avec une telle note d'espoir dans la voix que Quentin fut tenté de croire à sa version des faits.

— Hélas, non, elle a bien été assassinée.

Les épaules de Baveau s'affaissèrent.

— Ça devait se terminer comme ça. Ce qui lui est arrivé, elle l'a cherché.

— Vous n'avez guère de compassion pour votre sœur, observa Quentin.

Baveau le regarda avec colère.

— Elle a mal tourné. C'était pas une mauvaise fille pourtant. On s'aimait bien autrefois.

— Elle n'était pas d'accord avec votre engagement anarchiste ?

Baveau eut un petit rire triste.

— Pas d'accord ? Vous voulez dire qu'on était à couteaux tirés. Elle, la grenouille de bénitier qui a donné tout un mois de salaire pour la construction de cette saloperie de Sacré-Cœur, la pire injure à nos martyrs de la Commune. Et moi qui ne crois ni à Dieu ni au diable et qui crache sur les curetons… Elle qui défend les patrons et qui se croit supérieure parce qu'elle est boniche chez des richards qui lui donnent leurs vieux vêtements. Dix mille fois je lui ai expliqué qu'elle était honteusement exploitée, mais elle ne jurait que par « Madame » et « Monsieur » si élégants et si généreux. Des salopards de première qui lisent *L'Intransigeant* de Rochefort, qui se désolent de la décadence de la France, de la ruine de la famille chrétienne, comme ils disent. Ils ont peur de tout. Peur de la liberté, de la ville, de l'autre, de l'avenir. Je les hais.

— De qui voulez-vous parler ?

— De la bande à Déroulède et sa « Ligue des patriotes ». Elle ne jurait que par lui, l'armée et le retour de l'Alsace et de la Lorraine dans le giron de la France éternelle. Et Rochefort, un ex-communard qui a trahi la cause. Et Jules Guérin, un autre traître, le plus violent de tous.

Une fois de plus, Quentin regretta la pauvreté de sa culture politique. Bien entendu, il avait entendu parler de Paul Déroulède qui avait, en vain, encouragé le général Boulanger à provoquer un putsch militaire en marchant sur l'Élysée mais, à l'époque, il était plus intéressé par la préparation de l'Exposition universelle de 1889 et toutes les merveilles qui allaient voir le jour, notamment cette étrange tour construite par Gustave Eiffel. De Rochefort, il savait qu'il dirigeait *L'Intransigeant*, un journal d'extrême droite qu'il avait vu chez les parents de Diane. Quant à Jules Guérin, il n'avait été question que de lui ces dernières semaines, en tant que principal meneur des manifestations nationalistes et antisémites.

— Pour moi, tout ça, c'est des âneries, continuait Émile Baveau. Des moyens de détourner le populo des vrais combats contre les bourgeois. Il n'y a pas de nation pour l'ouvrier. Elle doit s'effacer devant la lutte sociale.

— Mais alors, demanda Quentin, des anarchistes pourraient-ils être à l'origine d'un mouvement appelé « L'Internationale des Nations » ?

Baveau le regarda avec étonnement et émit un petit rire méprisant.

— C'est ridicule ! Et impossible. Je viens de vous le dire, la nation ne nous intéresse pas. Elle est tout juste bonne à envoyer des camarades tuer d'autres camarades. Même pour récupérer l'Alsace et la Lorraine, je n'irais pas tirer sur des Allemands. C'est l'internationale des patrons qu'on veut éliminer. Mais pourquoi vous me demandez ça ?

Quentin était en pleine confusion. La culpabilité des anarchistes qu'il croyait acquise ne lui semblait plus aussi évidente. Il mourait de chaud dans cette mansarde. L'odeur de sa propre transpiration commençait à l'incommoder. Il fut de nouveau tenté de tout laisser en plan. Les sbires s'occuperaient de Baveau. Il s'en laverait les mains et pourrait enfin prendre son bain. Quelque chose lui disait que le jeune homme, tout illuminé qu'il fût, n'avait pas l'étoffe d'un tueur. Pouvait-il se fier à son intuition ? Baveau alla ouvrir la petite lucarne et s'éventa. Devant le silence de Quentin, il reprit la parole :

— Allez-vous me dire ce que vous faites là ? Vous n'êtes pas de la police mais vous débarquez avec trois hommes de main. Vous me parlez de la mort du serveur du Grand Hôtel et de celle de ma sœur, mais vous ne semblez même pas savoir ce que vous cherchez. Vous croyez que les deux sont liés et que c'est moi qui les ai tués ? Finissons-en. Je ne tenterai pas de m'échapper. Je suis à votre merci. Ce ne serait pas la première fois qu'un innocent paierait à la place du vrai coupable. Facile de faire porter le chapeau à un anarchiste.

Baveau avait soudain l'air épuisé. Il s'assit au bord du lit et attendit. Quentin hésitait. Il n'avait pas grand-chose à perdre à lui révéler la vérité sur les deux meurtres. Et personne ne pourrait lui reprocher. Pietro passa la tête par la porte et demanda si tout se passait bien. Quentin faillit lui dire de repartir avec ses camarades mais la prudence prévalut et il le pria d'attendre. Puis, il commença son récit. Baveau l'écouta sans l'interrompre. Ce que lui rapportait Quentin le laissait perplexe. Il s'avéra qu'il ignorait tout des conditions de la mort de sa sœur. Quant au serveur, il avait cru à la version du réchaud à gaz. Il expliqua que ses paroles avaient dépassé sa pensée quand il avait dit que Justine l'avait bien cherché et que ça devait se terminer ainsi. Leur brouille pour des raisons politiques l'avait plus blessé qu'il ne le pensait. C'est la colère qui lui avait dicté ses mots. La colère qu'il ressentait pour les riches et les oppresseurs auxquels Justine avait fait allégeance. À vrai dire, leurs liens étaient trop distendus pour qu'il sache vraiment comment elle vivait et qui elle fréquentait à part l'église et les ligues patriotiques. En ce qui concernait le Grand Hôtel, il certifiait qu'aucun des employés, à part lui, n'avait de lien avec l'anarchie. C'était d'ailleurs un de ses buts que de faire du prosélytisme et gagner à la cause le petit personnel. Bien entendu, il était en contact avec des groupes anarchistes, très actifs en Italie. Mais ils n'avaient aucun projet d'attentat. Les arrestations après les émeutes de Milan avaient presque décapité le mouvement et il faudrait plusieurs mois avant d'envisager de nouvelles actions.

Comme Quentin le craignait, la piste anarchiste s'évanouissait.

— Je ne comprends toujours pas quel est votre but, souligna Baveau. Mais si j'étais vous, j'irais voir du côté des nationalistes. Ça sent le piège. Et dites-moi, Ritz, c'est un Juif ?

Quentin le regarda avec incompréhension.

— Non, il est le fils d'un paysan suisse. Pourquoi me posez-vous la question ?

— Vous êtes vraiment naïf, ricana Baveau. Dans quel monde croyez-vous vivre ? Vous n'avez pas remarqué les attaques contre les Juifs, ces dernières années ? Et ce Dreyfus, il n'est pas juif, lui ?

— Mais ça n'a rien à voir, hasarda Quentin.

— Réfléchissez un peu ! C'est tout ce que je peux vous conseiller. Et si vous n'avez plus rien à me demander, laissez-moi. Je dois bientôt prendre mon service. Vous ne voudriez pas que je rate ma bombe glacée ?

Quentin le quitta sans mot dire.

À peine était-il arrivé au Grand Hôtel que Pfyffer se précipita vers lui.

— Alors ?

— Ce n'est pas lui. Désolé ! répondit Quentin. Pouvez-vous me faire donner les clés de ma chambre. Je n'en peux plus. Je vous en dirai plus après avoir pris un bain.

— J'ai peur que cela ne soit pas possible…

— L'hôtel est complet ? l'interrompit Quentin avec aigreur.

— Pas le moins du monde. J'ai reçu un appel téléphonique d'Auguste Escoffier. Il vous demande de rentrer immédiatement. De nouveaux événements se sont produits. Une voiture vous attend pour vous emmener à la gare. Vous n'avez pas une minute à perdre.

11

Une boule de billard projetée dans tous les sens, c'est ainsi que Quentin se sentait au terme de son périple italien. Crasseux, épuisé, n'ayant dormi que quelques heures en trois jours et avalé une tripotée de mauvais sandwichs, il se jeta dans un fiacre à la sortie de la gare de Lyon. Escoffier attendrait. Il lui fallait absolument passer chez lui pour retrouver figure humaine. Nénette lui ferait un bon café pendant qu'il filerait prendre un bain. Il gémit de plaisir anticipé en pensant à la caresse de l'eau sur sa peau.

L'ascenseur en panne, il gravit quatre à quatre les étages. Il n'était plus à une suée près. Le chien était derrière la porte et lui fit une fête de tous les diables. À croire qu'il était parti depuis des mois. Quentin appela Nénette. Il n'obtint pas de réponse. Dans la cuisine, il découvrit un abominable capharnaüm : de la farine répandue sur le sol, des œufs cassés, le garde-manger béant d'où s'échappaient des lambeaux de rillettes et de camembert, la poubelle à terre, des cartons éventrés. Avec sévérité, il regarda le chien qui remuait aimablement la queue, tout à la joie d'avoir retrouvé son maître. Nénette allait en prendre pour son grade de ne pas l'avoir surveillé. La suite le désespéra. Les coussins du salon laissaient échapper leur garniture, un des rideaux pendait lamentablement, une très jolie lampe de Gallé, offerte par sa mère, gisait à terre en mille morceaux. Sur un des tapis, il reconnut le reste de la poubelle et suspecta la tache humide sur un autre tapis d'être un pipi canin. Furieux, il saisit le chien et le secoua brutalement. Une fois relâché, l'animal alla se cacher derrière un fauteuil. Où étaient passées Nénette et Diane ? Qu'avaient-elles bien pu faire pour que le chien se livre à de tels ravages ? Quentin alla s'enfermer dans la salle de bains, priant pour qu'il ne se soit pas attaqué aux serviettes et au savon. Le lieu était intact et il procéda à une longue et minutieuse toilette qui calma en partie sa colère.

N'ayant pas le temps de ranger l'appartement, il se contenta de repousser avec un balai le mélange gluant d'œufs et de farine dans la cuisine pour se faire un café. Plus vite il s'échapperait de ce bazar, mieux il se porterait. Qu'allait-il faire du chien ? Le laisser serait lui donner l'occasion de continuer son œuvre de destruction, aussi alla-t-il le tirer de dessous son fauteuil en agitant la laisse. Se croyant pardonné, l'animal sauta joyeusement autour de lui.

— Ne fais pas le malin, lui dit Quentin. À la prochaine incartade, je t'emmène à la fourrière.

Le chien acquiesça d'un jappement et trottina jusqu'à la porte.

— Alors, cette pizza Margherita, elle vous a plu ? C'est bien celle créée par le chef Raffaele Esposito à l'occasion de la venue à Naples de la reine Marguerite ? Elle est bien à base de mozzarella, de basilic frais et de tomates, soit les couleurs du drapeau italien : vert, blanc, et rouge ?

Le chien grogna. Quentin resta coi. À peine avait-il passé les portes du Ritz que Vassière s'était précipité vers lui, son sempiternel sourire aux lèvres.

— Mais comment savez-vous ? balbutia Quentin.

Le policier l'entraîna dans un petit salon, vérifia qu'il n'y avait personne et le fit asseoir en face de lui.

— Je sais que vous me prenez pour un crétin fini et je ne vous en veux pas car j'ai un peu forcé la dose. La comédie a assez duré. J'ai été patient. Vous étiez parfaitement inoffensif avec vos faux airs de détective. Mais la situation a changé. Comme nous le craignions, il y a eu un mort et ce n'est que le début.

— Vous êtes au courant pour Rome ?

Vassière le regarda avec commisération.

— Votre naïveté est confondante. Tout comme celle d'Escoffier et de Ritz. Comment pouvez-vous imaginer que nous n'ayons pas appris l'attentat du Grand Hôtel ? En ces temps troublés, les polices européennes communiquent entre elles, voyez-vous. Et nous sommes au courant des menaces que vient de recevoir le Ritz tout comme les palaces de Londres, Vienne, Berlin, Barcelone. Escoffier vous en parlera dès que nous aurons fini cette petite conversation. Vous avez vraiment cru que je m'installais ici uniquement par goût des œufs au Chambertin d'Escoffier ?

Consterné, Quentin fixait le miroir qui lui renvoyait l'image d'un Vassière qui n'avait plus rien de bienveillant.

— Alors, maintenant, fini les cachotteries, reprit le commissaire. Je comprends que César Ritz veuille à tout prix préserver la bonne image de son hôtel, mais il joue avec le feu et s'il s'entête, il va à la catastrophe.

— Je n'ai cessé de le lui répéter, affirma Quentin avec force.

— Vous n'aviez aucune chance qu'il entende raison. Aujourd'hui, la machine infernale est enclenchée et tout ce que nous pouvons faire est d'éviter le pire.

— Pourquoi n'avez-vous pas agi avant ? demanda Quentin.

Furieux, Vassière se leva et vint se planter devant lui.

— Vous commencez à me courir sur le haricot, jeune homme. Chacun dans cette maison, vous le premier, fait comme si tout se passait dans le meilleur des mondes. Vous ne nous informez de rien et vous venez me dire que nous sommes des incapables. Sachez que nous employons des indicateurs dans tous les milieux. Nous avions eu vent qu'un attentat était en préparation contre le Ritz, d'où ma présence ici. Puis la rumeur s'est tue. Le projet a été abandonné pour une raison que nous ignorons.

— C'est pour ça que vous n'aviez pas l'air inquiet le soir de l'inauguration ?

— Évidemment ! Souvenez-vous que j'ai essayé de faire cesser votre grotesque mascarade avec ce pauvre chien. Sauf que, maintenant, la donne a changé et qu'on peut s'attendre à tout moment à une action violente.

— Pourquoi avez-vous joué ce petit jeu avec moi ? C'était stupide.

— J'avoue que j'aurais pu y mettre fin plus tôt. Je me suis un peu amusé à vous voir jouer les détectives au petit pied. Votre visite à Joseph Favre, par exemple. Émouvant ! Mais inutile…

Ils furent interrompus par un couple qui vint s'installer dans des fauteuils voisins. Ils se saluèrent. Vassière, toujours debout, se mit à tanguer comme s'il était ivre et prenant une voix avinée d'ivrogne entama *Le Temps des cerises*. Épouvanté, le couple se releva et s'éloigna.

— Bon, passons aux choses sérieuses, reprit le commissaire. Voilà ce que nous allons faire. Et cette fois, je vais avoir besoin de vous, mon petit gars.

Ils restèrent enfermés une bonne heure. À la fin de l'entretien, Vassière fit promettre à Quentin de ne rien révéler à son parrain. Il y allait de la réussite de leur plan.

Auguste Escoffier avait, lui aussi, l'air de quelqu'un qui n'avait pas beaucoup dormi. Il accueillit Quentin d'un geste las de la main et s'enquit, sans une parole de bienvenue, du résultat de son voyage en Italie. Un tel manque de civilité, chez un homme habituellement si affable, trahissait son trouble. Brièvement, Quentin lui rapporta l'essentiel de son enquête. Escoffier ferma un moment les yeux et déclara :

— Nous avons reçu une nouvelle lettre de menaces, tout comme le Savoy de Londres, le Sacher de Vienne, le Grand Hôtel des Thermes à Salsomaggiorre, le Kaiserhof à Wiesbaden…

Étourdiment, Quentin faillit lui dire qu'il savait. Il se reprit à temps.

— Ce qu'on nous demande est totalement ahurissant. Et incroyablement stupide.

Vassière ne lui avait pas révélé la teneur des menaces. Suspendu aux lèvres de son parrain, Quentin retint son souffle.

— Ne doivent désormais figurer dans les menus des palaces que des plats nationaux. Tout mets à consonance « cosmopolite » devra être supprimé. Sinon, les marmites exploseront. Et cette fois, elles tueront des dizaines de personnes.

Quentin prit un air stupéfait.

— Mais c'est complètement crétin ! s'exclama-t-il.

— Je ne te le fais pas dire. Mais pourquoi des anarchistes se préoccupent-ils de tels détails ?

— Oubliez les anarchistes. Ils n'y sont pour rien et nous devrions chercher du côté des mouvements nationalistes.

— Tu en es sûr ? demanda Escoffier surpris de l'intonation catégorique de son filleul.

— Tout le laisse penser. Les formes employées peuvent s'apparenter aux méthodes anarchistes, mais le discours ne peut être que le fait de nationalistes. Vous savez aussi bien que moi ce qu'ils entendent par « La France aux Français ».

— Mais, il est question aussi de l'Italie, de l'Autriche… objecta Escoffier.

— Partout en Europe, un mouvement semblable est en train de se développer. Avec des singularités pour chaque pays. Pensez, par exemple, aux luttes des Hongrois, des Tchèques pour se libérer du joug de l'Empire des Habsbourg. Notre siècle est celui de l'indépendance des nations. Celle de la Grèce et de la Belgique ne datent que d'un peu plus de cinquante ans. L'Irlande est en lutte contre la domination de l'Angleterre, la Catalogne contre celle de l'Espagne.

— Mais quel rapport avec la cuisine ? demanda Escoffier de plus en plus étonné par le ton professoral de Quentin.

— Chaque nation veut sa littérature, sa musique, sa poésie si possible expurgées des influences étrangères. Pourquoi pas la cuisine ? En France, cela atteint des sommets avec les campagnes des nationalistes.

— Merde !

C'était la première fois qu'Escoffier prononçait ce mot en présence de Quentin.

— S'il n'y avait pas eu la mort de ce serveur à Rome, reprit-il, je croirais à une plaisanterie mais, hélas, il n'y a rien de drôle dans cette histoire. Qu'allons-nous faire ?

— Il faut gagner du temps, déclara Quentin. Les empêcher de nuire. Et donc, d'une certaine manière, leur donner satisfaction.

— Tu n'y penses pas ! se récria Escoffier. Je n'ai rien contre le cassoulet, bien au contraire, mais ce serait du dernier ridicule que de le faire figurer au menu du *Ritz*.

— Je suis entièrement d'accord avec vous, mais avons-nous le choix ? Préférez-vous voir le prince de Galles se désintégrer après avoir mangé des huîtres à la polonaise ou repartir sur ses deux pieds en ayant goûté aux crêpes Suzette ? Ça ne durera que le temps de découvrir qui se cache derrière tout ça.

— Jusqu'à présent, nous n'avons guère avancé…

Quentin répondit d'un ton aigre :

— J'ai fait ce que j'ai pu. Depuis le début, je vous conjure de faire appel à la police. Je vous ai seriné que je n'avais ni les compétences, ni l'envergure, ni l'envie d'affronter des fous dangereux. Vous commencez à me courir sur le haricot…

— Je te prie de m'excuser, l'interrompit Escoffier. Mettons-nous au travail dès maintenant. Comment procédons-nous ?

— Il faut que chaque restaurant propose un menu national dans les plus brefs délais.

— Les chefs vont faire la tête, objecta le cuisinier.

— Dites-leur que c'est celle de leurs clients qui est en jeu.

— Bon nombre sont étrangers au pays, la plupart sont français. Ils ne connaissent rien aux plats nationaux.

— Qu'ils se débrouillent. Nous allons faire notre part du travail en commençant par Paris.

Devant le ton énergique de son filleul, Escoffier avait repris de la vigueur. Il se redressa et, avisant le chien affalé aux pieds de Quentin, dit en souriant :

— J'avais promis à cet animal un festin d'os. C'est le moment, non ?

— N'en faites rien. Il a dévoré tout ce qu'il y avait de comestible chez moi, avec en prime les coussins et un rideau. Si vous lui donnez quelque chose, il explose. Par contre, moi, je n'ai pratiquement rien mangé depuis trois jours et j'accepterais volontiers la viande qui entoure les os.

— Que ne le disais-tu !

Escoffier l'entraîna dans les cuisines et commanda un tournedos Rossini et des pommes Dauphine qu'adorait Quentin.

Un vertige de plaisir le saisit quand il vit arriver la tranche de viande fondante dressée sur un croûton frit nappé de glace de viande fondue et couronnée d'une escalope de foie gras sautée au beurre et de larges lamelles de truffes. Il huma les vapeurs de la sauce madère. Un délice, un régal qui lui fit venir les larmes aux yeux, tant il avait faim. Les pommes Dauphine avec leur pâte à chou d'une exquise légèreté étaient croquantes à souhait. Il prit le temps de déguster en silence, s'interrompant pour avaler quelques gorgées de saint-émilion. Au moment d'attaquer le flan de cerises meringué, il s'étonna que les cuisines ne tournent pas à plein régime. Escoffier lui expliqua que le succès de l'inauguration avait été un feu de paille. Toutes les chambres étaient réservées, mais on ne sentait pas ce frémissement festif qui avait fait la réputation du *Savoy*. Fallait-il mettre cette désaffection sur le compte du mauvais temps qui continuait à sévir ? Toujours est-il que César Ritz était inquiet. À Londres et à Rome, il avait réussi à attirer la bonne société. Pourquoi les élites parisiennes rechignaient-elles ?

— À toute chose malheur est bon, fit observer Quentin. Profitez du peu de fréquentation pour proposer votre menu national. Il passera presque inaperçu et donnera des gages de bonne volonté aux terroristes.

Escoffier trouva l'argument astucieux. Il aurait moins de mal à se plier à leurs exigences ridicules. Quentin se fit apporter un autre flan aux cerises et un café.

— Certains de vos clients peuvent même y trouver leur bonheur, ajouta-t-il. Souvenez-vous d'Émile Zola qui vous disait ne jurer que par le chou farci.

Escoffier eut un léger sourire.

— C'est ce qu'il m'a confié un jour, à Londres. Mais pas n'importe quel chou farci, celui à la mode de Grasse. Tout comme la blanquette d'agneau de lait à la provençale accompagnée de nouilles au safran, les sardines grillées sur la braise de sarment, dressées sur un plat de faïence frotté d'ail et parsemées d'une persillade à l'huile d'Aix.

— Vous voyez ! s'exclama Quentin. Des plats simples et sans apprêt…

— Je n'ai rien contre la cuisine campagnarde, bien au contraire, c'est elle qui fait la richesse d'un pays, mais il y a mille lieux pour la déguster, s'emporta Escoffier. Dans un palace, on se doit de faire preuve d'imagination et aller au-delà de la tradition.

Pendant que Quentin continuait à se restaurer, Escoffier griffonnait dans son petit carnet noir. Au bout de quelques minutes, il annonça :

— Que dirais-tu du menu suivant ?

> Gougères bourguignonnes
> Salade niçoise
> Marmite dieppoise
> Tripoux comme à Aurillac
> Garbure béarnaise
> Entrecôte bordelaise
> Gâteau de pommes de terre du Berry
> Piperade basquaise
> Far breton
> Millas gascon
> Bugnes lyonnaises

— Ça me semble parfait. Un peu orienté au sud, peut-être…

— Il ne faut tout de même pas demander l'impossible, s'énerva Escoffier.

— Rajoutez la quiche lorraine, conseilla Quentin. Si nous avons effectivement affaire à des nationalistes, ça leur plaira.

Le cuisinier leva les yeux au ciel.

— César ne sera jamais d'accord. Il va m'arracher les yeux.

— Vous préférez des jambes, des bras en charpie ? Il faut en passer par là. Pourquoi ne pas présenter cela comme un hommage aux trésors de la cuisine française ? Faites-en un festival de saveurs originales. Créez un engouement pour les mets de nos belles provinces. Vous avez bien réussi à faire manger des grenouilles aux Anglais ! Vous savez que le grand monde aime à être surpris.

Escoffier eut une moue dubitative.

— Je ne suis pas sûr que la duchesse de Morny soit enchantée de manger de l'aïoli et que les tripes à la mode de Caen deviennent le plat préféré d'Alphonse de Rothschild… Tous vont se demander quelle mouche m'a piqué.

Après son plantureux repas, Quentin se sentait gagné par une douce somnolence et n'avait plus qu'une idée en tête : rentrer chez lui et s'octroyer une vraie nuit de sommeil dans un vrai lit. Il se leva, réveilla le chien qui s'était endormi à ses pieds et ronflait avec application. Escoffier, lui, ne semblait pas vouloir bouger et dit d'une voix éteinte :

— Cela signifie que nous sommes observés…

— Bien entendu, le coupa Quentin. Je ne veux pas dire qu'on entre au Ritz comme dans un moulin, mais pour peu qu'on soit correctement habillé et qu'on fasse preuve d'assurance, on peut s'installer au bar, dans le hall, sans être dérangé. Et il y a toujours la possibilité d'une complicité intérieure.

Escoffier soupira.

— C'est ce qui me préoccupe le plus. Savoir que,

peut-être, je côtoie chaque jour un traître me met très mal à l'aise.

— On le serait à moins, répondit Quentin. C'est bien pourquoi, il vous faut au plus tôt donner ces gages pour que l'affaire cesse et que vous puissiez retourner à vos aspics de foie gras et vos consommés Grimaldi.

Le cuisinier sentit l'acrimonie dans le ton de son filleul. Il n'insista pas et le laissa partir.

Quentin retrouva l'extérieur avec soulagement. L'alliance qu'il venait de passer avec Vassière lui ôtait un sérieux poids des épaules. Au moins savait-il maintenant que le danger était évalué à sa juste mesure et que la police mettait tout en œuvre pour déjouer les risques d'attentat. Quant au rôle que lui avait assigné Vassière, il se sentait à même de le remplir. Que cela implique de dire des demi-vérités à son parrain ne le dérangeait pas outre mesure. La situation l'exigeait. Il se surprit à ressentir un malaise diffus envers l'existence de palaces tels que le Ritz. Né dans l'aisance, côtoyant le luxe depuis l'enfance, il ne s'était jamais réellement posé de questions sur la marche du monde. Les débats politiques ne l'intéressaient pas, mais il commençait à trouver qu'il y avait une certaine indécence à gaver les nantis de truffes et de caviar. Non pas que la fièvre révolutionnaire le gagnât. Il n'avait aucune sympathie pour les anarchistes et n'irait certainement pas grossir leurs rangs, même si certains propos d'Émile Baveau lui avaient permis de comprendre les raisons de sa rébellion. Sa seule connaissance des milieux populaires se limitait aux romans de Zola et aux récits de Nénette depuis qu'il habitait rue Lepic, ce qui ne constituait pas une expérience considérable. À près de trente ans, qu'avait-il fait à part fréquenter les cuisines de grands hôtels et rédiger des fadaises pour des bourgeoises économisant sur la paie de leurs petites bonnes ? Il était peut-être temps de passer à autre chose.

Le chien en remorque, il remonta l'avenue de l'Opéra et se dirigea vers la rue Saint-Georges. Avec un peu de chance, Diane serait encore à *La Fronde* et ils rentreraient chez eux ensemble.

À peine avait-il franchi la porte du journal que la réceptionniste se leva et avec de grands gestes lui fit signe de rebrousser chemin.

— Ce chien doit rester à l'extérieur. Il a assez fait de dégâts comme ça ! J'appelle Mademoiselle Diane.

Obéissant, Quentin s'assit sur les marches, le chien, placide, à ses côtés. Quelques minutes plus tard, Diane, un crayon planté dans son chignon, jolie comme un cœur dans une robe en shantung fleuri, fit son apparition.

— Ouh ! Tu fais encore ta tête de déterré ! lui dit-elle en l'embrassant.

— Inutile de me le faire remarquer, répondit-il avec mauvaise humeur. Peux-tu me dire ce qui s'est passé avec le chien ? J'ai trouvé l'appartement sens dessus dessous et, de toute évidence, il a également posé des problèmes ici.

Diane s'assit à côté de lui.

— Oh ! le bougon ! Il y a eu du grabuge, je te l'accorde, mais ce n'est pas la peine d'en faire une montagne. À peine avais-tu tourné les talons que

Nénette a décidé de s'octroyer quelques jours de bon temps avec son Lulu. Elle a laissé un gribouillis où il était question d'un train pour Honfleur. Je ne l'ai plus revue. Alors, j'ai pris le chien avec moi. Au début, tout s'est bien passé. Mais comme je travaillais à mon papier sur la réception à l'ambassade de Suède, je l'ai perdu de vue. Il a profité de l'heure du repas des typo-graphes pour jouer avec leurs caractères. Je ne te raconte pas le carnage. Il y en avait partout. Les filles ont dû recommencer la composition de la une du jour-nal. Elles étaient prêtes à lui faire la peau. Mais je te rassure, il n'en a avalé aucun. Il n'aime pas l'encre.

Le don de Diane de tout prendre à la légère était une des raisons de leur entente, mais ces temps-ci, Quentin était peu réceptif à l'humour. Il ne répondit pas.

— Tu ne me demandes pas comment, moi, je vais ? demanda-t-elle.

Sans attendre la réponse, elle continua :

— Tu vas être content. J'ai travaillé pour toi et j'ai une surprise.

Quentin leva les yeux au ciel. Qu'avait-elle encore inventé ?

— Je t'emmène ce soir la découvrir.

— Oh ! non. Pas ce soir, gémit Quentin. Je ne rêve que de mon lit.

Avec son autorité coutumière, Diane le prit par le bras et l'entraîna vers la place Saint-Georges.

12

Chipotant dans son assiette de salade de crudités, Quentin s'inquiétait du tour que prenait la soirée. À leur retour rue Lepic, ils avaient eu l'excellente surprise de voir que l'appartement avait retrouvé un semblant d'ordre. Les joues rosies par le soleil, un balai à la main, Nénette vitupérait contre le chien. Écrasé de fatigue, Quentin remit au lendemain l'explication qu'il aurait avec la petite bonne. D'un ton très froid, il se contenta de lui demander de veiller à ce que l'animal ne commette pas de nouveaux désastres. Sentant qu'elle avait tout intérêt à se taire, Nénette ne récrimina pas.

Prenant un air mystérieux, Diane le conduisit tout en haut de la rue Burq, dans un petit restaurant puant le merlan frit et le gigot-flageolets. Il voulut lui faire rebrousser chemin, affirmant qu'il ne se sentait pas très bien, mais elle le poussa vers une arrière-salle où plus de trente personnes étaient attablées, écoutant avec attention un homme d'une cinquantaine d'années à la longue barbe taillée en pointe.

— L'air est empesté par les émanations chimiques, les fumées d'usine, clamait-il. L'eau est empoisonnée par les détritus des villes et la coulée des champs charrie l'infection. Tant que l'artificiel établi pendant des siècles d'esclavage sera considéré comme base du système de vie, il y aura spoliation, sans parler de la dégradation toujours continue et aggravée de la Nature. L'artificiel est le produit du Progrès et de la Science dont l'un décapite, l'autre empoisonne lentement ou brutalement, ils n'ont jamais fait autant de bien à l'humanité qu'ils lui ont fait du mal, puisque le Progrès donne de plus en plus naissance à de nouvelles calamités et à de nouveaux engins meurtriers, soit en machinisme, soit en ustensiles de guerre, on lui adjoint la Science pour l'aider et il faut combattre les deux ensemble.

La compagnie applaudit avec vigueur et se mit à entonner en chœur une chanson sur l'air du *Temps des cerises* :

Quand nous en serons au temps d'anarchie
Le travail sera recréation au lieu d'être peine
Le corps sera libre et l'âme sereine
En paix fera son évolution
Quand nous en serons au temps d'anarchie
Le travail sera recréation.

Quentin se tourna vers Diane et lui demanda avec aigreur :

— Peux-tu me dire ce que nous faisons là ?

Elle n'eut pas le temps de répondre. L'orateur venait vers eux avec un grand sourire.

— Ah ! Voilà nos nouveaux camarades. Soyez les bienvenus. Vous arrivez juste pour le début du repas. Je vous ai gardé une place à mes côtés.

Il alla saluer quelques autres convives.

— Qui est-ce ? demanda Quentin dans un souffle grinçant.

— Paul Paillette, répondit Diane. Un anarchiste. Il prône le végétarisme.

— Le quoi ?

— Ne pas manger de viande. Que des légumes et des céréales.

— Viens, on s'en va, lui dit-il en la prenant par le bras.

— Pas question. On reste. Tu vas voir, c'est très intéressant.

Épuisé, Quentin se résigna à prendre son mal en patience. Mais ce fut pire que ce qu'il craignait. On leur servit une soupe et une salade où chacun s'extasiait sur les trente-quatre variétés potagères qui la constituaient : chou vert, betterave, panais, carottes, pommes de terre, oignons… S'il n'y avait pas eu les bêtises énoncées par les croqueurs de racines, il aurait supporté. Mais entendre que la civilisation, en contraignant l'individu à travailler pour pouvoir manger, commettait un abus de pouvoir car tout être avait le droit de vivre sans produire, tant qu'il se contentait des produits naturels, lui fit se dresser les cheveux sur la tête. Que seul le retour au naturel amènerait la suppression de la propriété, car dans la nature tous les hommes sont libres et indépendants et la propriété n'existe pas ! Un des convives ajouta qu'il fallait à un cheval et à une vache un hectare de terre pour vivre et que pour les kilos qu'il consommait il ne rendait que des grammes. Avait-on jamais vu démonstration aussi fallacieuse ? s'indigna Quentin en son for intérieur. Quoique l'envie le démangeât, il n'eut pas le courage de prendre la défense de la côte de bœuf fondante, des côtelettes d'agneau délicieusement grillées.

Remarquant son peu d'enthousiasme, Paul Paillette crut bon de lui citer les propos d'un autre végétarien, un certain Élisée Reclus pour qui il s'agissait de reconnaître la solidarité d'affection et de bonté qui rattache l'homme à l'animal et d'étendre à nos frères dits inférieurs le sentiment qui déjà dans l'espèce humaine a mis fin au cannibalisme. Les animaux ne devaient pas être considérés comme de la viande sur pied mais comme des êtres qui aimaient comme nous, ressentaient comme nous et sous notre influence, progressaient ou régressaient comme nous. Le comble fut atteint lorsqu'un des participants cita les « camarades singes » qui vivaient une vie saine et harmonieuse. Quentin n'en pouvait plus de tant d'inepties. Diane, elle, semblait boire les paroles de Paillette. Quentin trouvait d'ailleurs qu'il la serrait d'un peu près, n'hésitant pas à poser sa main sur la sienne quand il aborda le sujet des animaux surmenés, harassés, affamés, maltraités, terrorisés, soulignant la mauvaise qualité de la viande d'un animal toujours nourri, engraissé artificiellement au moyen de produits infects, nocifs, dangereux, sans compter ce qu'il subissait lors de son abattage. Quand Paillette déclara qu'il considérait les carnivores comme des cimetières ambulants, complices d'un commerce nécrophage, il faillit se lever et partir. Malheureusement, il n'était pas au bout de ses surprises. À l'entrée de la salle, il avait bien vu une banderole proclamant : « Tout le bonheur a son nid dans le bonheur commun. Femme libre, amour libre », mais il n'y avait guère prêté attention. Quand une jeune femme d'une trentaine d'années, plutôt jolie, s'approcha de lui et déclara, sans préambule, qu'il lui plaisait, il en resta bouche bée. Il chercha des yeux Diane que lui cachait le dos massif de Paillette. Il prit son ton le plus aimable pour répliquer qu'il en était ravi mais qu'il était quasiment marié.

— Et alors ? s'exclama la jeune femme. Le mariage est une mauvaise action. C'est un obstacle à l'épanouissement personnel. C'est mettre l'amour sous le joug de l'État et de l'Église. Ici, nous pratiquons l'amour pluriel.

Affolé, Quentin se leva. Il vit alors Diane qui riait aux éclats, la main de Paillette sur la sienne. C'en était trop pour lui. Il bondit jusqu'à eux, força Diane à se lever et sans écouter ses protestations l'entraîna vers la sortie. Leur départ précipité fut salué par les huées des convives. Une fois dans la rue, Diane se dégagea.

— Qu'est-ce qui te prend ? lança-t-elle avec colère. Es-tu devenu fou ?

— C'est toi qui es folle ! Ce sont des dégénérés, des monstres.

— Tu exagères. Ça n'a rien de méchant.

Quentin s'arrêta net, la prit par le bras et la secoua sans ménagement, ivre de rage.

— Rien de méchant ? Coucher avec n'importe qui !

— C'est une option.

— Une option ? Tu veux dire que tu envisageais de faire l'amour avec ce vieux type ventripotent ?

Diane le regarda avec commisération.

— Bien sûr que non. Je dis simplement qu'on peut se poser la question. L'amour n'est pas éternel. Le mariage non plus.

— Où vas-tu pêcher des idées pareilles ? Tes satanées féministes de *La Fronde* te tournent la tête.

Toutes ces femmes qui ont des amants. Séverine, Marguerite Durand… Il faut que tu arrêtes.

Ce fut au tour de Diane de s'arrêter net. Elle affronta Quentin du regard.

— Jamais ! Tu m'entends ! Jamais ! C'est toi qui vas devoir cesser de te comporter comme une brute rétrograde.

Ils continuèrent leur chemin dans un silence glacial. Au coin de la rue des Abbesses et de la rue Lepic, Diane prit la main de Quentin et la serra doucement.

— Je suis désolée, dit-elle d'un ton se voulant apaisant. Je voulais dire que c'était intéressant sur un plan général. Pas pour moi, pas pour nous. Je réagissais en journaliste menant une enquête sur le milieu des naturiens anarchistes, cherchant à comprendre leurs buts, leur manière de vivre. Ça n'avait rien de personnel. Tu comprends ?

Quentin maugréa une phrase indistincte. Non, il ne comprenait pas. Diane était-elle en train de s'éloigner de lui ? Elle avait changé depuis qu'elle travaillait. Elle parlait de sujets qu'il n'avait aucune envie d'aborder ou qui lui semblaient dangereux. Un fossé se creusait-il entre eux ?

— Si j'ai cherché à entrer en contact avec les anarchistes, reprit-elle, c'est surtout pour t'aider à en savoir plus sur les menaces pesant sur le Ritz.

Ils étaient arrivés devant leur immeuble. Diane poussa la porte.

— Les anarchistes ne sont plus en cause, laissa tomber Quentin avec lassitude.

— Mais pourquoi ne me l'as-tu pas dit ? s'étonna-t-elle.

Les portes de l'ascenseur se refermèrent sur eux.

190

— Tu ne m'en as pas laissé le temps. Tu m'as entraîné dans cette soirée sordide pour rien.

— Tu aurais dû…

— Je suis peut-être une brute rétrograde, mais tu es parfois d'un autoritarisme sans borne. Je me plie à tes quatre volontés. Ça va peut-être changer.

Désarçonnée par le ton coupant de son fiancé, Diane le regarda avec surprise. Elle le colla contre la paroi de l'ascenseur et l'embrassa avec fougue. Quentin tenta de résister et lui rendit son baiser. Elle éclata de rire. La grille s'ouvrit en grinçant. Diane déboutonnait avec hâte le haut de sa robe, lui offrant ses seins. Elle laissa tomber sa robe dans l'entrée. Quentin oublia sur-le-champ naturiens et végétariens.

13

Vassière avait demandé à Quentin de rester à l'écart du Ritz jusqu'à ce qu'il lui fasse signe. Cela lui convenait fort bien. Sachant que le commissaire veillait au grain, il pouvait s'octroyer ce répit sans aucune mauvaise conscience. Il ne chercha même pas à savoir quel accueil avait été réservé au menu national. Pas de nouvelle, bonne nouvelle, se disait-il. Ces quelques jours furent idylliques. Diane passa beaucoup moins de temps à *La Fronde* et beaucoup plus de temps au lit avec lui. Une paix délicieuse régnait rue Lepic. Quentin avait fait comprendre à Nénette qu'elle avait dépassé les bornes. Ayant senti passer le vent du boulet, la jeune bonne se tint à carreau, s'occupa du chien sans récriminer et y trouva vite son compte. Ses sorties avec l'animal devinrent de plus en plus longues. Lui revenait le poil couvert de sciure de bois, elle les joues en feu et les cheveux en bataille. Quentin soupçonna que les promenades avaient pour but l'atelier de Lulu, mais il n'allait pas lui jeter la pierre, lui qui n'avait guère d'autre envie que de lutiner Diane.

Ils n'avaient pas reparlé de la soirée chez les naturiens, sauf pour se dire que pratiquer l'amour libre à deux leur suffisait amplement. Diane n'avait pas réussi à convaincre Marguerite Durand d'en faire un article pour *La Fronde*. Le sujet avait été jugé trop provocateur. Très déçue, Diane trépigna, disant qu'elle pouvait faire bien mieux que la rubrique mondaine. La directrice du journal lui répondit qu'elle n'en doutait pas mais que le temps n'était pas encore venu. Ne s'avouant pas vaincue, Diane assura qu'elle proposerait bientôt un autre sujet. En attendant, elle continuerait à relater le récital de chansons populaires finlandaises donné par Mme Ekman, le séjour de la princesse de Metternich chez la comtesse de Pourtalès, l'assemblée générale du comité de la Croix-Rouge française…

Elle avait écouté attentivement Quentin raconter son voyage à Rome. D'après elle, que Justine fasse partie des ligues patriotiques et antisémites éclairait l'affaire d'un jour nouveau. Quentin en convint mais l'arrêta immédiatement quand elle lui dit qu'il fallait enquêter de ce côté-là. Il lui rappela que ce n'était pas son rôle et qu'il n'irait certainement pas mettre les pieds dans un tel guêpier. C'était un gros mensonge, mais Vassière lui avait fait jurer de ne rien divulguer à sa fiancée qu'il jugeait, à juste titre, trop impulsive.

Une dispute faillit éclater quand il lui dit en riant qu'avec les parents qu'elle avait, elle était bien plus à même que lui d'infiltrer les rangs nationalistes. Le comte et la comtesse de Binville ne cachaient pas leurs opinions antidreyfusardes et antisémites. Les rares fois où Quentin avait été invité rue de l'Université, il avait pu remarquer que ses hôtes étaient non seulement abonnés à *L'Intransigeant* de Rochefort mais aussi à *La Libre Parole* de Drumont. La violence des articles, dont les parents de Diane se faisaient volontiers l'écho, l'avait épouvanté. Il comprenait fort bien que ces aristocrates, dont les origines remontaient presque à Guillaume le Conquérant, n'aient jamais accepté la révolution de 1789, mais leur détestation du monde qui les entourait le surprenait. Ils ne cessaient de parler de la décadence de la France, de la ruine de la famille chrétienne, de la perte du sacré et – suprême abomination – de l'altération de la race. Et, bien entendu, ils connaissaient les coupables de tous ces maux : les juifs et les francs-maçons. Lors d'un déjeuner, Quentin avait failli éclater de rire en entendant le comte proclamer que la Révolution, qui avait émancipé les Juifs, ne pouvait être que leur œuvre et qu'ils étaient les seuls à en avoir profité. Qu'ils ne visaient qu'au triomphe de l'Antéchrist avec l'aide des francs-maçons. La meilleure preuve en était les lois scolaires de Jules Ferry. La comtesse s'était emportée contre le Juif Camille Sée qui avait organisé les lycées de jeunes filles, le Juif Naquet qui avait fait passer le divorce dans la loi. Binville avait conclu en disant que, jadis, le Juif s'attaquait au corps des enfants et qu'aujourd'hui c'était à leur âme qu'il en voulait avec l'enseignement athée.

Diane était farouchement opposée aux opinions de ses parents et leur faisait payer en vivant à sa guise. Elle s'était mis à dos toute sa parentèle à part une vieille tante excentrique qui continuait à la recevoir dans son manoir de Trouville. Quentin saluait son courage. Aussi s'excusa-t-il platement de sa mauvaise plaisanterie au sujet de son infiltration en milieu nationaliste. Et l'affaire se termina dans des ébats tumultueux. Pour lui prouver qu'elle ne lui en tenait pas rigueur, elle lui proposa d'interroger Séverine pour qu'elle lui dresse, avec sa clarté et sa vivacité habituelles, un tableau des mouvements nationalistes. Peut-être y trouverait-il une piste. Quentin refusa. Sans lui dire que Vassière s'était déjà livré à cet exercice, il répéta que cette affaire ne le concernait plus. Les menaces exprimées devaient provenir d'un déséquilibré, qu'elles cesseraient et tout rentrerait dans l'ordre. Il renversa Diane sur le lit et lui prouva qu'il avait mieux à faire.

Le coup de tonnerre éclata le 15 juin. Quentin était encore au lit quoiqu'il fût plus de dix heures passées. Diane venait à peine de partir. Nénette et le chien étaient sortis faire les courses. Il pensait à l'article qu'il devait écrire pour *Le Pot-au-feu* sur un dîner pour dix-huit personnes avec un budget de cent quatre-vingts francs, soit dix francs par personne sans compter les vins. Il proposerait un potage « Petite Marmite », des bouchées aux crevettes, des cailles aux laitues, puis un filet de bœuf à la lorraine, des perdreaux rôtis, une carpe à l'alsacienne et en dessert du fromage à la crème aux fraises. Sans le vouloir, il avait introduit l'Alsace et la Lorraine dans son menu. Et une marmite…

La porte s'ouvrit avec fracas. Il s'attendait à voir débouler le chien. Ce fut Diane, haletante, brandissant un journal.

— Une édition spéciale ! Regarde. C'est terrible !

À la une du *Petit Parisien*, un gros titre annonçait : « Attentat anarchiste à Vienne. Explosion d'une marmite. Trois morts à l'hôtel Sacher. » La suite de l'article était assez succincte. Il ne précisait pas les circonstances du drame, mentionnant juste que les victimes appartenaient à une noble famille autrichienne. Mais le journaliste soulignait que cet attentat intervenait au début du procès d'Étiévant et redoutait qu'il fût en lien. Il rappelait que l'anarchiste avait déjà été condamné en 1892 à cinq ans de prison pour complicité de vol de dynamite. À sa sortie, il avait été de nouveau poursuivi pour délit de propagande anarchiste. S'étant enfui en Angleterre, il était revenu en France en janvier dernier. Le 19 de ce mois, errant dans les rues de Paris, il s'était attaqué à un agent en poste au 2, rue Berzélius, le poignardant avec un couteau catalan. Un autre agent, venu secourir son collègue, fut lui aussi blessé. Lors de l'audience, il avait reconnu les faits, disant qu'il avait agi pour faire du bruit et produire un effet moral et qu'il ne se sentait pas obligé d'obéir aux lois. S'ensuivait le rappel habituel des atrocités commises par Ravachol, Vaillant et Henry.

Quentin savait pertinemment qu'il ne s'agissait pas d'un attentat anarchiste. Mais Émile Baveau l'avait bien dit : dorénavant, dès qu'une bombe exploserait, on les accuserait. Diane repartit aussitôt au journal pour essayer d'en savoir plus. Pour une fois, Quentin regrettait de ne pas avoir fait installer le téléphone chez lui. Il détestait la sonnerie aigrelette de cet engin et, surtout, ne supportait pas d'avoir à passer par une opératrice qui, sait-on jamais, pouvait fort bien écouter les conversations. Mais, dans le cas présent, il aurait aimé pouvoir parler sans délai à son parrain.

Un étrange silence régnait dans le hall du Ritz, habituellement si animé. Des piles de valises et de malles attendaient dans un coin. L'annonce de l'attentat faisait-elle fuir les clients ? Cela semblait un peu prématuré.

Escoffier le rassura. Il s'agissait des bagages précédant l'arrivée d'Izzet-Bey, un grand prince oriental qui projetait de donner des fêtes somptueuses au Ritz. Dieu merci, il n'y avait pas encore de défections. Pourtant, il avait l'air gêné. Il avoua qu'il s'en voulait beaucoup. Il était impardonnable. Il avait trop tardé. Quentin le pressa d'aller au fait.

— Je n'ai pas encore organisé le repas national. Je sais, j'aurais dû… Mais les affaires avaient repris. Il y a eu le mariage de Jean de Castellane et de Dorothée de Talleyrand-Périgord qui nous a amené de nombreux clients. Et nous avons fêté la victoire de Roi Soleil, le cheval du baron de Rothschild, au grand prix de Longchamp. Nous avons eu les Vanderbilt, les Depew, les Gould… Décemment, je ne pouvais rien faire…

Quentin ne dit rien. Accabler Escoffier de reproches n'aurait servi à rien. Il avait l'air assez défait comme ça.

— Et la sanction est arrivée, continua le cuisinier. J'ai reçu ce matin un télégramme qui m'était personnellement adressé, disant que nous n'avions pas honoré notre part du marché et que « L'Internationale des Nations » allait se rappeler à notre bon souvenir. Une heure après, j'avais un appel du Sacher m'annonçant le drame. Je m'en veux horriblement.

— Il est trop tard pour se lamenter, fit observer Quentin d'un ton glacial. Ce n'est effectivement pas très malin. Ne perdez pas plus de temps. Proposez votre menu national ce soir.

Escoffier se décomposa.

— Ah ! non, pas ce soir ! Nous avons Nelly Melba, Sarah Bernhardt et très certainement la princesse de Furstenberg d'Uzès en compagnie de la duchesse de Brissac et du vicomte de Janzé. Je crois qu'il y a aussi un dîner organisé par le Jockey Club.

— Si vous attendez qu'il n'y ait que des forts des halles, des institutrices et des petits fonctionnaires dans vos dîners, tous les palaces d'Europe auront reçu leur marmite explosive.

Quentin était en colère. Cette dévotion aux grands de ce monde, ce souci de ne pas leur déplaire, lui devenait insupportable. Escoffier le regarda avec surprise. Son filleul ne l'avait pas habitué à ce genre de réplique acerbe.

— Savez-vous comment s'est déroulé le drame ?

— La bombe était cachée dans des timbales de pigeonneaux. Elles ont explosé sur la table, ne laissant aucune chance aux pauvres convives.

— La première chose à faire est d'envoyer un message à tous les palaces pour qu'ils retirent immédiatement de leurs menus les timbales, les terrines, les soufflés où pourrait se cacher un explosif.

Escoffier acquiesça.

— Le Sacher avait-il reçu une lettre de menaces ?

— La même que celle qui nous a été envoyée. Exigeant de ne proposer que des plats nationaux. Le chef qui est un de mes anciens élèves m'a dit qu'il allait essayer mais il ne connaît rien à la cuisine autrichienne.

— On s'en occupera plus tard, déclara Quentin d'un ton décidé. Il faut que vous lanciez votre menu national. Et il faut que ça se sache. Je m'occupe de l'annoncer à tous les journaux parisiens. J'en ferai également un compte rendu que je leur transmettrai.

De nouveau, Escoffier approuva et remercia Quentin de l'aide qu'il lui apportait. Le téléphone sonna. Le cuisinier avança la main vers le récepteur en espérant que ce ne fût pas une mauvaise nouvelle. Après quelques secondes d'écoute, Escoffier tendit l'appareil à Quentin.

— Ta mère, annonça-t-il.

Surpris, Quentin s'en saisit. Pourquoi sa mère téléphonait-elle à Escoffier ? Ce n'était vraiment pas le moment. D'une voix où perçait l'affolement, Mme Savoisy lui dit avoir envoyé un messager chez lui. Sa bonne avait annoncé qu'il était au Ritz. Elle voulait absolument lui dire que, par crainte de nouveaux attentats, elle quittait Paris plus tôt que prévu et qu'elle comptait bien l'emmener avec lui. Il protesta qu'il n'avait plus douze ans et surtout qu'il n'y avait aucun danger. La voix de sa mère monta dans les aigus. Il tint le combiné loin de son oreille, le reprit pour l'écouter lui faire un tableau apocalyptique des malheurs qui allaient s'abattre sur Paris. Il refusa tout net de lui repasser son parrain, persuadé que ce dernier l'aurait confortée dans ses inquiétudes. Exaspéré, il faillit lui raccrocher au nez. Elle finit par obtenir de lui la promesse qu'ils déjeuneraient ensemble le lendemain.

Il rejoignit Escoffier en cuisine. Il expliquait à son équipe faisant cercle autour de lui quel allait être le menu du soir. L'un des cuisiniers demanda si c'était une plaisanterie. Escoffier répliqua que ce n'était pas dans ses habitudes de plaisanter avec ce qu'il servait à la clientèle. Il ajouta que la France possédait les plus fines volailles, les gibiers les plus délicats, les meilleurs fruits qui fussent au monde. Que chaque province possédait un trésor de vieilles recettes, que chaque ville avait son plat traditionnel qui se préparait depuis des siècles dans les meilleures familles et que l'on chercherait vainement ailleurs. Quelques-uns approuvèrent en hochant la tête, mais la plupart étaient décontenancés.

Il sortit son petit carnet de moleskine noire et annonça le fameux menu. Il y eut quelques rires incrédules. Quentin vit l'un des cuisiniers se tapoter la tempe de son index pour signifier à son voisin que le chef était devenu fou. Escoffier conclut en disant qu'ils n'avaient pas de temps à perdre et qu'il était à la disposition de ceux qui ne connaissaient pas l'art et la manière de préparer ces monuments culinaires.

Quentin prépara un petit texte reprenant les paroles d'Escoffier avec la liste des principaux mets à destination des différentes rédactions. Bien entendu, il était trop tard pour être publié, mais certains journalistes pouvaient être tentés d'assister à l'événement.

Comme le redoutait Escoffier, ce fut un désastre. Pourtant, le plus grand soin avait été apporté à la présentation des mets et les serveurs, dûment chapitrés, chantaient les louanges des différents plats. Quentin, qui circulait dans la salle de restaurant en prenant des notes pour le compte rendu qu'il enverrait à la presse, se réjouit dans un premier temps. Il écrivit que les gougères, légères et dorées à point, recueillaient un franc succès et que c'était là un vibrant hommage à la Bourgogne, province privilégiée que la Providence a comblée de ses plus succulents trésors. La salade niçoise fut aussi très bien reçue et il salua la Côte d'Azur, ce pays enchanteur où il ne faut pas craindre la cuisine à l'huile d'olive pour la préparation des légumes. Tout se passa bien avec la marmite dieppoise, fleuron de la Normandie, l'une des régions les plus riches et les plus fertiles de France où les petits ports s'échelonnent le long des côtes. Quoique certains dîneurs regrettèrent que l'on n'eût pas choisi la sole normande, plus délicate que ce mélange de poissons et de moules. Tout se gâta avec les tripoux. À toutes les tables, il y eut des grimaces dégoûtées en découvrant les petites paupiettes de fraise de veau baignant dans leur sauce odorante aux herbes et au vin blanc. Certains y goûtèrent avec plaisir mais la plupart, notamment les dames, renvoyèrent le plat sans y toucher. Quentin se fendit d'un petit commentaire où il était question de l'Auvergne et de ses aspects infiniment variés : terre de granit et de volcans éteints, injustement méconnue des gastronomes. Il remarqua qu'à la table de Châtillon-Plessis, chroniqueur au journal *L'Art culinaire*, on se régalait. Il se promit d'aller le saluer un peu plus tard. Il n'avait guère de sympathie pour lui, le trouvant hâbleur et frisant la grossièreté, mais cette fois, il n'y couperait pas. La garbure béarnaise fut un peu plus appréciée mais ne fit guère l'unanimité. Il vit Sarah Bernhardt y plonger une cuiller hésitante, goûter, faire la grimace et reprendre sa conversation avec ses amis sans y retoucher. Côté Châtillon-Plessis, l'ambiance était toujours au beau fixe. Il s'empressa d'écrire ce qu'Escoffier avait dit aux serveurs avant le dîner : « Le Béarn, patrie du bon roi Henri IV, le roi de la Poule-au-pot, mérite déjà par ce seul titre, la sympathie de tous les amis de la bonne cuisine française. » Mais il surprit à une table des propos peu flatteurs envers le chef. On disait qu'Escoffier se moquait d'eux en servant de la soupe aux choux et à la graisse d'oie. C'en devenait insultant, déclara une jeune femme qui regrettait amèrement d'être venue ce soir. À quoi pensait César Ritz en infligeant une telle tambouille à des gens de qualité. Jamais, on aurait vu ça au Savoy à Londres, au Grand National à Lucerne ou au Grand Hôtel à Rome. Quelle idée de vouloir faire peuple ! Le gâteau de pommes de terre du Berry, la piperade basquaise, l'entrecôte bordelaise, jugés trop lourds, n'arrangèrent rien. Un vent de mécontentement soufflait parmi les tables. Autant aller dîner aux Halles, disaient certains. D'autres évoquaient avec regret le soufflet d'écrevisses à la Florentine, le suprême de rouget au Chambertin, les cailles Richelieu, le parfait de foie gras en gelée au champagne. Un moment, Quentin craignit que certains convives ne se lèvent de table. C'est ce qui se passa quand les desserts firent leur apparition. Ni pêche Princesse, ni ananas glacé à l'Orientale et, bien entendu, aucune bombe Bibesco. Jamais, la salle de restaurant ne s'était vidée aussi promptement. Seuls Châtillon-Plessis et ses amis étaient encore présents. Ils se firent apporter de la vieille fine champagne et de la grande chartreuse. Après ce que lui avait raconté Vassière, Quentin n'était pas surpris qu'ils fussent les seuls à avoir apprécié le repas. Par contre, il s'étonnait de ne pas voir Vassière. Où était-il passé ? Ce n'était pas le moment de déserter les lieux. Il finit par l'apercevoir à l'entrée du restaurant, les cheveux en bataille, la cravate défaite. Le maître d'hôtel l'attrapa par le bras et lui glissa quelques mots à l'oreille. Le commissaire acquiesça. Hâtivement, il redonna un semblant d'ordre à ses cheveux et rajusta sa cravate. Il s'approcha de Quentin.

— Désolé, une réunion à la Préfecture, lui souffla-t-il. Bon, je vois que tout se passe bien.

— Je ne dirais pas ça, objecta Quentin. Presque tous les clients sont partis.

— Aucune importance. Ceux qui nous intéressent sont toujours là, dit-il en désignant la table de Châtillon-Plessis. À vous de jouer. Vous savez ce qui vous reste à faire.

Doté d'un ventre énorme et de bajoues attestant son assiduité aux meilleures tables, Châtillon-Plessis accueillit Quentin avec bonhomie.

— Cher collègue, dit-il, ravi de vous rencontrer dans ce temple de la gastronomie. Dès que nous avons reçu votre message, nous nous sommes précipités. Quelle excellente idée que ce menu national ! Rendre hommage à nos gloires culinaires au lieu des extravagances cosmopolites habituelles montre à quel point Escoffier est un chef exceptionnel. Et courageux. Ce dîner était presque parfait. À mon avis, il aurait dû y avoir au moins une quiche lorraine et peut-être un Baeckeofe alsacien, de manière à ne pas oublier nos chers compatriotes sacrifiés.

— Je l'avais proposé ainsi que du pâté Lorrain, souligna Quentin. Ce sera pour la prochaine fois.

Châtillon-Plessis lui adressa un grand sourire. Les

deux autres hommes présents approuvèrent vigoureusement. Néanmoins, l'un d'entre eux laissa tomber :

— Peut mieux faire !

Quentin n'osa penser à la tête d'Escoffier quand il lui rapporterait ces propos. Lui qui avait l'habitude de faire un tour en salle pour recueillir les avis, toujours élogieux, des dîneurs, s'était bien gardé d'apparaître ce soir. Les serveurs lui avaient certainement rapporté les commentaires peu plaisants et il devait se terrer dans son bureau – à moins qu'il ne soit en train d'encourir les foudres de César Ritz.

— Comme le dit mon bon ami Lucien Tendret, continua l'autre convive, les saines traditions et les précieuses recettes sont oubliées ou perdues. La faute aux femmes qui ne savent plus commander à leurs cuisinières qui elles-mêmes ne savent plus rien faire.

Quentin eut une petite pensée pour Diane. Voilà quelqu'un qu'il ne lui présenterait jamais.

— Louis Forest a raison, ajouta Châtillon-Plessis en regardant Quentin avec insistance.

— Il faut à tout prix, continua ledit Forest en jetant un regard circulaire, conserver les traditions culinaires de notre pays face aux hôteliers internationaux, par définition sans patrie, qui vont d'un pays à l'autre, ignorant l'âme des provinces et capables, s'ils passaient en Bresse, d'ouvrir pour leurs clients des boîtes en fer-blanc garnies de poulets de Chicago.

Il émit un petit rire satisfait. L'allusion aux hôteliers internationaux visait bien entendu César Ritz, mais le ton vindicatif, grinçant, méprisant, scandalisa Quentin. Vassière avait raison. Ce petit groupe professait des opinions que la fameuse « Internationale des Nations » n'aurait certainement pas reniées. Quentin se lança alors dans un panégyrique des gloires culinaires françaises qui lui valut des regards appréciateurs. On l'applaudit quand il dit que le *golabki*, le chou farci polonais et le *caldo verde*, la soupe aux choux portugaise ne valaient pas tripette comparés au *sou fassum*, le chou farci provençal. Il se gaussa des Anglais, ces dévoreurs de saucisses, qui ignoraient tout du saucisson ; des Irlandais, incapables de fabriquer du fromage. Il cloua au pilori les Suédois qui se régalaient de saumon fermenté alors qu'ils refusaient de goûter à la cervelle. Il dit pis que prendre des jambons de Westphalie, de Parme, d'York, de Prague qui n'arrivaient pas à la cheville de ceux de Paris, de Bayonne, d'Auvergne… Il se moqua de la paella espagnole, salmigondis sans esprit ; des harengs crus hollandais, barbarie sans nom ; des *knödel* autrichiens, boulettes insipides ; du *panettone* italien, étouffe-chrétien s'il en fut.

Enchantés, Châtillon-Plessis et ses compagnons riaient à gorge déployée. Quentin était loin de partager leur hilarité. Héritier d'une longue dynastie de cuisiniers qui avaient travaillé et voyagé en Italie, Angleterre, Espagne, Suisse, Pays-Bas, il avait la sale impression de trahir leur mémoire. En conclusion, il les remercia d'avoir été présents et leur signifia que le repas leur était offert par Auguste Escoffier. En retour, Châtillon-Plessis l'invita à se joindre à eux lors d'un prochain dîner où l'on célébrerait aussi la cuisine française. Il ajouta qu'il était très heureux de le compter parmi les défenseurs de l'identité nationale. Quentin faillit s'étrangler avec sa grande chartreuse. Lui qui s'attendait à livrer une âpre bataille pour entrer dans leurs rangs, il avait été coopté sans pratiquement rien faire. Il jeta un regard en coulisse à Vassière qui l'observait avec attention. Sa mission d'infiltration commençait. Se pouvait-il qu'il ait devant lui les poseurs de marmites explosives ? Des dîneurs mondains, des profiteurs, certes, mais aucun n'avait l'air d'un dangereux terroriste.

14

Quentin attendait sa mère. Sa visite tombait on ne peut plus mal. Il avait bien d'autres préoccupations. Malgré ses protestations, elle avait tenu à le rejoindre rue Lepic. Une occasion, avait-elle dit, pour s'assurer qu'il était bien installé et qu'il ne manquait de rien. Jusqu'à présent, il avait réussi à la tenir éloignée en lui faisant valoir qu'il n'était pas encore en mesure de la recevoir convenablement. Il avait gagné plus de quatre mois et ne pouvait plus reculer. Diane était partie très tôt en lui souhaitant bonne chance pour cette épreuve.

Il s'habilla avec soin, brossa le chien, envoya Nénette chez le traiteur du coin de la rue des Abbesses acheter des coquilles de saumon, une terrine de sanglier, un assortiment de charcuterie et des tartelettes aux framboises, sachant pertinemment que sa mère ne trouverait rien à son goût, ces modestes préparations ne pouvant rivaliser avec les délices offerts par la maison Savoisy de la place de la Madeleine. Il arrangea du mieux qu'il put les coussins du canapé, interdit au chien d'aller y faire la sieste et s'installa sur le balcon pour guetter l'arrivée de sa mère. Peu avant midi, un fiacre s'arrêta. Il la vit descendre précautionneusement, regarder à gauche et à droite comme si un danger la guettait et se précipiter vers l'entrée de l'immeuble. Il l'attendait devant la porte et, à peine l'ascenseur ouvert, il dut subir l'inspection habituelle. Comme il s'y attendait, elle le trouva pâle, fatigué et amaigri.

— Tu as besoin de repos, mon garçon. Le bon air de la campagne te fera du bien. Il faut te remplumer, s'exclama-t-elle en lui enfonçant un doigt autoritaire dans les côtes. Quentin détestait ça. Il se retint de ne pas la raccompagner illico à la station de fiacres de la place Blanche. Depuis son enfance, il subissait ses craintes irraisonnées et ses obsessions morbides.

— Bien entendu, Diane est incapable de te faire à manger correctement, continua-t-elle. Elle ne se rend pas compte à quel point tu es fragile.

Il prit une grande respiration pour garder son calme et la fit entrer. Sans qu'il l'y invite, elle se lança dans la visite de l'appartement, se lamentant sur la petitesse des pièces, leur curieux agencement, la mauvaise qualité évidente de la construction. Elle alla même jusqu'à critiquer la trop grande luminosité et ne resta que quelques secondes sur le balcon, alors que Quentin voulait lui faire admirer la vue sur Paris. Quand elle découvrit le chien allongé de tout son long sur le canapé, elle regarda son fils avec sévérité.

— Ce n'est pas hygiénique, dit-elle avec mauvaise humeur. Tu vas attraper des maladies avec cet animal. Et je ne te parle pas des mauvaises odeurs. Tu aurais mieux fait de prendre un chat. Ça sent moins.

Elle prit un mouchoir qu'elle agita ostensiblement devant son nez. Pour une fois, Quentin se garda bien de chasser le chien.

Dans la chambre, elle s'assura qu'il n'avait pas choisi un lit de plume, véritable pot-pourri d'émanations méphitiques selon les médecins, lui recommanda de bien aérer l'armoire et la commode, sources d'exhalaisons putrides. Il la fit sortir sans trop de ménagement craignant quelque allusion malvenue sur son intimité avec Diane, ce qu'il n'aurait pas supporté.

Quand elle passa dans la cuisine, les narines frémissantes à l'affût de mauvaises odeurs provenant de l'évier, elle salua à peine Nénette et n'ayant rien trouvé à redire sur la propreté immaculée qui y régnait, battit en retraite. Elle n'était là que depuis un quart d'heure et Quentin était déjà épuisé. Il la détestait. Elle lui avait gâché son enfance, il entendait bien ne plus avoir à supporter sa malveillance.

Pour abréger l'épreuve, il lui proposa de passer à table. Elle se récria qu'elle n'avait pas fait tout ce chemin pour rester enfermée. Elle voulait sortir, visiter ce quartier dont on disait tant de choses. Quentin lui fit valoir que ce n'était guère prudent. Elle eut un petit frisson et déclara :

— Je suis en droit de savoir quels dangers menacent mon fils. Ce n'est pas faute de t'avoir mis en garde.

Quentin soupira et lui dressa un tableau apocalyptique : chaque matin, on ramassait des morts à la pelle, victimes de rixes sauvages. Il ne voulait pas lui imposer ce genre de spectacle. Relevant le menton, elle insista. Quentin capitula. Il alla annoncer à Nénette qu'ils sortaient et qu'elle pouvait faire un sort, avec le chien, aux victuailles du traiteur. La jeune bonne lui demanda l'autorisation d'inviter Lulu, ce que Quentin accepta bien volontiers. Elle le regarda avec un soupçon de pitié et elle aussi lui souhaita bonne chance. Sa mère l'attendait avec impatience. Une fois dans la rue, elle rabattit la voilette de son chapeau sur ses yeux et s'accrocha à son bras. Il se demandait bien où il pourrait l'emmener déjeuner. Pas question d'aller aux Enfants de la Butte. Il n'allait pas infliger au bon vieux père Alzon les critiques acerbes de sa mégère de mère. Il ne résista pas à l'envie de la faire passer par la rue Coustou où les prostituées criaient à tue-tête leurs tarifs. Elle eut un mouvement de recul et jeta un regard désapprobateur à son fils.

— C'est encore pire que ce que je croyais, murmura-t-elle.

— Et tu n'as encore rien vu, répliqua Quentin d'un ton guilleret.

— À la guerre comme à la guerre, continua-t-elle. J'ai entendu parler d'un endroit terrible : Le Mirliton… Il paraît que les clients y sont très mal traités par le patron.

— Dommage que ce ne soit ouvert que le soir, sinon je t'y aurais emmenée. En te voyant, voilà ce qu'aurait dit Aristide Bruant : « Attention, vlà du linge. C'te fois c'est pas d'la rinçure de bidet. C'est d'la grenouille de choix, de la gonzesse de luxe, d'la trois étoiles. Ces messieurs suivent à pied. Ce sont sûrement des maquereaux ou des ambassadeurs. »

Sa mère toussota et pressa le pas.

— Jamais tu n'aurais dû venir t'installer ici…

Apercevant les ailes du Moulin Rouge, elle demanda :

— Et ces abominables créatures qui font le grand écart en laissant voir leur intimité, ont-elles toujours autant de succès ?

Quentin s'aperçut avec gêne que sous le ton réprobateur de sa mère se cachait une bonne dose de curiosité. Comme tous ces bourgeois qui venaient s'encanailler et frémir d'aise à la vue d'une cuisse dénudée.

— Hélas, ce n'est plus ce que c'était, soupira-t-il. C'en est fini de la Goulue. Après un avortement qui s'est mal passé, elle n'a plus pu faire le grand écart. Ensuite, elle est devenue dompteuse de fauves mais un de ses lions a mangé le bras d'un petit garçon.

« Maintenant, elle est obèse et, de temps en temps, elle vient vendre des bonbons à la porte du Moulin Rouge, ses gros cuissots moulés dans un maillot rose.

Malgré la voilette, Quentin pouvait voir le visage de sa mère se décomposer.

— Quant à Nini Pattes-en-l'air, une honnête mère de famille saisie par le démon de la danse, je crois qu'elle continue. Le partenaire de la Goulue, Valentin le Désossé, lui, a quitté le bal. Il revient parfois dans un phaéton dernier cri. Je crois qu'il s'appelle Renaudin et qu'il vit du côté de l'École militaire où il loue des appartements à des officiers.

— Ah ! Comme quoi il y a tout de même des gens normaux…

— Pas beaucoup, pas beaucoup… Nous avons bien une authentique marquise. Tombée dans la dèche, elle est devenue concierge. Tiens, tu vois ce personnage…

Il lui montra un homme d'une trentaine d'années, filiforme, en cape de mousquetaire, gilet breton brodé, sabots, un bandeau de Peau-Rouge autour de la tête.

— C'est Jehan Rictus. Un poète. Il a écrit *Le Revenant*, une histoire où un sans-abri croit rencontrer le Christ. Il a beaucoup de succès.

Sa mère lui lança un regard de travers. Il priait pour que la Providence mette sur leur chemin d'autres hurluberlus qui la convaincraient de ne plus jamais mettre les pieds à Montmartre. La chance lui sourit. Dans sa redingote tachée de moisissures, Bibi la Purée venait

213

vers eux. Subrepticement, Quentin lui fit signe d'approcher. Son éternel mégot éteint à la bouche, il ôta son haut-de-forme vermoulu, s'inclina respectueusement et offrit l'œillet fané qu'il portait à la boutonnière.

— Pour vous servir, dit-il dans un grand sourire mettant en évidence sa bouche édentée.

Et il sortit de sous son vêtement, un réveille-matin cassé, une écumoire trouée, quelques livres en lambeaux et un parapluie bosselé.

C'en était trop pour la mère de Quentin qui recula d'un pas. Bibi s'en aperçut et se récria :

— Eh ! Ma bonne dame, c'est mon odeur qui vous gêne ? Sachez que je prends un bain par semaine dans la Seine et si ma chemise est effilochée, c'est qu'elle m'a été donnée par mon ami Verlaine. C'est qui cette greluche ? demanda-t-il à Quentin. Je préfère ta mignonne. Elle, au moins, a du savoir-vivre.

Il brandit son parapluie. La mère de Quentin se réfugia derrière son fils qui octroya à Bibi un billet de dix francs.

— Bien le merci, Monseigneur, je vais aller boire un petit noir à votre santé à l'auberge du Clou.

En riant, Quentin crut bon de préciser à sa mère que, contrairement à bien d'autres, Bibi la Purée ne buvait pas d'alcool et avait été terriblement amoureux de Verlaine quand ce dernier habitait Montmartre. Il le guettait à chacune de ses sorties pour cirer ses chaussures. À tel point qu'un jour, Verlaine était sorti pieds nus. Sans se démonter, Bibi lui avait ciré les pieds. La mère de Quentin ne partagea pas son hilarité.

— Je me sens un peu fatiguée, se contenta-t-elle de dire. Peut-être pourrions-nous nous arrêter dans un salon de thé et grignoter quelque chose…

Le rire de Quentin redoubla. Ils avaient dépassé le Moulin de la Galette et se trouvaient à la lisière du Maquis, cette jungle de baraquements en bois, de vagues maisons en carreaux de plâtre, d'abris en toile cirée, en carton goudronné au milieu de terrains vagues où les vieilles coupaient de l'herbe pour leurs lapins et faisaient paître leurs chèvres. Le royaume des chiffonniers, des ferrailleurs, des peintres fauchés, des malfrats en cavale et de tout un petit peuple trop pauvre pour rêver à un véritable toit. Ce n'était guère charitable de la part de Quentin d'amener sa mère dans cet océan de pauvreté, mais elle avait voulu voir Montmartre, elle verrait Montmartre. En fait, elle ne semblait guère troublée. Elle regardait d'un œil froid les enfants crasseux jouer au milieu de la rue, prenant juste le soin de s'écarter s'ils venaient trop près d'elle. Ils s'approchaient de la place du Tertre. Quentin redouta qu'elle souhaite aller voir les travaux du Sacré-Cœur, mais visiblement fatiguée par l'ascension de la butte, elle lui demanda de faire une halte, au moins pour se désaltérer. Il l'emmena chez Bouscarat où on pouvait manger pour moins d'un franc. Comme il se doit, elle inspecta la propreté des assiettes et des couverts et se résolut à commander un merlan frit accompagné de purée. Quentin avait hâte d'en finir. Comme de coutume, elle ne lui avait pas encore demandé ce qu'il faisait, ni même comment il allait, persuadée que ce ne pouvait être que mal. Pour la contrarier, il ne put s'empêcher de lui dire :

— C'est à deux pas d'ici qu'a commencé l'insurrection de la Commune en 1871.

Elle jeta un regard circonspect autour d'elle, s'attendant peut-être à voir surgir de dangereux émeutiers alors que la salle n'était peuplée que de pacifiques ouvriers et de peintres désargentés.

— Ne m'en parle pas, gémit-elle. J'ai toujours peur que cela recommence. Nous avons tant souffert.

Quentin regretta d'avoir lancé la conversation sur le sujet. Elle allait une fois de plus lui raconter comment ils avaient dû quitter Paris, lui encore dans ses langes, pour se réfugier auprès du haut commandement à Versailles. Certes, ils n'avaient pas eu à se nourrir de rats, de chats et de chiens comme les Parisiens assiégés, mais ils avaient tremblé pendant deux mois jusqu'à ce que la Semaine sanglante, fin mai, les débarrasse de ces maudits communards. Elle était persuadée que la supposée fragilité de Quentin venait de ces moments difficiles. Bien plus tard, il avait compris qu'elle avait été tellement terrorisée par ce déchaînement de violence que le système de protection qu'elle avait développé autour de lui n'était destiné qu'à la rassurer, elle. Parfois, il se demandait comment il s'en était sorti. Il aurait pu devenir cet être souffreteux qu'elle voyait en lui. S'il n'y avait eu les échappées dans le monde d'Escoffier, nul doute qu'il n'aurait eu aucune chance. Le seul bon côté des obsessions maternelles avait été qu'elle s'était désintéressée de lui, une fois qu'il était devenu adulte. Il avait ainsi librement choisi sa voie. Au contraire de Clément, son frère aîné, obligé de reprendre l'affaire familiale. Leur père était mort alors que Quentin avait dix ans. Il n'en gardait qu'un vague souvenir. François Savoisy adorait son métier et passait le plus clair de son temps à mettre au point les nouveaux plats qui avaient fait la gloire de sa boutique de traiteur. Son plus grand succès avait été de proposer des fruits exotiques : ananas, bananes, mangues qui arrivaient désormais en excellent état des Tropiques grâce aux bateaux à vapeur.

De crainte qu'il ne se blesse ou qu'il ne se gave de quelque aliment nocif, la mère de Quentin l'avait toujours tenu éloigné des cuisines. Son père et lui s'étaient donc peu connus. Là encore, c'est Escoffier qui avait servi d'image paternelle. Clément, fils obéissant, n'avait pas rechigné à prendre la suite du père. L'affaire était florissante. Il n'avait pas à trop se casser la tête et, s'il n'y avait plus guère d'innovation, de nouvelles boutiques s'ouvraient en province et à l'étranger. Quentin avait peu de relations avec lui. De dix ans plus âgé, il vivait en grand bourgeois, nanti d'une femme très ennuyeuse et d'enfants pleurnichards. Quentin détestait leur appartement de la rue de la Pompe, sombre, couvert de fanfreluches, encombré de bibelots en bronze censés montrer leur bon goût. Il y étouffait.

Ce ne fut qu'au moment du café que sa mère revint sur son souhait qu'il la rejoigne au plus tôt à la campagne. Elle voyait bien qu'il courait les pires dangers. Il lui répéta fermement qu'il en était hors de question. Paris n'était pas à feu et à sang. Il évoqua la possibilité que Diane et lui, dès que leur travail leur permettrait, aillent faire un tour à Trouville.

— Ah, oui ! J'oubliais : que fais-tu en ce moment ? demanda-t-elle d'un ton abrupt.

— Je cours après de dangereux poseurs de bombes.

Elle le regarda sans comprendre. Il se leva pour aller payer. Il n'avait qu'une hâte : la mettre dans un fiacre et la voir disparaître. Malgré ses protestations, ils empruntèrent les escaliers escarpés de la rue Chappe.

Elle lui signifia encore une fois qu'elle désirait vivement qu'il parte avec elle. Il ne répondit pas. Avec allégresse, il vit la file de voitures stationnées place des Abbesses. Ils échangèrent un rapide baiser. Il poussa un soupir de soulagement quand le fiacre se mit en branle. Elle ne reviendrait pas de sitôt. D'un pas léger, il repartit vers la rue Lepic. Un crieur de journaux marchait au milieu de la rue, annonçant d'une voix éraillée : « Nouveau drame à la marmite. Des bombes explosent dans des palaces à Londres, Barcelone, Baden-Baden. »

15

Les deux morts du Savoy, les trois de Barcelone et ceux de Baden-Baden furent mis sur le compte d'anarchistes locaux par certains journaux français qui continuaient à croire à leur culpabilité. Ce à quoi la presse anarchiste répliqua que les revendications ne pouvaient pas être le fait d'adeptes de Bakounine ou d'Élisée Reclus et criait au complot et à la provocation nationaliste. Ce fut le nouveau sujet de conversation dans la rue, les ateliers, les cafés, les salons. En cette saison de communions et de mariages, les pièces montées ne firent pas recette, certaines familles craignant qu'une bombe y soit cachée. Des restaurateurs en firent un argument de vente en posant des calicots où l'on pouvait lire : « Ici, ce n'est pas le *Savoy*, on ne fait sauter que les crêpes. » Bien entendu, les grands restaurants virent leur fréquentation décliner de manière prodigieuse. On assista au développement d'une simili-affaire Dreyfus de la cuisine. La majorité pro-cassoulet s'opposait à une minorité vantant les mérites des cuisines étrangères. Là encore, les petits restaurants s'emparèrent de l'aubaine et on pouvait voir des slogans « Mangeons français ! » suivis de listes de plats où la tête de veau sauce Gribiche, les escargots de Bourgogne, l'entrecôte Bercy étaient à l'honneur. Un des rares qui ne suivit pas cet élan patriotique fut le père Alzon, non par pure conviction politique mais à cause de sa clientèle de peintres étrangers, espagnols, hollandais... qu'il avait pris en affection et à qui il ne voulait pas faire de peine. Il alla même un jour jusqu'à préparer une paella catalane qui dérouta les palais français, mais fut triomphalement acclamée par les locataires du Bateau-Lavoir, tous artistes peintres plus ou moins dans le besoin, et par Quentin qui s'en gava jusqu'à se rendre malade.

Au Ritz, le commissaire Vassière n'était plus seul. Il s'était adjoint deux inspecteurs ayant en charge la surveillance de l'hôtel Meurice, du Grand Hôtel du Louvre et du Grand Hôtel de la place de l'Opéra. Ils conseillèrent à César Ritz de fermer temporairement l'établissement. Tentant de contenir son agacement, Ritz leur demanda si Le Grand Hôtel ou le Meurice comptaient fermer. Non ? Eh bien, lui non plus ne laisserait pas ses clients à la porte. Il prit Vassière à témoin. Toutes les mesures de sécurité étaient prises pour éviter quelque trouble que ce fût. Cette fois, le commissaire s'énerva, disant qu'il était irresponsable et qu'il mettait en danger la vie de ses clients. César Ritz rétorqua qu'il savait ce qu'il faisait et qu'il maîtrisait parfaitement la situation. Il se lança dans une longue diatribe : il ne voulait pas mettre en péril l'engouement naissant pour son hôtel. Les élites parisiennes s'étaient enfin décidées à venir en nombre et ce qu'il avait réussi à Londres était en passe d'arriver à Paris : les femmes n'hésitaient plus à fréquenter les dîners et les soupers. C'était une grande victoire sur la tradition qui voulait que seules les cocottes et les demi-mondaines dînassent à l'extérieur. Que les policiers se rassurent, la grande majorité du beau monde avait quitté Paris pour partir en villégiature. Le Ritz n'était plus une cible. Il conclut en disant qu'il n'avait jamais demandé de protection policière et si ces messieurs n'étaient pas contents, ils ne les retenaient pas, la porte était grande ouverte.

Vassière ne contenait plus sa colère. Venu aux nouvelles, Quentin en fit les frais. La mise négligée du commissaire et ses larges cernes trahissaient sa fatigue. Il entraîna le jeune homme dans les jardins des Tuileries.

— J'en ai par-dessus la tête des simagrées de César Ritz. À croire que quelque chose ne tourne pas rond chez lui[1].

Quentin ne put qu'en convenir.

— Et vous, arrêtez de faire le béni-oui-oui ! Vous êtes aussi utile qu'un emplâtre sur une jambe de bois. Où en êtes-vous avec Châtillon-Plessis ? Avez-vous des nouvelles des nationalistes ?

Quentin devint écarlate et saisit Vassière au collet.

— Moi aussi, j'en ai assez de passer pour un imbécile. Vous n'aviez qu'à jouer franc jeu dès le début. J'ai agi par loyauté envers mon parrain. Vous pouvez comprendre ça ? Je suis journaliste culinaire, pas policier. La mort de Justine m'a...

— Arrêtez de hurler, on nous regarde.

_____

1. En 1902, on lui diagnostiquera une grave dépression nerveuse et il se retirera des affaires en 1907.

Quelques passants s'étaient retournés sur eux. Une fillette avec son cerceau les observait avec curiosité.

— Que disiez-vous ? et sur la mort de qui ? gronda Vassière à voix basse.

Quentin garda le silence.

— Allez-vous parler, bougre d'idiot ?

Étant donné les circonstances, taire l'assassinat de Justine Baveau n'avait plus de sens et Quentin se sentait délié de son serment. Le commissaire écouta son récit avec une extrême attention.

— Je me doutais bien qu'il s'était passé un drame de ce genre, observa-t-il d'une voix redevenue calme. Si César Ritz n'en a rien laissé paraître, l'attitude d'Escoffier m'avait mis la puce à l'oreille. C'était donc bien dans la chambre froide… Pendue à des crocs de boucher… Ça explique pas mal de choses… Ça les confirme, même… C'est certainement cet assassinat qui a fait décommander le projet d'attentat. Les instigateurs ont dû croire que Ritz ferait appel à toutes les polices pour élucider ce crime et qu'une fois l'identité de la victime connue, il serait facile de remonter jusqu'à eux… Il valait donc mieux qu'ils fassent profil bas. Ils se sont donc tournés vers d'autres pays, l'Italie en premier.

Quentin lui révéla l'entretien qu'il avait eu avec le frère de Justine et le mystérieux message lui apprenant la mort de la jeune femme et lui conseillant de partir à Rome.

— Une tactique qui a fait ses preuves ! s'exclama Vassière. Une bonne vieille manipulation pour faire croire à un attentat anarchiste. Le passé et les activités d'Émile Baveau tenant lieu de preuves manifestes. Simple comme bonjour ! Et qui a fonctionné. Dommage que la police italienne n'ait pas poussé ses investigations à fond. Faut dire que, là aussi, le directeur du Grand Hôtel ne leur a pas facilité la tâche. Tout ça ne fait que confirmer ce que je pressentais. Récapitulons et imaginons. Cette Justine navigue dans les milieux nationalistes. D'après son frère, l'anarchiste, c'est pas une mauvaise fille, juste un peu agitée du bocal. Admettons que chez ses copains nationalistes, elle entende parler d'un projet d'attentat. Elle est contre. Elle veut prévenir le Ritz. On la suit et on la zigouille. Et hop ! Passez muscade ! Comme on sait que son frère est anar, on lui fait passer un message. Coupable idéal, il s'enfuit. Et je vous parie même que ça leur a donné l'idée de maquiller leurs attentats pour faire croire que c'étaient les anarchistes. Tout bénef !

Perdu dans ses pensées, il se tut. Puis, jetant un regard sans aménité à Quentin, il déclara d'un ton rogue :

— Je devrais vous faire arrêter pour entrave à la justice, dissimulation de preuves, fourberie, duplicité, escamotage de cadavre et autres délits. Vous m'avez fait perdre un temps fou.

— Je ne pouvais pas…

— Bien sûr que si, vous pouviez ! Il serait peut-être temps d'apprendre à penser et agir par vous-même et non à vous plier aux quatre volontés de ceux qui vous entourent. Votre nonchalance, votre paresse vous perdront, mon petit gars. Continuez à vous prélasser dans votre cocon de luxe, et surtout, ne regardez pas le monde tel qu'il est ! Mais ce n'est pas mes oignons.

Se faire traiter de chiffe molle n'avait rien de plaisant, mais Quentin ne répliqua pas. Il savait que Vassière avait raison. Toute sa vie, il s'était prudemment tenu éloigné de ce qui pouvait le déranger. Le temps de la désinvolture était révolu. Mais était-il prêt ?

— Bon, mon petit Quentin, il va falloir vous décider à bouger et à plonger dans le nid de vipères nationalistes.

— Après m'avoir dit que j'étais nul ? ne put-il s'empêcher de rétorquer. Trouvez quelqu'un d'autre. J'en ai ma claque.

Escoffier l'avait utilisé sans qu'il puisse refuser. Vassière tentait maintenant de lui imposer un rôle d'indic. Refuser ne changerait pas grand-chose à l'affaire. Le commissaire saurait très bien se débrouiller.

— Oh ! Cessez donc de ronchonner ! lui dit ce dernier. Venez, je vous offre une limonade au kiosque.

Ils marchèrent en silence jusqu'au bassin central où des enfants faisaient naviguer des petits bateaux aux voiles multicolores. Non, il n'était pas prêt. Trouville ! Partir à Trouville ! Laisser en plan toutes ces embrouilles. Courir sur la plage avec Diane et le chien. Manger des soles normandes, des crevettes au beurre, des tartes aux pommes…

Ils s'assirent à l'ombre des grands arbres. Vassière prit un air réjoui en sirotant son diabolo menthe. Faisant preuve de cet étrange sixième sens dont il semblait doté, il déclara :

— Vous restez à Paris bien entendu. Pas question de vous octroyer des petites vacances alors que nous sommes sur le point d'arriver à nos fins. Allez ! Ne me faites pas la tête. Je vous fais des excuses, ça vous va ? J'ai été un peu brutal, mais croyez-moi, j'ai besoin de vous pour ce que vous êtes : un garçon intelligent, courageux, même si vous n'en avez pas l'impression, loyal et désintéressé. Et surtout pour la mission qui nous occupe, présentant bien, cultivé, habitué aux usages du grand monde. Croyez bien que, si j'avais quelqu'un dans votre genre au 36, quai des Orfèvres, je me passerais volontiers de votre incurable flemme.

Quentin se leva. Vassière le fit se rasseoir.

— Mine de rien, vous m'êtes sympathique. Et je vous fais confiance. Comprenez-moi bien. Nous ne sommes pas maîtres de ce qui se passe à l'étranger. Nous avons affaire à un mouvement international qui n'est pas près de finir. Nous ne sommes pas des surhommes. Alors, contentons-nous d'agir en France, de faire en sorte d'éviter que des drames s'y produisent. En identifiant les meneurs et les hommes de main.

Il proposa à Quentin une des deux madeleines qu'il avait achetées au kiosque.

— Vous n'en voulez pas ? reprit-il. Vous avez raison, elles sont trop sèches. Vous savez, mon petit Quentin, nous faisons un peu le même métier. Dans mon service, comme le dit Puibaraud, mon chef, nous ne faisons pas la chasse aux malfaiteurs mais aux informations. Nous sommes les reporters de la Préfecture de police. Alors, considérez que vous faites une enquête journalistique. Aidez-moi. Mais ne vous faites pas d'illusion, nous arriverons au mieux à couper un des tentacules de la pieuvre. Hélas, nous ne parviendrons jamais à l'éradiquer. Ni vous ni moi ne sommes des héros. Et même si c'était le cas…

Vassière ne finit pas sa phrase. Visiblement harassé, il quitta sa chaise pour aller régler les consommations. À la caisse, Quentin le vit parler aimablement à une jolie femme portant ombrelle et lui offrir un petit ours en guimauve. Il rejoignit Quentin et se frappant le front :

— Avec tout ça, j'ai oublié de vous prévenir que

votre parrain vous attend avec impatience. Nos amis nationalistes se sont encore manifestés et ce qu'ils lui demandent l'a mis dans tous ses états. Courez le rejoindre... Et faites au mieux pour qu'il se plie à leurs exigences.

Vassière prit le chemin de la Préfecture de police où l'attendait son chef, Puibaraud, et Quentin celui du Ritz.

Le nouveau message de « L'Internationale des Nations » stipulait que le menu national était un premier pas mais insuffisant. Il fallait dorénavant « éliminer tous les plats portant des noms youpins, teutons, étrangers » pour ne proposer que des mets à consonance française.

— Mais pourquoi est-ce moi qui reçois ces avertissements ? demanda Escoffier rageusement.

— Parce que vous êtes reconnu comme le plus grand cuisinier de ce temps, celui qui crée les modes que tout le monde suit. La rançon du succès...

— Je n'ai ni le temps ni le goût de m'occuper de politique. Je suis républicain. Je crois au progrès, à l'ordre, mais j'ai toujours évité de participer à la mêlée. Même dans les dîners, je redoute les moments où on en vient à parler politique.

— Les temps sont si troublés que personne n'y échappe. Regardez les familles, les amis qui se déchirent à cause de l'affaire Dreyfus. Chacun doit prendre parti. Vous êtes le malheureux otage d'une clique qui fait feu de tout bois.

— Il n'y a donc aucun moyen d'y échapper...

— Hélas, cette histoire nous dépasse.

Les traits du visage d'Escoffier s'affaissèrent.

— C'est une vraie gangrène. Je n'arrive pas à croire que le monde soit devenu aussi fou.

Quentin comprenait fort bien le désarroi de son parrain. Pour lui, l'honnêteté, la rigueur, l'effort, le travail bien fait étaient la garantie de triompher de tous les problèmes. Il ne ménageait pas sa peine, aussi était-il particulièrement démuni quand la situation lui échappait. Quentin s'éclipsa pour se rendre en cuisine. Il alla voir le second et lui demanda de leur préparer un repas spécial. Il commanda des hors d'œuvre à la Russe, un consommé froid Madrilène, des écrevisses Rothschild, des petits pois à l'anglaise et des fraises Sarah Bernhardt.

Il revint avec une bouteille de porto et se planta devant son parrain qui avait l'air toujours profondément accablé.

— Allez, au travail ! ordonna Quentin.

— Que veux-tu qu'on fasse ?

— Déshabiller vos plats. Leur ôter les noms qui écorchent les oreilles des nationalistes. Et en trouver d'autres, fleurant bon nos vieilles provinces.

— Ça me rend malade, murmura Escoffier d'un ton pitoyable.

Muni de son stylo et de feuilles de papier, Quentin l'entraîna dans la salle à manger où les attendaient déjà les hors-d'œuvre à la russe. Quand son filleul lui annonça la suite du menu, il éclata de rire. Puis il s'étrangla en disant :

— Ah ! non, je ne peux pas débaptiser les fraises Sarah Bernhardt[1]. C'est une de mes plus chères amies.

---

1. Fraises servies sur un sorbet à l'ananas et recouvertes de mousse de fraises macérées dans du curaçao et du brandy.

— Oui, mais elle est juive, rétorqua Quentin.

— Pourvu que Nellie Melba ne le soit pas, soupira Escoffier.

Quentin connaissait son amitié avec la comédienne et la diva. Escoffier avait rencontré Sarah à Paris, alors qu'il avait vingt-sept ans et elle vingt-neuf. Elle était déjà une actrice renommée et il l'avait conquise en lui préparant une timbale de ris de veau aux nouilles fraîches servie avec une purée de foie gras truffé. À son habitude, elle n'y avait guère touché car elle ne supportait la nourriture qu'en paroles, mais elle était devenue une fidèle admiratrice du cuisinier. Escoffier allait voir toutes ses pièces et savait par cœur la plupart de ses rôles et elle ne manquait pas de descendre au Savoy lorsqu'elle jouait à Londres. Des bruits couraient dans les cuisines comme quoi ils seraient amants. Il suffisait de voir les petits soupers d'anniversaire qu'Auguste lui concoctait et où il était le seul invité. Après tout, où aurait été le mal ? Delphine, l'épouse d'Escoffier, n'avait jamais aimé Londres et vivait en France avec leurs trois enfants. Mais Quentin n'y croyait guère. Il voyait plus son parrain jouer le rôle d'amoureux transi qu'amant éperdu. Et la « Divine », qui n'était pas avare de confidences sur ses nombreuses conquêtes, ne parlait jamais d'Escoffier autrement que pour louer ses talents culinaires et dire que ses œufs brouillés avec leur pointe d'ail pilé étaient les meilleurs du monde.

Quant à Nellie Melba, aucune ambiguïté n'entourait leur relation. Escoffier avait été très impressionné par son interprétation d'Elsa dans *Lohengrin* à Covent Garden en 1893. Depuis, il était aux petits soins avec sa « gracieuse diva » comme il l'appelait.

— Je ne crois pas que votre cantatrice australienne soit juive, mais pourquoi vous en préoccupez-vous ? demanda Quentin. Aucun plat ne porte son nom.

— Elle a annoncé son arrivée pour la rentrée et je comptais lui offrir des pêches Melba, un dessert très simple puisqu'il s'agit de coucher des pêches sur un lit de glace à la vanille, d'y verser un coulis de framboises, de les saupoudrer d'amandes fraîches effilées et de les recouvrir d'un léger voile de sucre filé.

— Ça me semble exquis, mais Melba n'est pas un nom bien de chez nous. Cela pourrait déplaire. Appelez-les pêches à la Montreuil puisque c'est votre variété préférée.

— Pas question, fulmina Escoffier, je garde Melba.

— Comme vous voulez ! Mais pour les fraises, par pitié, trouvez autre chose que Sarah Bernhardt.

Visiblement agacé, Escoffier se gratta la tête.

— « Fraises à la Divine ». C'est un des surnoms de Sarah.

— Ça fera l'affaire, admit Quentin.

Escoffier prit une profonde inspiration et frappa du poing sur la table.

— C'est absurde ! Grotesque ! Le monde marche sur la tête. Supprimer les noms juifs ! Je suis catholique mais jamais de telles bêtises ne me viendraient à l'esprit.

— Vous, peut-être, répliqua Quentin, mais regardez, les habitants et les commerçants de la rue des Juifs qui ont lancé une pétition pour que le nom de la rue soit changé[1]. Ils ne sont pas les seuls. Et il n'y a pas

---

1. Ils obtiendront gain de cause. La rue des Juifs deviendra rue Ferdinand-Duval.

qu'à Paris. En Algérie, à Oran, le député Firmin Faure a déclaré qu'il ferait tout son possible pour faire modifier le nom de la rue d'Austerlitz car, selon lui, elle n'est habitée que par des Juifs. Il est allé jusqu'à dire que, s'il n'y arrivait pas, il y mettrait le feu pour brûler la vermine qui y pullule.

Les traits crispés, Escoffier ordonna d'une voix sourde :

— Au travail ! Puisqu'il le faut. Ne perdons pas de temps.

Quentin qui craignait que négocier chaque nom prenne des heures, des jours, des semaines, en fut soulagé.

Ils éliminèrent l'aileron de dindon Lady Vilmer, l'anguille fumée de Kiel, l'artichaut Cavour, les asperges à la polonaise, les aubergines à l'égyptienne, les bananes norvégiennes, les bécasses Metternich, les biftecks à la hambourgeoise, le cabillaud à la portugaise, les cailles à la turque, le caneton à la sévillane, la carpe à la juive, le chevreuil à la hongroise, le consommé Zola, les côtes de veau Pojarski, les écrevisses à la Rothschild, l'entrecôte mexicaine, les faisans à la bohémienne, les fraises Wilhelmine, les homards Newburg, les huîtres à l'anglaise, les œufs Halévy, les poulardes Devonshire, les ravioles sibériennes, la salade Danicheff, les sauces Cambridge et Oxford, les tournedos à la Rachel et plus d'une centaine d'autres plats dont les noms risquaient de mettre en rogne « L'Internationale des Nations » s'ils apparaissaient à la carte.

Bien entendu, ils conservèrent les abricots Bourdaloue, Colbert, Condé, à la parisienne, à la royale, l'alose à la provençale, l'alouette beauceronne, l'artichaut Clamart, la bécasse Marivaux…

Pour se donner du cœur à l'ouvrage, Quentin alla chercher une bouteille de Romanée et, sur le coup de minuit, ils avaient une carte où ne subsistaient que des plats aux noms incontestablement français.

Escoffier était épuisé. Son teint gris et ses cernes l'attestaient. Mais il se disait prêt à continuer. Quentin lui fit valoir que leur toilettage des noms de plats suffisait amplement. Mais Escoffier revint sur les demandes d'aide et d'assistance que des chefs de cuisine formulaient. Certains s'étaient débrouillés pour mettre quelques plats nationaux à l'honneur mais cela ne suffisait pas.

— Ce n'est pas à vous de le faire, grommela Quentin. Qu'ils se débrouillent avec leurs collègues.

— Je suis bien d'accord avec toi. Mais je serais plus tranquille si nous leur fournissions quelques idées.

— Dites-leur de consulter *La Cuisine de tous les pays* d'Urbain Dubois. C'est une mine d'informations. Et non, mille fois non, je ne chercherai pas à leur place.

La nuit était chaude, les rues désertes. Il remonta à pied l'avenue de l'Opéra. Les dernières exigences des nationalistes l'ulcéraient. Cette fois, il ne voyait pas comment il pourrait refuser de faire ce que lui demandait Vassière. Il était prêt.

Arrivé rue Lepic, il eut la surprise de trouver le commissaire devant sa porte qui l'accueillit d'un sonore :

— Vous voilà enfin !

— Vous saviez que j'étais au Ritz. Si vous aviez quelque chose à me dire…

— Mon petit Quentin, j'avais des choses plus importantes à faire que de me demander si vous alliez conserver ou non l'omelette norvégienne. Je suis sur la bonne piste, mais il va falloir jouer serré. Grâce à vos révélations tardives, j'ai eu confirmation de mes soupçons. Ne prenez pas cet air ballot ! Ça n'a rien de sorcier, je vous l'assure. À la portée d'un débutant !

— Qui soupçonnez-vous ?

— Tout doux, mon jeune ami. Je marche sur des œufs. Accuser les nationalistes, ça ne se fait pas sans preuves. Ils sont très protégés et, à la Préfecture, nous ne sommes pas si nombreux à nous attaquer à eux. Les crocs de boucher m'ont bien aidé. Mais je ne vous dirai rien de plus. Vous seriez capable de tout raconter à votre fiancée et fouineuse comme elle est... D'ailleurs, c'est à son sujet que je voulais vous voir. Elle m'inquiète. Elle a failli avoir de graves ennuis ce soir. Dites-lui de ne pas traîner avec les anarchistes, c'est bien trop dangereux. D'autre part, si elle se fait repérer et qu'on remonte jusqu'à vous, vous ne pourrez jamais vous introduire chez nos amis nationalistes.

— Que s'est-il passé ? demanda Quentin, alarmé.

— Elle vous le dira elle-même. Mais sachez que je ne peux pas passer mon temps à avoir un œil sur vous et sur elle. Allez ! Bien le bonsoir ! Et je compte sur vous.

Négligeant l'ascenseur qui tardait à venir, Quentin grimpa quatre à quatre l'escalier. Il trouva Diane affalée sur le canapé, les cheveux en désordre, le visage maculé de noir, une bouteille de vieux marc de Bourgogne à portée de main, le chien à ses côtés.

— D'où sors-tu ? lui demanda-t-il en poussant le chien pour s'asseoir près d'elle.

Elle agita la main et il vit qu'elle était entourée d'un bandage taché de sang.

— Tu es blessée ? Que s'est-il passé ?

— Ce n'est rien. Une de ces brutes m'a donné un coup de canne plombée.

— Quelle canne ? Quelle brute ?

À son élocution embarrassée, Quentin comprit qu'elle avait un peu abusé du marc. Soudain, elle fondit en larmes et se réfugia dans ses bras.

— J'ai eu très peur…

— Vas-tu me dire où tu étais ?

— À la salle des Mille Colonnes. Il y avait une réunion de la Ligue antisémitique de France.

Quentin la regarda avec surprise.

— Qu'est-ce que tu y faisais ?

Diane prit le mouchoir qu'il lui tendait et se tamponna les yeux.

— Promets-moi de ne pas t'énerver et je vais tout te raconter.

Sentant que, une fois de plus, ce qu'elle allait lui dire ne lui plairait pas, il se servit un fond de marc.

— Tu sais que mon article sur les anarchistes naturiens a été refusé. Je ne voulais pas en rester là. Paul Paillette m'a fait rencontrer certains de ses amis.

Quentin fronça les sourcils.

— Quoi ! Tu l'as revu ! s'exclama-t-il avec colère.

Diane haussa les épaules. Son mouvement lui arracha un petit cri de douleur.

— Ce n'est pas ce que tu crois. Il m'a emmenée au *Libertaire*, un journal créé par Louise Michel.

— Ne me dis pas que tu as partie liée avec cette dangereuse communarde, l'interrompit-il.

— Laisse-moi continuer. Non, ce n'est pas Louise Michel qui m'intéresse mais Sébastien Faure, l'autre fondateur du journal. Il a des théories passionnantes sur l'éducation. Il veut créer une école où il n'y aurait pas de classement et où les enfants seraient autonomes. Il prône la discussion, l'esprit critique mais aussi la douceur et la tendresse.

— Ce n'est pas dans une cour d'école que tu as attrapé tous ces bleus, grommela Quentin en désignant ses avant-bras.

— J'y viens, répliqua-t-elle avec impatience. Sébastien est aussi…

— Ah ! Tu l'appelles Sébastien…

Diane se détacha de lui, une lueur de colère dans l'œil.

— Ne sois pas stupide. Ce sont ses idées qui m'intéressent. Sébastien est profondément prodreyfusard, ce qui est rare chez les anarchistes qui ont tendance à dire que ce qui se passe chez les richards et les militaires ne les concerne pas. Bref, il y avait une réunion de la Ligue antisémitique ce soir et il m'a dit que ça pourrait m'intéresser.

— Et tu y es allée ! Tu sais pourtant que c'est dangereux. Chaque fois, il y a des bagarres.

— Ce fut encore pire. La réunion n'a même pas pu avoir lieu. D'un côté, il y avait les anarchistes criant « Vive la Commune ! Vive *Germinal* ! Vive Zola ! » et ceux de la Ligue qui chantaient *La Marseillaise* et hurlaient leurs sempiternels « Vive l'armée ! Mort aux Juifs ! ». Un ouvrier typographe a réussi à aller jusqu'à la tribune où il a agité le drapeau noir.

Diane avait repris des couleurs et semblait revivre l'excitation de la soirée.

— Après, ça s'est gâté. On a vu arriver une horde de fous furieux en blouse bleue de bouchers. Ils agitaient des cannes plombées, des nerfs de bœuf. Sébastien m'a poussée dans les escaliers en me disant de m'enfuir. Il m'a montré le chef, un certain Dumay, un chevillard[1] de la Villette, qui menait les troupes venues casser de l'anar. Je me suis retrouvée devant un de ces monstres. Là, j'ai eu peur. C'était horrible. Il avait un mufle de taureau, il hurlait des imprécations. Il a voulu m'attraper. C'est un métallo qui a réussi à me tirer de là. J'ai cru mourir.

Quentin la reprit dans ses bras, elle était tremblante d'émotion.

— Au moins, tu n'y retourneras pas.

Un éclair de colère passa dans les yeux de Diane.

— Oh, que si ! On ne peut pas laisser ces bêtes sauvages faire la loi. C'est inacceptable. Je veux savoir qui ils sont et jusqu'où ils comptent aller.

— Pour une fois, tu vas m'écouter. Il est hors de question que tu te lances dans de folles aventures. Et je commence à en avoir assez que tu fasses des choses dans mon dos, sans me prévenir.

— Si je te disais tout, tu m'en empêcherais.

Quentin poussa un soupir agacé.

— Bien sûr, je t'en empêcherais. Je ne veux pas te voir revenir en charpie et je ne veux pas passer mon temps à m'inquiéter pour savoir où tu t'es encore fourrée. Un jour, je vais vraiment me lasser.

Diane prit un air boudeur. Il détestait quand elle faisait cela. Mais cette fois, il ne céderait pas. Il lui tint un discours très ferme, lui demandant, dorénavant, de travailler derrière un bureau. Il avait été trop patient, trop compréhensif. Une femme n'avait pas vocation à

---

1. Boucher en gros, habilité à abattre les bêtes.

courir les rues, à suivre les manifestations, les débats politiques. Qu'avait-elle à y gagner ? L'égalité entre hommes et femmes était illusoire. Il n'avait rien contre le principe, mais sa mise en œuvre posait trop de problèmes. Il lui reprocha de se comporter comme si c'était un jeu, une poursuite entre cow-boys et Indiens. Elle lui donnait surtout l'impression de vouloir épater ses collègues. Il conclut en disant que ce n'était pas une jeune journaliste féministe et un petit chroniqueur culinaire qui allaient changer la face du monde.

Quentin s'attendait, pour le moins, à une volée d'invectives. Rien ne vint. Diane s'était endormie dans ses bras.

16

Le lendemain matin, Diane eut toutes les peines du monde à se lever. Ses bras étaient couverts d'hématomes, sa main blessée la faisait souffrir et elle avait du mal à s'appuyer sur sa jambe gauche. Quand Nénette la vit dans cet état, elle lança un regard réprobateur à Quentin et murmura :

— Ben, dites donc, c'est pas joli à voir.

— Mademoiselle Diane est tombée dans l'escalier, dit-il agacé.

— Ben, voyons, c'est toujours ce qu'on dit...

— Ne soyez pas stupide, Nénette, et filez à la pharmacie chercher de la teinture d'iode. Et emmenez le chien par la même occasion.

L'animal n'avait cessé de tourner autour de Diane, l'assaillant de petits coups de langue affectueux.

Quentin soutint sa fiancée jusqu'au canapé et lui cala le dos avec des coussins.

— Veux-tu que je fasse venir un médecin ?

— J'ai l'air aussi mal en point ? demanda-t-elle avec un pauvre petit sourire. Ne t'inquiète pas. Je n'ai rien de cassé, seulement l'impression d'être passée sous un train. Il me faut juste un peu de repos.

— Nénette, le chien et moi allons nous occuper de

toi. Tu n'auras pas à lever le petit doigt. Et dans quelques jours, il n'y paraîtra plus.

Diane lui adressa un de ses regards lumineux auxquels il ne savait pas résister ; il finissait toujours par faire ses quatre volontés. Qu'allait-elle lui demander ?

— Je t'aime Quentin. Je ne te le dis pas assez souvent. Sache que c'est une grande chance de t'avoir pour compagnon. Je ne suis pas toujours facile à vivre, je le sais. Et je te remercie d'être là pour moi. Je le serai toujours pour toi.

Un sourire étonné flotta sur les lèvres du jeune homme. Diane n'était pas coutumière des déclarations d'amour. Il n'eut pas le cœur de lui resservir son discours de mise en garde de la veille au soir. Elle se lova contre lui.

— Je vais me mettre au vert pour un temps, annonça-t-elle.

Quentin poussa un soupir de soulagement. Diane avait compris la leçon d'elle-même. Elle devenait raisonnable.

— Je vais aller passer quelques jours à Trouville.

Le sourire de Quentin s'effaça.

— Mais je ne peux pas t'accompagner, s'exclama-t-il. Je dois rester à Paris.

— Je sais. Je ne partirai pas longtemps. J'ai vraiment besoin de respirer un autre air.

Quentin était mi-figue mi-raisin. Que Diane s'éloigne de Paris et de ses dangers le soulageait, qu'elle parte sans lui l'attristait. Mais il n'était plus question de laisser tomber Vassière.

— Tante Odile n'est pas très bien, continua-t-elle. Elle décline. M'occuper d'elle me fera oublier mes petites misères, poursuivit Diane. Je sais que mes parents doivent lui rendre visite. Je crois qu'ils partent demain.

Quentin vit en pensée le manoir anglo-normand de tante Odile, ses tourelles, ses lucarnes de style gothique, ses toits d'ardoises et ses pelouses aux massifs d'hortensias descendant en pente douce vers la mer. Il imagina Diane en robe légère, servant le thé à sa tante, allongée sur une méridienne. Partager sa fiancée avec une vieille dame impotente ne l'aurait pas dérangé, d'autant que tante Odile était charmante, vive et drôle. Mais la perspective de la compagnie du comte et de la comtesse de Binville le dissuada définitivement de partir. Il s'étonnait que Diane l'acceptât sans sourciller.

Il l'aida à préparer un bagage léger. Au fil de la journée, elle semblait aller de mieux en mieux, retrouvant même une surprenante facilité de mouvement. Il lui proposa d'emmener le chien avec elle. Elle refusa tout net, disant qu'il était trop turbulent pour une dame âgée et que, en plus, il détestait l'eau.

Un peu dépité, Quentin se retrouva en tête à tête avec l'animal. Diane avait rejoint ses parents rue de l'Université et elle partirait avec eux à la gare Saint-Lazare. Pendant plusieurs jours, il tourna en rond dans l'appartement au grand déplaisir de Nénette. Il n'avait aucune envie de travailler. Tout lui pesait. Escoffier lui avait annoncé qu'il prenait quelques jours de vacances pour rendre visite à sa famille à Monte-Carlo. Il songea à aller voir Vassière dont il n'avait plus de nouvelles. Pas plus que de Châtillon-Plessis. Au moment où il s'apprêtait à se rappeler à son bon souvenir, il reçut une invitation. Il était convié à dîner chez le journaliste dans quatre jours, en compagnie, disait le carton, d'amis partageant le goût des bons plats de France. Il voulut communiquer cette nouvelle à Vassière mais, au Ritz, on lui dit qu'on ne l'avait pas vu depuis plusieurs jours. Il n'osa pas aller à la Préfecture de police, le commissaire lui ayant recommandé la plus grande discrétion.

Depuis le départ de sa mère, il jetait à la poubelle sans les lire ses télégrammes quotidiens où elle l'adjurait de la rejoindre. L'ambiance à Paris était toujours aussi explosive. Les manifestations pro et anti Dreyfus se succédaient. Le 8 juillet, le ministre de la Guerre, Cavaignac, avait réaffirmé la culpabilité de Dreyfus en produisant les pièces secrètes l'accusant. Les députés l'avaient acclamé et décidé que son discours et les pièces accusatrices seraient affichés dans toutes les communes de France. L'affaire Dreyfus semblait définitivement enterrée. Malgré tout, Jaurès était reparti à l'attaque en réaffirmant qu'il s'agissait de faux. Le 13 juillet, Esterhazy – que les dreyfusards désignaient comme le véritable coupable – avait été arrêté. Le 18 juillet, Zola, de nouveau condamné par la cour d'assises de Versailles, avait quitté la salle sous les huées et les injures. Dans les tribunes, Déroulède avait hurlé : « Hors de France ! » et d'autres : « Retourne chez les Juifs ! » À la tombée de la nuit, l'écrivain était parti pour l'Angleterre. Le parti dreyfusard perdait son champion. La consternation avait atteint son comble quand, le 12 août, Esterhazy avait bénéficié d'un non-lieu et était sorti de prison. Depuis, les ligues patriotiques et antisémites pavoisaient.

Toutes ces mauvaises nouvelles désolaient Quentin qui suivait dans la presse, au jour le jour, l'évolution de la situation. La veille du dîner chez Châtillon-Plessis, installé à la terrasse de la brasserie Wepler, place de Clichy, il feuilletait *Le Petit Parisien*. Un titre lui attira l'œil : « Un policier pendu à des crocs de boucher. » Le soufflé coupé, il lut que le commissaire Vassière de la Direction générale des recherches avait été découvert dans un entrepôt, sauvagement assassiné. Sa vue se brouilla, un grand vide se fit en lui. Vassière mort ! Assassiné ! Pendu à des crocs de boucher ! Il repoussa de toutes ses forces l'image qui lui venait à l'esprit d'un corps supplicié couvert de sang. Il revit le commissaire, la mine gourmande, se régalant de son homard Thermidor, admirant les splendeurs du Ritz. Il repensa à ses coups de gueule, à sa fausse naïveté mais aussi à sa bonhomie et à sa bienveillance à son égard. Qu'allait-il faire sans lui ? La suite de l'article le révolta. L'enquête de police s'orientait vers un règlement de compte personnel, Vassière étant connu pour sa violence et ses méthodes peu orthodoxes. Quelle violence ? s'indigna Quentin. Jamais le commissaire n'avait fait preuve de la moindre brutalité. La violence était du côté de ceux qu'il poursuivait et qui avaient fini par avoir sa peau. Tout cela sentait furieusement l'enfumage. Sous le choc, Quentin paya son café et reprit le chemin de la rue Lepic, le chien batifolant à ses côtés. Il hésitait sur la conduite à tenir. Vassière disparu, à qui allait-il rendre compte de ses éventuelles découvertes en milieu nationaliste ? Sa mission se justifiait-elle encore ? Outre la peine qu'il éprouvait à la nouvelle de la mort de cet homme à qui il avait fini par faire entièrement confiance, il ressentait un profond doute sur la manière dont on l'accueillerait à la Préfecture de police. Il décida d'en avoir le cœur net. Place

Blanche, il prit un fiacre et se fit conduire boulevard du Palais. Il continua à pied sur le quai des Orfèvres jusqu'au bâtiment flambant neuf de la Préfecture de police. L'endroit grouillait de gardiens de la paix mais Quentin eut le plus grand mal à trouver la Direction générale des recherches. À croire que ce service n'existait pas. Il finit par tomber sur un policier en civil qui accepta de l'écouter. Méfiant, Quentin se contenta de dire qu'il était en contact avec le commissaire Vassière et qu'il aimerait savoir s'il allait être remplacé. Le policier, soupçonneux, le regarda et demanda d'un ton abrupt :

— Vous êtes un indic ?

— Non, pas vraiment...

— Alors pourquoi êtes-vous là ? Vous savez quelque chose ?

Quentin lui répondit qu'il s'agissait du Ritz et des menaces nationalistes sans s'avancer davantage. De soupçonneux, le regard du policier devint hostile.

— Ah ! cette histoire, dit-il. On n'en sait pas grand-chose. Vassière était un petit cachottier. Il travaillait sans rien dire à personne. Mais, à mon avis, il n'y a rien à craindre. Il n'y aura pas de nouvelle affectation de policier.

Devant une telle désinvolture, Quentin ne put s'empêcher de demander qui contacter en cas de danger.

— Ne vous inquiétez pas, je vous dis. Ce qu'on redoute le plus, en ce moment, ce sont les agents provocateurs. Et croyez-moi si vous le voulez, la plupart du temps, ils viennent des rangs de nos propres indics. Les mouchards inventent, brodent, exagèrent pour justifier leur rôle. On en est même arrivés à se demander si Vassière ne s'était pas laissé aller à ce petit jeu en surestimant les menaces sur le Ritz.

Quentin brûlait d'envie de lui rappeler les morts de Vienne, Londres, Barcelone, Baden-Baden, mais il s'en tint à la prudence. Il n'avait rien à espérer des collègues de Vassière si ce n'est de se mettre en mauvaise posture. Il devrait agir seul même si cela lui semblait totalement vain.

La mort dans l'âme, il se prépara à l'épreuve du lendemain, le dîner chez Châtillon-Plessis. Le journaliste habitait un immeuble haussmannien du boulevard de Courcelles, aussi ventru et prétentieux que lui. Arrivé parmi les premiers, Quentin fut présenté à Émile Gauthier, un autre plumitif travaillant pour *Le Figaro* et *Le Petit Parisien*. Âgé d'un peu plus de quarante ans, il avait le verbe haut et le ton péremptoire. Ils échangèrent quelques platitudes sur leurs métiers respectifs jusqu'à ce que Gauthier s'exclame :

— Ah ! C'est vous dont m'a parlé notre hôte. Vous travaillez avec Escoffier. Quelle magnifique idée ce repas national ! Souhaitons que cet exemple soit suivi par tous. Vous faites œuvre utile, croyez-moi, et nous allons bientôt faire triompher notre honneur national.

Quentin acquiesça et s'apprêtait à abonder dans son sens quand le maître de maison annonça l'arrivée des invités d'honneur : Édouard Drumont et Léon Daudet.

« Mazette, se dit Quentin, le haut du panier nationaliste. » La cinquantaine bien sonnée, Drumont respirait la suffisance. Léon Daudet avait à peu près l'âge de Quentin qui savait peu de choses du fils du célèbre écrivain provençal Alphonse Daudet, si ce n'est qu'il avait défrayé la chronique quelques années auparavant en divorçant de Jeanne Hugo, la petite-fille de Victor. On disait que ses choix politiques étaient une réaction à l'anticléricalisme et au républicanisme du Grand Homme.

Ils se retrouvèrent à douze autour d'une table garnie de la plus belle argenterie. Que des hommes. Quentin fut placé entre Gauthier et un certain Balland, écrivain de son état dont il n'avait jamais entendu parler. Ce qui ne l'empêchait pas de parler abondamment de ses succès. On félicita Drumont de son élection aux législatives de mai dernier au poste de député d'Alger.

— Treize mille voix d'avance, ce n'est pas rien, dit Châtillon-Plessis qui, après avoir coupé un pâté Lorrain, faisait passer le plat.

Drumont se rengorgea et prit un air modeste.

— Je dois beaucoup à Max Régis, un jeune étudiant qui a fait une campagne extraordinaire. Pas une journée sans qu'il organise une manifestation antijuive. Il est devenu l'idole de toute la population qui le surnomme « Jésus-Régis[1] ».

— Nous avons suivi tout cela de très près. N'est-ce pas lui qui a proposé d'arroser l'arbre de la liberté avec le sang juif ? demanda un des convives.

— Il a le sens des formules qui mettent le feu. Comme cette fameuse *Marche antisémite* qui fait le bonheur des foules, se réjouit Drumont avant d'entonner :

À mort les Juifs ! À mort les Juifs !
Il faut les pendre

_____

1. Il sera élu maire d'Alger en novembre 1898.

244

Sans plus attendre
Il faut les pendre
Par le pif

Le ton était donné, se désola Quentin. Ce fut encore pire que ce qu'il avait imaginé. Un festival ! Les conversations se croisaient, agrégeant credo antisémite et catéchisme culinaire nationaliste.

— La France est en pleine décomposition. Il n'y a plus de valeurs. Les jeunes n'ont plus d'idéal, désertent les églises, ne savent même plus écrire correctement.

— Tout fout le camp ! C'est la décadence.

— Jamais la France n'a été dans une situation si critique.

— Où sont l'ordre, la mesure, la discipline, la hiérarchie, le patriotisme, l'amour de la gloire ? Maurice Barrès a bien raison de dire que ce qui bouge est gênant.

— À qui la faute, je vous demande ?

— Les jésuites, les francs-maçons et les Juifs, bien sûr.

— La franc-maçonnerie est toute dévouée à l'Allemagne. Tous des traîtres. Le complot judéo-maçonnique, voilà l'origine de tous nos maux.

— Toute la finance est entre leurs mains. Regardez Rothschild… Ce sont eux les responsables du krach de l'Union générale[1] qui a ruiné tant de braves gens.

L'arrivée sur la table de petits brochets à la Meunière fit s'exclamer Léon Daudet :

— Il est ironique de songer que tant de gens, riches mais mal renseignés, et qui tiennent aux apparences,

1. Banque catholique ayant fait faillite en 1882.

245

non à la réalité des choses, vont s'enfourner les abominables « espagnoles[1] » et les chairs fades, molles, sans saveur des palaces, en un mot la tambouille dite européenne, locarnienne, et surtout gastralgique, que leur servent des valets cérémonieux, quand, à quelques pas de là, ils consommeraient, à bien moins de frais, ce qu'il y a de plus fin et de plus rare dans la meilleure des cuisines du monde.

— Tout ça n'est bon que pour des rastaquouères.

— Ah ! continua Daudet, déguster une bouillabaisse avec un vin de Cassis, une matelote avec un vin clair de Bourgogne, rouge ou blanc, une pochouse avec un petit beaujolais, devant un coucher de soleil sur le Rhône, la Saône, la Loire ou la Seine, sans musique, sans Tziganes, sans danseurs, cela est le fait d'un civilisé.

— Il est juste d'aimer la France parce que la nature l'a faite belle et parce que son histoire l'a faite grande, approuva Drumont. La France est la plus juste, la plus libre, la plus humaine des patries. En France, le Français doit marcher au premier rang, l'étranger au second. Il faut restaurer l'unité de la France. Nous devons protéger l'héritage, vivre selon nos morts. Interdire l'emploi des produits étrangers, protéger les produits français, reconquérir la France, éliminer les points de pourriture sur notre admirable race.

Cette tirade fut suivie d'une salve d'applaudissements. Serrant les dents, Quentin ne put faire autrement

---

1. Sauce « mère » réalisée à partir d'un fond brun de veau, additionné de mirepoix (mélange de lard, carottes, oignons coupés en dés) et de purée de tomate.

que de s'y associer. Quand le calme fut revenu, Léon Daudet se distingua de nouveau :

— Je n'admettrai jamais que, sous couleur de cuisine régionale, on nous serve ce que j'appelle – trop rudement peut-être mais à bon escient – des « vomis de chien riche », c'est-à-dire des mélanges de goûts. Un poisson doit demeurer un poisson. Une mayonnaise est une mayonnaise. Gare aux coulis trop riches, aux sauces trop perfectionnistes ! L'art classique, en cuisine comme ailleurs, ne saurait être dépassé. En cuisine, il n'y a pas de progrès, il n'y a que des abandons, des oublis ou des déchéances.

Balland, l'écrivain inconnu, en profita pour fustiger la trahison d'auteurs et d'artistes comme Georges Courteline, Claude Monnet, Sarah Bernhardt, Lucien Guitry, Charles Péguy, Stéphane Mallarmé ou Maurice Maeterlinck, qui avaient pris fait et cause pour Dreyfus.

— Peuh ! Des intellectuels ! Une majorité de nigauds, d'illuminés et d'étrangers. Des métèques ! Des Juifs ! Nous avons avec nous Pierre Loti, Jules Lemaître, François Coppée, Paul Valéry.

Léon Daudet rassura tout le monde en proférant :

— Il en est de la bonne cuisine comme de la bonne prose. Elle ne se prête pas aux innovations bizarres. Je n'ai jamais goûté à une étrangeté culinaire qui ne fût une dégoûtation. Parlez-moi des recettes éprouvées.

Châtillon-Plessis en profita pour annoncer que le prochain plat était des écrevisses à la Nantua, chef-d'œuvre de subtilité et de finesse, gloire du Haut-Bugey, terre de traditions. Quentin aurait donné tout l'or du monde pour être tranquillement installé devant la paella du père Alzon, entouré d'artistes peintres tous plus étrangers les uns que les autres. Drumont saisit une écrevisse dégoulinante de sauce et la fit tourner entre ses doigts.

— Regardez l'étrangeté de cet animal. Le Juif l'est tout autant. Ce fameux nez recourbé, les yeux clignotants, les dents serrées, les oreilles saillantes, les ongles carrés, le pied plat, le genou rond, la cheville extraordinairement en dehors, la main moelleuse et fondante de l'hypocrite et du traître, voilà le Juif ! Le Sémite est mercantile, cupide, intrigant, rusé ; l'Aryen est enthousiaste, héroïque, chevaleresque, désintéressé, franc, confiant jusqu'à la naïveté.

L'approbation fut générale. La poularde qui suivit fut elle aussi saluée par un couplet à la gloire de la Bresse. Échauffé par le saint-joseph que leur hôte leur servait en abondance, Drumont prit un ton belliqueux :

— L'ennemi à abattre, nous le connaissons : la République juive, anticatholique et capitaliste. Nous devons tous nous unir, bourgeois et ouvriers, pour en venir à bout.

— Les socialistes sont d'accord avec nous ! Même si, sous l'influence de l'ignoble Jaurès, ça commence à changer. L'antisémitisme n'est pas une question religieuse, c'est une question économique et sociale. Le Juif en compagnie du Protestant s'est emparé de la banque, du commerce, des transports. Proudhon, un socialiste, a proclamé que le Juif est l'ennemi du genre humain et qu'il faut renvoyer cette race en Asie ou l'exterminer.

— Israël trahit forcément comme le bœuf rumine et comme l'éléphant a une trompe, conclut benoîtement Léon Daudet en reprenant du gratin dauphinois.

Le kougelhof accompagné de kirsch furent dégustés dans un silence religieux. Quentin n'en pouvait plus.

À peine avait-il pu toucher aux plats. Il avait prétexté une forte migraine quand son hôte s'en était inquiété. Qu'il se soit peu exprimé ne semblait déranger personne, tous étant suspendus aux lèvres de Drumont et Daudet. Il songea à s'en aller quand les digestifs furent servis au salon. Il n'avait rien appris. Rester dans l'espoir de révélations fracassantes était illusoire. Il eut la vision de Vassière lui disant avec son sourire goguenard « Encore un petit effort, mon jeune ami, on ne sait jamais… » Soit ! il boirait la coupe jusqu'à la lie.

Drumont se lança dans un laïus sur l'occultisme et les expériences paranormales auxquelles il se livrait. Un petit groupe se rassembla autour de lui. Quentin conversa avec Châtillon-Plessis qui se leva pour aller chercher une bouteille de cognac. Les fauteuils voisins étaient occupés par Gauthier et Balland qui parlaient à voix basse. Il n'eut aucun mal à suivre leurs échanges :

— Nous arrivons au bout de nos peines avec cette ordure de Dreyfus. La voie est définitivement libre pour le grand bouleversement. Nous allons faire un triomphe. L'avenir est à nous.

— Où en sommes-nous avec nos amis de la Villette ?

— L'accord avec qui vous savez s'est concrétisé. Nous allons disposer de tout l'argent pour nos projets. Mais il ne faut pas en parler à Drumont. Guérin et lui sont à couteaux tirés depuis les élections. Guérin le trouve trop mou et embourgeoisé.

— Il n'a pas tort. Écoutez-le bavasser sur ses histoires de revenants et d'ectoplasmes. Ce ne sont pas des fantômes qui vont tout faire péter et redonner à la

France honneur et fierté. Cette chienne de République vit ses derniers moments. Qu'elle crève !

Châtillon-Plessis leur offrant un verre de cognac mit fin à leur conciliabule. Quentin en profita pour se lever discrètement et rejoindre les amateurs de nécromancie. Vassière aurait été content de lui. Il avait appris qu'un mystérieux personnage, en lien avec les bouchers de la Villette, donnait de l'argent pour organiser ce qui serait, de toute évidence, un coup d'État. Beau résultat pour un indic novice. Mais qui arrivait trop tard. Il resta un moment à écouter les élucubrations de Drumont et, arguant de l'aggravation de son mal de tête, il prit congé.

— C'est bien regrettable, déclara Châtillon-Plessis en le raccompagnant. Votre migraine nous a privés des brillantes reparties dont vous nous aviez régalés lors de notre rencontre. Cela aurait beaucoup plu à notre ami Daudet. Mais sachez que nous sommes contents de vous compter parmi nous. Nous sommes appelés à nous revoir.

En proie à un violent dégoût, Quentin eut le plus grand mal à serrer la main que lui tendait le journaliste. Jamais il ne remettrait les pieds dans cet antre nauséabond. Jamais on ne le reverrait en compagnie de ce ramassis de tristes sires. Jamais il ne s'était senti aussi découragé. Il détenait des informations de première importance. À qui pourrait-il bien les communiquer ? Alors qu'il marchait à grands pas le long du parc Monceau, une idée lui vint.

17

Il dormit peu. Ses cauchemars furent peuplés des cadavres de Vassière et de Justine Baveau. Il se débattit avec des crocs de boucher, des marmites et des timbales explosives. Au petit matin, il finit par s'assoupir. À huit heures, des coups de sonnette stridents le réveillèrent. Il sauta hors du lit. Sur le pas de la porte, se tenait le comte de Binville, l'air encore plus désagréable que d'habitude. Il toisa Quentin, fit un geste sec qui pouvait s'apparenter à un salut. Quentin se fendit d'un aimable bonjour en se demandant ce qui pouvait bien lui valoir la visite de cet exécrable personnage. Il le croyait à Trouville. La tante Odile allait-elle mieux ? Il était assez tordu pour être revenu exprès à Paris et profiter de l'absence de Diane pour tenter de le convaincre de mettre fin à leur relation. Il l'invita à entrer. Binville fit deux grands pas en avant, s'arrêta pile et joignit les talons, signifiant qu'il n'irait pas plus loin. Sans doute n'avait-il aucune envie de découvrir le décor dans lequel sa fille se livrait au stupre et à la luxure. Aucune autre parole n'avait été échangée. Relevant le menton, Binville articula d'une voix rogue :

— Appelez ma fille. Je dois lui parler.

Qu'il s'adresse à lui comme à un domestique ne fut pas du goût de Quentin.

— Diane n'est pas ici, vous le savez bien.

Binville haussa les sourcils.

— Alors, vous lui direz, dès son retour, de venir nous rejoindre au plus tôt.

Interloqué, Quentin demanda prudemment :

— Une urgence familiale ?

Binville se radoucit.

— Oui, le décès d'une vieille tante.

— Je suis vraiment désolé. Diane n'est pas à Paris.

— Et où est-elle donc ?

— Mais à Trouville, bien sûr.

Binville se figea, fronça les sourcils et répliqua d'une voix hargneuse :

— Vous vous moquez de moi, jeune homme. C'est impossible ! C'est justement sa grand-tante de Trouville qui est morte. Et je peux vous assurer que Diane n'est pas là-bas.

La foudre serait tombée aux pieds de Quentin qu'il n'en aurait pas été plus stupéfait. Diane lui avait menti. Binville claqua des talons, regarda Quentin d'un air narquois et lui demanda de bien vouloir prévenir Diane, au cas où elle reviendrait. Il prononça ces dernières paroles avec tant de mépris que Quentin le prit par les épaules et le jeta dehors. Depuis le temps qu'il en avait envie ! Mais ça ne le calma pas pour autant. Diane l'avait trahi. Elle était partie avec un autre. Et elle n'avait même pas eu le courage de le lui dire en face. Les poings serrés, la gorge nouée, il se souvenait de ce matin ou elle avait prétexté son immense fatigue pour s'enfuir. Lâche ! Veule ! Jamais il n'aurait cru ça d'elle. Comment avait-il pu être aussi aveugle, aussi idiot ? L'histoire couvait depuis un bon bout de temps, il le comprenait maintenant. Ses cachotteries, ses retours à pas d'heure… *La Fronde* avait bon dos ! Elle allait rejoindre son amant. Et pendant tout ce temps, elle avait continué à faire l'amour avec lui. Elle lui avait même fait une déclaration. Elle l'avait vraiment pris pour une buse ! Que croyait-elle ? Qu'il allait accepter sa trahison sans rien faire ?

Une rage immense s'empara de lui. Il prit son chapeau, pesta contre l'ascenseur qui n'arrivait pas, dévala l'escalier et se retrouva dans la rue. Il savait très bien où aller. Diane s'était trahie. Elle ne pouvait être qu'avec ce Sébastien Faure, l'anarchiste qui l'avait entraînée dans la manifestation nationaliste. Elle avait laissé échapper son prénom, Quentin en avait conçu de l'inquiétude mais elle avait nié. À ce souvenir, Quentin pressa le pas. Il savait que les bureaux du *Libertaire*, le journal de Faure, se situaient rue d'Orsel. Il allait lui mettre une de ces raclées au Sébastien ! Trop facile de séduire la petite journaliste béate devant les exploits du pourfendeur de brutes antisémites.

Quentin n'était pas bagarreur. Ce serait même la première fois qu'il se servirait de ses poings, mais il n'allait pas le rater, le bellâtre. Il imagina Diane assistant au règlement de comptes. Tant mieux si elle se mettait à regretter. De toute manière, le Sébastien, il devait en avoir à la pelle des admiratrices à mettre dans son lit. Diane n'allait pas tarder à s'en apercevoir et à s'en mordre les doigts. Tant pis pour elle ! Elle se prenait pour qui ? Quentin sentait ressurgir toutes les petites rancœurs qu'il avait accumulées ces derniers temps. L'autoritarisme de Diane, ses foucades, sa désinvolture. Lui, ne l'avait jamais trompée. Le complot nationaliste était devenu le cadet de ses soucis. La République pouvait sombrer corps et biens, la France être à feu et à sang, il voulait sa vengeance.

Arrivé au siège du *Libertaire*, il demanda d'une voix assurée à voir Sébastien Faure.

— Il n'est pas à Paris, lui répondit aimablement une petite blonde.

— Et où est-il ? Il faut absolument que je le voie, s'impatienta-t-il.

La jeune femme le regarda avec sévérité.

— C'est impossible. Un décès dans sa famille.

— Ah ! La bonne excuse ! Il est parti où, ce salopard ?

— Mais, s'offusqua la blonde, c'est sa mère qui est morte. Elle est enterrée aujourd'hui, en Auvergne…

À l'air de la petite, il comprit que c'était sérieux.

— Vous êtes bien sûre qu'il n'est pas parti avec une amie qui s'appelle Diane ? insista-t-il.

— Monsieur, ça suffit ! Vous êtes un grossier personnage. Non, Sébastien est avec sa femme qui s'appelle Mado. Si vous cherchez Diane, elle nous a dit qu'elle partait à Trouville. Y'en a qui ont de la veine. Bien le bonjour, monsieur, et débarrassez le plancher.

Rien ne lui prouvait que ce n'était pas un bobard. La réceptionniste pouvait très bien lui avoir débité une histoire dictée par Sébastien et Diane, partis filer le grand amour. Et pourquoi pas à Trouville ? À l'Hôtel des Roches Noires, par exemple. Cette idée rendit Quentin fou de rage, malgré une petite voix intérieure lui disant qu'il faisait peut-être fausse route. Si ce n'était pas Sébastien Faure, qui pouvait être l'homme avec qui Diane prenait du bon temps ? Il lui connaissait une quantité astronomique de soupirants. Au moins la moitié des jeunes gens de la bonne société parisienne. Mais il ne voyait vraiment pas ce qui l'aurait fait céder, soudainement, aux charmes d'un Cossé-Brissac ou d'un de Luynes, elle qui les avait toujours méprisés. Non, ce ne pouvait être que quelqu'un rencontré dans le cadre de ses nouvelles activités. Lui vint soudain l'abominable soupçon que l'homme pourrait être une femme. Avec les féministes de *La Fronde*, on pouvait tout redouter. Il abandonna très vite l'idée, Diane ayant manifestement un grand appétit pour leurs jeux amoureux. Incontestablement, il fallait chercher parmi les anarchistes. À contrecœur, il se décida à aller voir Paul Paillette qui l'accueillit sans rancune.

— La petite aristo ? Ça fait un bail qu'on l'a pas vue. Tu la cherches ? Si je voulais m'amuser un peu, je te dirais qu'elle te fait cocu et que c'est tout ce que tu mérites. Elle avait l'air intéressée, la petite. Mais j'ai tout de suite vu qu'elle ne ferait rien. Elle t'a dans la peau et elle croit que ce serait te trahir que d'aller avec un autre. Elle se goure, mais ça, j'y peux rien. Elle comprendra un jour.

— Vous en êtes certain ?

— On ne peut jamais être sûr de rien, mais j'en mettrais presque ma main à couper. Elle est pas mûre la mignonne. Et, à part toi, la seule chose qui l'intéresse en ce moment, c'est son travail. Elle m'a tanné pendant des jours et des jours pour que je lui raconte ce que nous faisons. Elle fera tout pour réussir, cette petite. À mon avis, le danger pour toi, c'est plutôt de ce côté-là.

Quentin ne le savait que trop et s'il n'était pas

encore prêt à croire Paillette, il pressentait qu'il disait vrai.

— Je te vois très inquiet, poursuivit Paillette. Et, du coup, tu me files les jetons. On l'aime bien dans le quartier, la petite. Elle est pas fière, elle prend chacun comme il est. Elle ne nous regarde pas comme des animaux de foire. Allez, suis-moi, on va faire un tour et voir si on peut glaner quelques informations. Il y en a qui ont les oreilles qui traînent partout. Avec un peu de chance, ils l'auront remarquée, ta poulette.

Quentin accepta. Les traîne-savates de Montmartre équivalaient à un bataillon de policiers. S'ensuivit une pérégrination dans les rues de la Butte, montant et descendant les escaliers, pénétrant dans les passages, les jardins. Ils virent Zo d'Axa, le partisan du vote nul, qui n'avait pas eu la visite de Diane depuis bien longtemps. Quentin ignorait qu'elle fréquentait ce farfelu. Tout comme il ignorait ses liens d'amitié avec Élisée Maclet, le jardinier du Moulin de la Galette qui les accueillit sabots aux pieds et chapeau de paille sur la tête. Non, il ne l'avait pas vue. Pas plus que le « baron » Pigeard occupé à donner un cours de brasse à des enfants à plat ventre sur des pliants. Ou que les deux vieux Anglais aux vêtements élégants mais usés jusqu'à la trame qui, eux, enseignaient le badminton dans un terrain vague du Maquis. Ils allèrent au Zut, tenu par Frédé, le vendeur de poissons, au cabaret des Assassins, au coin de la rue des Saules et de la rue Saint-Vincent, au Lapin Agile. Ils poussèrent jusqu'à la rue Ordener pour voir Georges Braindinbourg, qui connaissait bien Diane selon Paillette. Lui aussi, ça faisait un bail qu'il ne l'avait pas vue, la petite, pourtant il l'avait bien fait rigoler avec ses propositions lors des dernières élections législatives : la suppression du nombril sur toutes les peintures représentant Adam et Ève, la libération des ballons captifs, un impôt sur la bêtise humaine, la suppression des trous dans le gruyère et, enfin, l'agrandissement du bassin de la place Pigalle, trop étroit pour l'élevage de la morue. Ils eurent le plus grand mal à se dépêtrer du bonhomme, plus qu'éméché.

— Ta mignonne n'est pas dans le quartier, c'est sûr, conclut Paillette. Ça sent le roussi cette histoire.

Si Quentin était toujours en colère, l'inquiétude manifestée par son compagnon commençait à le gagner. L'hypothèse de l'amant n'était peut-être pas la bonne. Paillette avait raison : la passion de Diane pour son travail était certainement la cause de sa subite disparition. Dépitée de se voir refuser ses articles, elle avait dû concevoir un projet qui, enfin, attirerait l'attention sur elle. C'était réussi !

Il se remémora ce que Diane avait dit la veille de son départ. Son indignation, sa volonté d'en savoir plus, les bouchers de la Villette… C'est là qu'elle devait être… Et si elle n'était pas revenue, c'est qu'il lui était arrivé malheur. Quentin vit danser des crocs de boucher devant ses yeux. Sans un mot pour Paillette, il partit en courant. Cap sur les bureaux de *La Fronde*.

18

Vêtue d'un sarrau gris, les cheveux enfermés dans un fichu, Diane se hâtait dans le petit matin gris. On était mercredi, veille du jour d'abattage et ce serait le dernier qu'elle passerait à la Villette. Elle avait vu suffisamment d'horreurs comme ça et, surtout, elle en avait appris assez pour écrire un article qui ferait l'effet d'une bombe. Se faire embaucher aux abattoirs avait été d'une facilité déconcertante. Elle n'en revenait toujours pas. Adhérer à la Ligue antisémitique pour s'introduire dans le mouvement avait été sa première idée mais cela aurait pris trop de temps et elle savait que Jules Guérin, son fondateur, se méfiait et exigeait des parrainages.

Elle n'en menait pas large quand elle s'était présentée à la Villette. On lui avait fait remplir une fiche où, bien entendu, elle avait inscrit un faux nom. Elle avait dit s'appeler Mathilde Barruel et habiter à l'Hôtel du Charolais, rue de Flandre. Ce dernier point était exact. Quand elle avait annoncé à Quentin qu'elle partait à Trouville, elle avait en fait filé tout droit vers le XIXᵉ arrondissement où elle n'avait eu aucun mal à trouver un petit hôtel ne payant pas de mine mais propre. Elle s'était ensuite constitué une garde-robe adaptée dans les magasins alentour. Ou du moins qu'elle croyait adaptée car, très vite, elle s'était aperçue que patauger dans le sang et la merde nécessitait des jupes à mi-mollet et de solides sabots. Mais c'en était fini. Dès ce soir, elle retrouverait le plaisir de se glisser dans une robe en soie et de porter ses escarpins de chez Pinet. Elle n'était pas tout à fait sûre de l'accueil que lui réserverait Quentin. Il lui en voudrait certainement de lui avoir raconté des craques, mais elle espérait lui faire comprendre qu'elle n'avait pas eu le choix. Elle avait parfaitement entendu ses mises en garde. Elle avait juste fait semblant de dormir. Ce n'était pas très courageux et elle n'en était pas fière. Mais le jeu en valait la chandelle. Elle ne s'appesantirait pas sur tout ce qu'elle avait dû subir, inutile de l'effrayer rétrospectivement. Quand elle lui raconterait ce que tout le monde ignorait et qu'elle avait découvert, il conviendrait qu'elle avait eu raison. Et cette fois, promis, juré, elle cesserait de lui faire des cachotteries. Elle n'en aurait plus besoin.

Elle passa devant les marchands d'outils, les commerces de cuirs et peaux, les cafés et les restaurants qui pullulaient aux alentours des abattoirs. Demain, à la même heure, une file de jeunes gens et jeunes filles poitrinaires attendraient, un gobelet à la main, qu'un boucher arrive, tirant un veau. Il égorgerait l'animal, le sang jaillirait, les verres se tendraient et chacun boirait ce sang chaud censé leur redonner la santé. Même malade, jamais elle ne pourrait se livrer à un tel exercice et d'ailleurs, plus jamais elle ne mangerait de viande. C'est Paul Paillette qui serait content de la voir se convertir au végétarisme. Elle réserverait à ses collègues de *La Fronde* le récit de tout ce qu'elle avait vécu. Cette fois, on la prendrait au sérieux. Personne, même Séverine, n'avait fait aussi fort.

Jamais elle n'aurait cru survivre à la première journée passée dans cet enfer. Quand l'employé était revenu avec sa fiche, il était accompagné du patron de l'échaudoir[1], Gaston Dumay, un géant d'une quarantaine d'années portant la blouse bleue traditionnelle. Sébastien Faure l'avait décrit comme le plus acharné des antisémites et l'homme des basses œuvres de Jules Guérin. La mine affable, il avait donné son accord pour qu'elle soit employée aux écritures, disant en souriant :

— Ce serait un crime de voir d'aussi jolies mains couvertes de sang et de sanies.

Il l'avait accompagnée, ce qu'elle avait trouvé fort aimable, jusqu'au bureau qu'elle partagerait avec deux autres jeunes femmes. En poussant la porte de l'échaudoir, elle se retrouva nez à nez avec une immense fresque représentant un homme, très grand, en tenue de boucher en train de saigner un Juif avec, écrit en lettres rouge sang : « Mort aux Juifs. »

Voyant son effarement, Dumay lui demanda :

— Vous le reconnaissez ?

Diane bredouilla que non.

— Voyons ! Le marquis de Morès ! C'est un héros ici. Il faudra vous en rappeler, ma petite… C'est quoi déjà votre nom ? Ah ! oui, Mathilde…

Diane savait très bien qui était Morès. Un fou ! Rejeton d'une noble famille italienne, excellent cavalier, élève de Saint-Cyr, il avait dilapidé la fortune de son épouse américaine en élevant des bovins dans les

---

1. Lieu d'abattage des bœufs.

plaines de l'Ouest américain. Puis, il avait enchaîné diverses aventures : chasseur de tigres au Népal, bâtisseur d'empire au Tonkin avant de revenir en France et de trouver sa véritable vocation : l'antisémitisme forcené. Il était mort deux ans auparavant, assassiné par ses guides lors d'une expédition en Tunisie. Une belle crapule, à en croire Sébastien Faure qui avait eu à l'affronter, lui et ses amis bouchers. Au moins, Diane était-elle sûre d'être à la bonne adresse.

Dumay lui avait ensuite fait subir le baptême du feu, ou plutôt du sang. Dans l'échaudoir, une pièce d'environ cinquante mètres carrés, quatre garçons bouchers attendaient le patron. Un des garçons maintenait par les cornes un bœuf, les pattes entravées et la tête courbée vers le sol. Diane s'était préparée à l'horrible spectacle mais elle ne put retenir un cri quand le tueur leva son merlin, se concentra quelques secondes et l'abattit violemment sur le front de l'animal, lui perforant le crâne.

— Attendez, lui chuchota Dumay en s'approchant d'elle. Le meilleur arrive.

Diane se força à regarder. Le deuxième garçon introduisit une longue tige dans le trou de la boîte crânienne jusqu'à la moelle épinière pour paralyser le bœuf. Dumay se saisit alors d'un couteau et égorgea l'animal d'un geste sûr. Il lança un regard de triomphe et de défi à Diane qui ne cilla pas.

— Vous avez du cran, ma petite. Ça me plaît, lui dit-il.

Diane ne précisa pas qu'au cours des nombreuses chasses à courre auxquelles elle avait participé, les mises à mort n'avaient rien à envier à celle à laquelle elle venait d'assister.

Le dernier garçon, l'apprenti, s'empressait de nettoyer le sol couvert de sang avant de faire entrer le prochain animal. Elle avait moins fait la fière quand elle avait découvert la suite des opérations : crever les panses et retirer la merde. On s'enfonçait dans l'ordure jusqu'aux chevilles, la vermine grouillait, les murs étaient incrustés de sang. Le plus difficile à supporter était l'odeur. Une puanteur omniprésente dont il était impossible de faire abstraction. On lui présenta ceux qu'on appelait les « sanguins » chargés de récupérer les baquets de sang et les « pansiers » s'occupant des estomacs et des intestins.

Ainsi avait commencé son immersion dans le monde des tueurs de la Villette. Dumay semblait l'avoir à la bonne. Un peu trop. Très vite, elle avait dû se protéger de mains quelque peu baladeuses. Ses collègues l'avaient mise en garde. À la Villette, dans ce monde de brutes, il fallait savoir se faire respecter quand on était une femme. Elle l'entendait bien ainsi. Pour une fois, son répertoire de mots grossiers et d'injures bien senties allait lui servir. Elle ne s'en était pas privée et avait appris bon nombre d'autres d'expressions imagées. L'intérêt que lui portait Dumay avait un avantage. Il la laissait libre d'aller et venir et c'est ainsi qu'elle avait pu surprendre des conversations l'amenant à découvrir ce qui se tramait. Mieux encore, sous prétexte de lui montrer comment fonctionnaient les abattoirs, il lui avait souvent demandé de l'accompagner dans ses déplacements à l'intérieur de cette ville close. Il l'avait emmenée dans les deux bâtiments centraux où se trouvaient l'administration et les services de la police. Il avait pris grand plaisir à lui dire qu'ils n'avaient rien à craindre des policiers, mais ça, elle le savait déjà. Voulant certainement l'impressionner, il lui avait raconté les manifestations auxquelles il participait avec ses troupes pour « casser du Juif ». Là non plus, rien de nouveau pour Diane. La voyant attentive à ses propos, il lui fit part de sa haine des bouchers juifs qui infligeaient une souffrance inutile aux bêtes en ne les assommant pas avant de les tuer.

— Pour nous, les bœuftiers, tuer sans douleur est notre fierté, avait-il dit. Et puis c'est la faute aux Juifs s'il y a une invasion de viandes étrangères. Ici, on est tous soudés contre eux.

Tout cela, elle pouvait s'en douter. Cela devint plus intéressant quand il la présenta à ses amis : Bernard Roux et les frères Violet. Les quatre hommes échangèrent des clins d'œil égrillards que Diane ignora superbement. Elle savait qu'elle devait en passer par là. Il lui fallait juste veiller à ce que Dumay ne dépasse pas les bornes. Mais elle n'était guère inquiète. Le chevillard semblait se contenter du plaisir de l'exhiber.

Les compères avaient plaisanté sur le récent mariage de Bernard Roux, s'étaient remémoré le superbe hommage rendu par Jules Guérin au marquis de Morès, le 20 juillet dans les locaux de la Ligue antisémitique, au 51, rue de Chabrol. Ils avaient commenté les premiers numéros de *L'Antijuif*, le tout nouveau journal lancé par Guérin. Diane l'avait lu : un abominable torchon, bien pire que *La Libre Parole* de Drumont ; huit pages suintant la haine. Alphonse Violet que les autres surnommaient Poitrine d'acier, un colosse qui transportait les carcasses des échaudoirs aux boucheries de détail, avait commencé à raconter une blague qu'il y avait lue : « Les Krapulhayen, Juifs allemands, vont marier leur fille Noémie avec le jeune Isaac Escrocgoy, de la grande maison Escrocgoy-Khan-Haye et Cie. » Diane s'était mentalement bouché les oreilles pour ne pas entendre la suite. Puis, ils s'étaient réjouis que Dumay ait évincé Sarrazin, le fort des Halles et, ainsi, gagné son titre d'assommeur en chef auprès de Jules Guérin.

Très vite, elle avait compris que les bouchers avaient l'impression d'appartenir à une caste supérieure, celle des princes de la Villette. Ils se référaient sans cesse à la gloire de leur corporation qui, dans les siècles passés, avait eu tant de pouvoir. Mais si la grande majorité était viscéralement antisémite, seule une centaine d'entre eux faisait le coup de poing dont une vingtaine de vrais fanatiques. Le noyau central (composé de Dumay, Roux, Poitrine d'acier et son frère joliment surnommé l'Ours, les quatre frères Dorincks et la famille Maillard) battait tous les records de haine. Elle avait grappillé toutes ces informations qui constitueraient la base de son article. Mais maintenant, elle avait bien mieux que ça, bien mieux que le décompte de ceux qui, armés de nerfs de bœuf et de souliers ferrés, tabassaient les anars et rêvaient d'exterminer les Juifs. À son arrivée, elle avait craint qu'un boucher présent à la réunion des Mille Colonnes ne la reconnaisse. Par chance, rien de tel ne s'était produit.

Elle n'avait pas tardé à faire la connaissance de Jules Guérin. Sa ressemblance avec le marquis de Morès était frappante ou du moins faisait-il tout pour l'accentuer. Un colosse doté d'une fine moustache cirée, coiffé d'un chapeau de feutre et n'hésitant pas à faire saillir ses muscles. Diane n'avait pas bien compris pourquoi Dumay avait tenu à le lui présenter, mais cela convenait parfaitement à son plan. Guérin l'avait déshabillée du regard et s'était exclamé :

— Joli petit lot ! Vous ne devriez pas rester là, mademoiselle. Ce n'est pas un monde pour vous. Je suis sûr que vous avez mieux à faire. À moins que vous n'aimiez les grands costauds, les seigneurs des saigneurs !

Dumay s'esclaffa. Diane ne releva pas. Son patron la pria de retourner à son travail. Juste avant qu'elle ne sorte, il la rappela et lui demanda d'aller chercher un des frères Maillard qui devait être à la porcherie. Diane n'y était jamais allée. Ses collègues lui avaient dit que, avec la triperie, c'était le pire endroit de la Villette.

Elle avait encore du mal à se repérer parmi les quarante pavillons séparés par d'immenses avenues. Les cris aigus des porcs, leurs sinistres couinements l'avaient avertie bien avant qu'elle n'arrive aux bâtiments où ils étaient mis à mort. Elle les avait vus entrer par groupe de dix. Le tueur allait vite, levant et abattant avec violence son maillet. À la même cadence, des garçons bouchers leur tranchaient la gorge. Auprès de chaque porc, se tenait une femme munie d'une poêle pour recueillir le sang et le verser dans des baquets en ne cessant de remuer. Leurs blouses, leurs fichus, leurs jupes étaient maculés de traînées sanguinolentes. Diane était passée aussi vite qu'elle avait pu mais avait été incapable de retenir des hauts-le-cœur en sentant la puanteur qui s'élevait des tas de paille en feu où on avait couché les porcs pour les faire griller, après que des femmes eurent arraché leur soie. Dumay lui avait précisé qu'elle trouverait certainement Maillard au dégraissoir. Elle avait dû traverser le pendoir où plus de mille porcs étaient suspendus à des chevilles. Des hommes les lavaient à grande eau et les fendaient de haut en bas. Les pansières retiraient les intestins pendant que des hommes grattaient la peau. Diane avait pressé le pas. À l'entrée du dégraissoir, elle avait été prise à la gorge par l'odeur âcre du sang et des excréments. Elle avait aperçu Maillard qui l'avait hélée :

— Hé ! Vous, la nouvelle ! Par ici, on a besoin d'aide.

Affolée, Diane avait reculé. Le gros Maillard était venu la prendre par le bras.

— Fais pas ta mijaurée, ma petite.

— Mais, M. Dumay m'a dit…

— Y'a pas de M. Dumay qui tienne. On est tous solidaires ici. J'ai besoin de quelqu'un qui fasse le boulot. Allez, ouste !

Diane s'était retrouvée devant une table couverte d'une montagne d'intestins. Elle n'avait eu aucun mal à comprendre ce qu'on attendait d'elle : les débarrasser du sang et de la merde. Elle avait senti son estomac se révulser, avait fermé les yeux, espérant que par miracle le tas d'immondices aurait disparu quand elle les rouvrirait. En vain ! Ses voisines la regardaient d'un air goguenard.

— Bienvenue chez les cochonnières, dit l'une d'elles. Tu verras, on s'y fait. Maillard nous avait dit qu'on allait avoir de la visite. Mais on s'attendait pas à voir arriver une princesse. Tu travailles à la comptabilité chez Dumay, c'est ça ?

Diane avait immédiatement compris que son patron avait tout planifié. Sans doute, voulait-il la mettre à l'épreuve. Bien joué. Mais ce n'était pas une brute de boucher qui allait la faire plier. Serrant les dents, elle avait plongé les mains dans la merde. Elle avait essayé de penser à autre chose, la plage de Trouville et ses senteurs marines, Honfleur et ses bateaux de pêche, mais sans effet. Les boyaux, encore chauds, lui glissaient des mains.

— Si tu as envie de vomir, n'hésite pas, lui dit sa voisine. Ça fait toujours ça au début. Après, on s'y fait. Quand je pense qu'on travaille pour deux francs cinquante par jour, c'est à vous dégoûter, mais, bon, on n'a pas le choix. Avant, j'étais chez Artus, le grand tripier près du canal de l'Ourcq. C'était encore pire. Quatorze mille pieds de veau, autant de moutons, trois mille cinq cents têtes de veau qu'on faisait par semaine, sans compter les foies, les rates, les poumons, les cœurs… Moi, j'étais au bottelage des pieds de mouton. Ils arrivaient par chariots après leur avoir enlevé les ergots, le sang et la merde. Nous, on les finissait en les grattant au couteau et en les mettant en bottes de dix-huit. C'était plutôt peinard, mais on gagnait encore moins qu'ici.

Diane l'avait écouté parler.

— Ce que je voudrais, c'est devenir abreuveuse. C'est bien agréable. Changer la litière, décrotter, laver à l'éponge les petits veaux qui se laissent gentiment faire. Et leur donner à boire au biberon de la farine et de l'eau pour leur donner une chair bien blanche et pour qu'ils ne meuglent pas toute la nuit, ce qui les fait maigrir. C'est un peu comme une infirmière… Mais bon, faut pas rêver. Je suis condamnée à la boyauderie.

Quand, en sortant, Diane avait vu le tas d'excréments de cinquante mètres de long sur six de large et deux de hauteur, suintant le sang et les viscosités, elle était tombée à genoux et avait vomi douloureusement sous l'œil indifférent de garçons bouchers fumant leur cigarette. C'est à ce moment qu'elle s'était promis de ne plus jamais manger de boudins, saucisses, rognons, cervelles, langues...

À son retour, Guérin était parti. Dumay lui avait lancé un regard narquois, en disant :

— Alors, ma belle, le métier rentre ? Paraît que t'as dégueulé ? C'est bien, je finissais par me demander quand est-ce que tu craquerais.

Il ne l'avait pas tant que ça à la bonne, s'était dit Diane en réprimant l'envie de crier qu'il n'était qu'un gros porc méritant qu'on lui mette le nez dans sa merde.

Au moins, pourrait-elle témoigner du sort infernal qui était fait aux femmes à la Villette. Elle n'aurait jamais pensé qu'elles puissent être aussi nombreuses. Bien entendu, aucune n'était employée à l'abattage proprement dit. Donner la mort restait un métier d'homme. On leur réservait, comme elle venait de le voir les tâches les plus viles, les plus rebutantes, les plus sales. Obligées de se déshabiller en présence des hommes, elles devaient, pour se laver, se contenter du robinet d'eau froide destiné à laver les panses. Tout cela pour un salaire de misère. Et il y avait toutes celles qui faisaient de la vente ambulante comme Fifine ou Marie à qui Diane achetait chaque jour de la soupe et des petits gâteaux. Des blanchisseuses, des cireuses de chaussures... Et même des clandestines qui venaient traire les vaches à l'insu de leurs propriétaires. Si elles se faisaient prendre, elles étaient jetées dehors avec perte et fracas. Les enfants aussi avaient leur place. Des centaines d'enfants en guenilles dont la suprême récompense était de chaparder de la viande.

Il y avait encore eu un épisode fâcheux. Dumay, qui semblait se désintéresser d'elle, l'avait envoyée porter un message à Paris-Bestiaux, la gare par laquelle arrivaient les animaux. C'était un mercredi, jour de grand arrivage. Il faisait une chaleur à crever. Les animaux tassés dans les wagons étaient les premiers à en souffrir et le faisaient savoir en meuglant pitoyablement. D'autres, devenus fous, frappaient des cornes et des sabots contre les parois. Elle vit plusieurs bêtes mortes, piétinées ou étouffées pendant le voyage, qu'on extrayait avec difficulté. Pour ce faire, les hommes étaient aidés d'enfants et de chiens. Là encore, les femmes avaient le mauvais rôle. Elles devaient s'introduire dans les wagons pour marquer les animaux, au risque de se faire blesser à tout instant. Ce sont elles aussi qui les conduisaient de la gare aux bouveries et aux bergeries pour être vendus.

Diane s'était dépêchée de délivrer son message. Elle avait de plus en plus de mal à supporter la souffrance des bêtes et la peine de ceux qui en avaient la charge. Après avoir bien pris soin de s'assurer qu'aucun troupeau n'allait s'y engager, elle avait emprunté la passerelle sur l'Ourcq. Un système de chicanes et de barrières empêchait que les animaux aillent trop vite, mais parfois ils étaient si énervés qu'ils se ruaient sur les obstacles et certains terminaient dans les eaux noires du canal. La voie étant libre, elle s'était avancée. À mi-chemin, un bruit de galop furieux la fit se retourner : une horde de bœufs fonçait sur elle. Elle n'eut que le temps de se plaquer contre la rambarde de fer, priant pour qu'aucune bête n'ait la malencontreuse idée de dévier de sa course, auquel cas elle finirait embrochée par des cornes. Elle avait retenu son souffle. Le martèlement des sabots s'était fait plus proche. Elle avait senti la peur animale, la sienne et celle des bêtes. La terre avait tremblé, elle s'était cramponnée. Elle avait vu la folie dans les yeux des animaux, la rasant de si près que son tablier était parti en lambeaux. Le troupeau était passé. Elle était sauve. La meneuse de bêtes était arrivée en courant et l'avait traitée de folle de s'être engagée alors que la barrière pour les piétons était fermée. Encore sous le choc, Diane n'avait plus de voix. Elle n'avait pas pu lui dire que la barrière était ouverte.

Après cette aventure, elle s'était demandé s'il était bien prudent de continuer. Se connaissant, elle savait qu'elle allait exploser, dire leurs quatre vérités à ces sauvages. Elle voulait plus, elle voulait mieux. Bien lui en prit, car à un moment où Guérin était venu parader devant ses troupes, elle était restée dans un coin, ne voulant pas assister aux rodomontades de ce bellâtre et aux cris de haine de ses affidés. Elle rangeait des papiers dans le bureau déserté par ses collègues qui, elles aussi, vouaient une admiration sans bornes à Guérin. Après les congratulations de mise, Dumay avait offert à boire aux bouchers et s'était éclipsé avec Guérin pour s'installer dans le bureau d'à côté, séparé par une verrière. Les voyant entrer, Diane s'était accroupie et, malgré le vacarme que faisaient les chevillards, elle avait tout entendu. La discussion avait été très brève mais sa teneur sans équivoque. L'information recueillie allait faire d'elle une journaliste à l'égal de Séverine. Mieux encore, elle allait faire trembler la République sur ses bases. Et ce serait elle qui l'annoncerait.

Tout ça était derrière elle. Elle allait quitter ce cloaque infesté de rats et de vermine. Elle avait hâte. Plus que quelques heures et elle serait loin. Elle aurait pu s'éviter de revenir ce matin, mais elle avait encore besoin, pour planter le décor de son article, de préciser quelques détails. Et elle n'était pas mécontente de faire secrètement la nique à Dumay. Il ne savait pas ce qui l'attendait, ce gros porc.

C'était jour de marché. Des milliers de bœufs, veaux, porcs et moutons étaient rassemblés dans leurs enclos. Chez Dumay, les garçons bouchers préparaient leurs instruments pour la tuerie du lendemain. Comme à chaque fois, régnait une sorte d'excitation joyeuse. Dumay la salua avec courtoisie, s'enquérant de sa santé. Elle lui répondit poliment et se plongea dans ses colonnes de chiffres, un petit sourire aux lèvres. À l'heure du déjeuner, il lui proposa de l'emmener manger une entrecôte. Voilà qui clôturerait en beauté sa mission, même si la perspective d'avaler de la viande ne la réjouissait guère. Au lieu de sortir directement, il emprunta un petit passage qu'elle ne connaissait pas. Soudain, il la prit par les épaules. Elle aurait dû se méfier. Il allait la plaquer contre le mur, l'embrasser. Elle voulut crier mais Dumay lui avait recouvert la bouche de sa grosse main. Du pied, il poussa une porte et la propulsa à l'intérieur d'une petite pièce à l'air vicié et à l'odeur âcre. Cette fois, elle n'échapperait pas à un viol en bonne et due forme. Pourquoi était-elle revenue ? C'était pure folie. Dumay la lâcha brutalement, elle trébucha et se retrouva à terre. En levant les yeux, elle découvrit les deux frères Violet, Poitrine d'acier et l'Ours en compagnie d'un troisième garçon boucher. Terrorisée, elle alla se réfugier dans un coin.

— Allez, Mathilde… Au fait, c'est quoi ton vrai nom ? dit Dumay d'une voix grinçante. Ne fais pas la timide, viens nous voir. On va juste se payer ta tête comme tu t'es payée la nôtre.

Diane comprit immédiatement qu'elle avait été découverte.

— T'es qui, toi ? demanda Poitrine d'acier en avançant vers elle, l'air menaçant. Tu viens d'où ? T'es de la police, c'est ça ? Une indic ?

— C'était pas mal joué, reprit Dumay. Sauf que tu n'as pas fait illusion une seule seconde. Tu croyais quoi ? Qu'on allait vraiment te prendre pour une petite comptable. Tu sens la bourge à plein nez. Tu nous as bien fait rigoler, hein les gars, en faisant tout comme il faut. Tu as des couilles, ma petite. Il a fallu qu'on t'envoie dépiauter des boyaux pour que tu dégueules. Chapeau ! Et le coup de la passerelle ! Quel sang-froid. Tu nous as fait honneur. Paraît que t'as même pas hurlé. On aurait encore pu s'amuser. Mais le petit jeu est fini. Dis-nous qui tu es et pour qui tu travailles.

Même si elle l'avait voulu, Diane était incapable d'articuler une parole.

— Quand on joue aux faux-culs, faut s'attendre au retour de manivelle. Les argousins t'ont pas prévenue ? Dommage pour toi. Va falloir passer à la caisse. Payer ton dû. Bon, alors ?

Diane resta muette.

— J'oubliais ! Tu es une dure à cuire. Rien ne te fait peur. Mais on a quelques arguments. Tu connais les frères Violet. Tu sais ce dont ils sont capables. Tu les as assez écoutés raconter les manifs. Mais je vais les emmener manger une bonne entrecôte bien saignante. Ils le méritent. Je vais te laisser avec Roger.

Il lui montra l'individu patibulaire qui se tenait à côté de l'Ours. Des yeux enfoncés dans leurs orbites, une peau grêlée, l'air buté, il avait tout de l'exécuteur des basses œuvres.

— Roger a l'habitude des fortes têtes, ricana Dumay. C'est un de nos meilleurs tueurs. Il n'y a pas qu'avec le bétail qu'il sait y faire. Il n'est pas très causant. Il préfère les coups de merlin à la discussion de salon. Mais pour toi, il va faire un effort. Allez, Roger, raconte à la demoiselle tes derniers exploits.

— Euh, m'sieur Dumay, faut que je lui dise quoi ?

— Le flic, Roger, dis-lui ce que tu lui as fait.

— Ben… pendu à des crocs de boucher, comme on m'avait dit.

— Bien, Roger ! Et avant, la jeune fille ?

— Ben… pendue à des crocs de boucher.

— Et pourquoi, Roger ?

— Pour pas qu'elle parle.

— Bien, Roger ! Pour pas qu'elle aille bavasser. Dire des choses qu'on avait pas envie que ça se sache. Tu vois, Mathilde, ça ne l'impressionne pas, Roger, un flic ou une jeune fille. Et pourtant, celle-là, elle était avec nous. Mais elle, c'était pas comme toi. C'était une petite nature. Elle supportait pas le sang. Et elle voulait pas qu'on le fasse couler. Elle disait qu'il n'y aurait pas que du sang juif. Alors, elle a voulu aller prévenir avant qu'on passe à l'action. Mais on l'avait à l'œil, tout comme toi ma belle. Et on a envoyé Roger ! Quant au flic, c'en était un qu'était pas de notre bord. Il a tout compris le petit malin et il s'est dangereusement approché de nous. Alors, on a envoyé Roger. Pour te dire, Mathilde ou qui que tu sois, que tu ne vas pas t'en tirer comme ça. Toujours rien à dire ?

Diane secoua négativement la tête. Elle savait qu'elle n'en sortirait pas vivante. À quoi bon déballer son histoire ? Elle eut une pensée pour ses valeureux aïeux et se dit qu'ils n'auraient pas à rougir d'elle.

— Je m'y attendais ! Têtue et obstinée. Jules Guérin sera là dans quelques heures. Il sera ravi de t'entendre. En attendant, on te laisse en compagnie de Roger. Il a prévu des petits jeux pour toi. Tu aimes te déguiser, c'est ça ? Regarde, il a apporté une pleine bassine de sang de porc et des jolis colliers d'intestins.

La porte se referma sur eux. Elle entendit la cloche annonçant le début du marché aux agneaux.

19

— Vous êtes sûr qu'elle est chez Dumay ? demanda Séverine.

— Évidemment que non, je ne suis pas sûr, s'agaça Quentin. Mais c'est vers lui que convergent toutes les pistes. Je fais confiance à Diane pour l'avoir compris. Si nous ne la trouvons pas, nous irons chez Roux et s'il le faut chez tous les chevillards de la Villette.

Quentin et Séverine venaient d'arriver rue de Flandre. Parlant fort, plaisantant, la trogne empourprée, une foule de maquignons et de bouchers revenaient de déjeuner. Ils profitèrent de la cohue pour se mêler à eux et entrer dans les abattoirs.

Quand Quentin était arrivé à *La Fronde*, il avait perçu une étrange atmosphère fébrile, mais il était bien trop anxieux pour s'enquérir des raisons de cette agitation. La jeune réceptionniste n'avait fait que confirmer ce qu'il avait entendu partout : personne n'avait vu Diane depuis plusieurs jours. La jeune fille avait hésité un instant et avait fini par déclarer :

— Je crois bien qu'elle a dit qu'elle préparait un coup fumant...

Quentin était déjà dans l'escalier menant au bureau de Séverine. Il était entré en trombe. Le téléphone collé à l'oreille, la journaliste lui avait lancé un regard courroucé. Elle écoutait avec une grande attention son interlocuteur. En raccrochant, elle avait apostrophé Quentin :

— Qu'est-ce qui vous prend ? Vous voyez bien que je suis occupée. Ce n'est vraiment pas le moment. Que voulez-vous ?

— Diane ? Où est-elle ?

— Mais je n'en sais rien !

— C'est à cause de vous qu'elle a disparu. Vous allez m'aider à la retrouver.

— Disparu ? Qu'est-ce que vous me chantez là ?

— Elle a voulu vous imiter.

— Ne dites pas de bêtises !

D'une voix hachée, Quentin lui avait fait part de ses supputations.

— La petite idiote ! s'exclama Séverine. Vous avez certainement raison.

— Elle a voulu faire comme vous à l'usine de sucre…

— Vous croyez vraiment qu'elle est à la Villette ? Aux abattoirs ?

— Venez, il n'y a pas de temps à perdre.

Pendant le trajet en fiacre, Séverine lui avait confié l'incroyable nouvelle dont elle venait d'avoir confirmation au téléphone. Après avoir manifesté sa surprise et son soulagement, Quentin lui avait dévoilé ce qu'il savait du complot nationaliste contre la République, ajoutant qu'avant d'apprendre la disparition de Diane, il était décidé à venir lui raconter afin qu'elle s'en fasse l'écho. Seule la presse pourrait contrecarrer un tel projet. Séverine lui avait dit qu'ils avaient dorénavant toutes les cartes en main pour réussir. Mais avant tout, il fallait tirer Diane du pétrin dans lequel elle s'était mise. Et pour cela, ils allaient devoir y aller au culot.

Ils demandèrent leur chemin à une gamine d'à peine douze ans qui, en compagnie d'un chien, gardait un troupeau de moutons. Sans hésiter, elle leur indiqua l'échaudoir de M. Dumay. À son intonation respectueuse, on ne pouvait douter du prestige dont jouissait le chevillard. Leur arrivée dans la cour où les garçons bouchers faisaient une pause avant de reprendre le travail suscita quelques remous. Ils n'avaient guère l'habitude de visiteurs aussi distingués. L'un d'entre eux fit un signe et un apprenti se précipita pour aller prévenir le patron. Dumay ne tarda pas à apparaître. Quand Séverine se présenta, il fit des yeux ronds, rentra précipitamment dans l'échaudoir pour ressortir quelques instants plus tard en les priant de l'accompagner.

Ils découvrirent Jules Guérin, confortablement installé dans un des fauteuils du bureau de Dumay, tirant sur une cigarette à embout doré. Ses yeux se plissèrent et, d'une voix réjouie, s'exclama :

— Quel honneur ! Séverine, en personne, nous fait le plaisir d'une visite. Vous avez entendu la voix de la raison et vous vous ralliez à nous. Voilà qui va faire jaser.

— Arrêtez votre comédie, tonna Quentin. Vous savez très bien pourquoi nous sommes là.

— Qui est-ce celui-là ? continua Guérin sans accorder un regard à Quentin. Votre gigolo ? Toujours la cuisse légère, Séverine ?

— Nous venons chercher une jeune fille. Nous savons qu'elle est là.

Guérin toisa Quentin avec mépris.

— Ah ! Tu y tiens à cette petite grue ? Pas sûr qu'elle te plaise encore quand tu la verras.

— Que lui avez-vous fait ?

— Ce que méritent les idiots qui croient qu'on peut se jouer de nous.

Quentin se rua sur lui. Guérin para l'attaque et le repoussa d'un geste dédaigneux. Dumay éclata de rire.

— On pourrait vous faire subir le même sort, mais nous savons aussi nous conduire en gentlemen. On va vous la redonner. Elle a dû comprendre la leçon.

— Arrêtez de vous prendre pour Dieu le père, s'écria Séverine. Vous n'êtes qu'un vulgaire escroc. Tout le monde sait que vous avez volé vos associés et que vous avez mis le feu aux locaux de votre entreprise pour toucher la prime d'assurance.

Dumay fit un geste vers elle que Guérin arrêta.

— Laisse-la parler.

— Vous êtes fini, Guérin. Si ce n'est demain, ce sera dans quelques mois.

Il éclata de rire.

— Vous prenez vos désirs pour des réalités. La Ligue antisémitique de France compte plus de vingt mille adhérents, deux cent soixante-dix sections en province et une dans chaque arrondissement parisien. Vous appelez ça être fini ? Moi, je dis que ça ne fait que commencer. Et *L'Antijuif*, plus de cent mille exemplaires ! Légèrement mieux que *La Fronde*, ce journal de gonzesses vendu à la juiverie internationale. Bon, vous la voulez, votre petite ?

D'un geste, Quentin fit signe à Séverine de cesser la discussion. Ils n'étaient pas là pour s'empailler sur des questions politiques.

— Je vais être franc avec vous, continua Guérin. Nous aurions pu nous amuser encore un moment avec elle. On avait même pensé à la donner en récompense à nos gentils garçons bouchers. Elle est gironde. Ça les aurait changés de leurs tas de bidoche morte.

Quentin s'exhorta à garder son sang-froid.

— Mais votre arrivée a changé la donne. On a d'autres choses à faire, plus importantes que de se coltiner la colère de *La Fronde* et sa horde de femelles dégénérées. Vous rembarquez la donzelle et on n'en parle plus.

Leur audace avait porté ses fruits. Guérin n'était pas fou. Être accusé de la séquestration d'une jeune fille du meilleur monde, de surcroît journaliste, lui coûterait très cher. Encore fallait-il qu'il aille jusqu'au bout de sa promesse. Quentin tremblait à l'idée de l'état dans lequel il allait retrouver Diane.

Dumay semblait plus que réticent. Guérin lui glissa quelques mots à l'oreille. Le boucher acquiesça et, d'une voix hargneuse, ordonna à Quentin et Séverine de les suivre. Ils les conduisirent dans la cour. Dumay ouvrit une petite porte. Diane était par terre, les genoux repliés sous le menton, le visage et les cheveux couverts de sang. Quentin se précipita, la prit dans ses bras, tâta son visage à la recherche d'une blessure.

— Je n'ai rien, murmura-t-elle. C'est du sang de porc.

Épouvantée, Séverine vint s'agenouiller à côté d'elle.

— C'est vous les porcs, lança-t-elle aux hommes qui regardaient la scène d'un air narquois.

— Vous êtes à la cité du sang, ici. Le sang de la nation !

Quentin se fichait éperdument de ce qu'ils pouvaient raconter. Il n'avait qu'une idée en tête, sortir Diane de là, l'emmener au plus loin de ces monstres. Comme il put, il lui essuya le visage et l'aida à se relever. Son tablier était couvert de lambeaux d'intestins.

— C'est lui qui a tué Justine, dit-elle d'une voix blanche en désignant le gros boucher, assis à côté d'elle, qui n'avait pas bougé.

Dumay tressaillit.

— Comment tu connais son nom, toi ?

Guérin lui fit signe de se taire.

— Il a aussi tué un policier, continua Diane.

— Le commissaire Vassière, compléta Quentin.

Guérin se rapprocha d'eux :

— Vous êtes très bien renseignés. Malheureusement, vous n'avez et n'aurez aucune preuve.

C'était stupide et imprudent, il le savait, mais Quentin ne put se retenir. Cette fois, il ne rata pas son coup. Un direct à la mâchoire expédia Guérin à terre.

— Pas mal ! dit-il en se relevant avec difficulté et se massant le bas du visage. Mais un peu juste. Voulez-vous que j'appelle un ou deux bouchers pour une leçon particulière ?

Il se tourna vers Quentin et Séverine :

— La police est de notre côté. Vous ne pourrez rien contre nous.

— Peut-être plus pour longtemps, laissa tomber Séverine qui soutenait Diane.

— Vous plaisantez ! Si par malheur vous aviez dans l'idée de raconter ce qui s'est passé ici, tout le monde vous rirait au nez. On dirait que la petite était maladroite. Qu'elle a laissé malencontreusement tomber une bassine de sang sur elle, qu'elle a glissé sur des boyaux. Ça arrive tous les jours, ici.

Tenant Diane par la taille, Quentin était arrivé à la porte.

— Ne croyez pas que vous resterez impuni, dit Séverine.

Guérin fit un geste de dédain.

— J'ai tout entendu, déclara Diane d'une voix plus ferme. C'est le duc d'Orléans qui finance le mouvement. Ils ont un projet de coup d'État.

Quentin la serra contre lui et lui murmura de se taire. Apprendre qui était le mystérieux pourvoyeur de fonds ne lui faisait ni chaud ni froid. Que ce soit le prétendant au trône de France en exil lui était parfaitement indifférent. Il avait la main sur la poignée de la porte. La liberté était à deux pas. À condition de ne pas pousser Guérin et ses sbires aux pires extrémités. Il surveillait du coin de l'œil Dumay qui semblait avoir un peu perdu de sa superbe.

— Voilà une information que nous allons nous faire un plaisir de publier, s'exclama Séverine. L'arrière-petit-fils de Louis-Philippe, tout juste bon à chasser l'éléphant en Afrique et le tigre en Inde ! Quel beau projet d'avenir pour la France !

Quentin lui aurait tordu le cou. Quel besoin avait-elle d'exciter ces bêtes fauves ?

— Faites donc ! Publiez ! Vous ne ferez que hâter l'avènement d'un ordre nouveau que souhaite toute la population.

— La monarchie, un ordre nouveau ?

Dumay se rendit compte que Quentin était sur le point d'ouvrir la porte. Il vint se placer devant lui.

Toute retraite devenait impossible. Quentin maudit Séverine d'avoir voulu jouer au plus fin avec Guérin. Qu'attendait-elle pour divulguer l'information explosive qui allait le terrasser ? Il la vit sourire, passer la langue sur ses lèvres comme si elle s'apprêtait à goûter à un délicieux dessert.

— Peut-être n'êtes-vous pas au courant, commença-t-elle. Je l'ai appris juste avant de quitter le journal : le colonel Henry est passé aux aveux et s'est suicidé. C'est lui qui a rédigé les faux documents accusant Dreyfus. Dreyfus est innocent. C'est la ruine de votre fonds de commerce. Vous êtes fini, Guérin. La vérité et la justice vont triompher.

Guérin accusa le coup. Il leva la main comme s'il allait la frapper. Abasourdi, Dumay le regardait dans l'attente de sa réaction. Quentin en profita pour actionner la poignée et pousser fermement Diane dans la cour. Le cauchemar prenait fin.

ÉPILOGUE

Les meurtres de Justine Baveau et de Vassière restèrent impunis. Quand il retourna à la Préfecture de police, Quentin ne réussit pas à voir Puibaraud, le supérieur du commissaire. Il retomba sur le policier qui l'avait si mal reçu. Les explications de Quentin furent jugées embrouillées et fantaisistes. Il avait affirmé que le commissaire Vassière avait eu raison sur toute la ligne. La machination des nationalistes visant à faire porter le chapeau aux anarchistes avait parfaitement fonctionné. Après avoir assassiné Justine Baveau qui était sur le point de les dénoncer, les nationalistes avaient abandonné le projet de s'attaquer au *Ritz*, laissant l'initiative à d'autres groupes dans d'autres pays. Quels groupes ? avait demandé le policier, agacé. Quentin était bien incapable de lui dire. Vassière avait parlé d'une pieuvre insaisissable. Cette réponse n'avait pas satisfait le policier. Quand il avait abordé l'implication des bouchers de la Villette, Quentin avait eu droit à un geste d'exaspération. Comprenant qu'il n'arriverait à rien, il avait renoncé. Le policier l'avait laissé partir en lui recommandant de ne plus remettre les pieds dans le service, sinon c'est lui qui risquait d'avoir des ennuis.

Sa tentative auprès de Séverine pour qu'éclate la vérité ne fut pas plus couronnée de succès. Elle lui fit comprendre que Guérin avait raison : ils n'avaient et n'auraient aucune preuve. Enquêter à La Villette sans l'aide de la police était impossible. Il eut beaucoup de mal à l'accepter. Il finit par baisser les bras. Elle lui fit valoir qu'après leur passage aux abattoirs il était peu probable que les nationalistes se lancent dans un nouveau projet d'attentat contre le Ritz. Au moins, Quentin pouvait-il être fier de ce résultat. Il assura qu'il s'en contenterait. En fait, il se sentait profondément meurtri, désenchanté. Il n'était pas un héros. Il l'avait répété sur tous les tons. À contrecœur, il avait tenté de répondre aux demandes de son parrain, puis du commissaire Vassière. Il n'avait guère brillé, il en était conscient. Diane avait été plus courageuse et plus volontaire que lui.

C'était peut-être la marque du nouveau siècle qui s'annonçait. Un autre monde où les femmes revendiqueraient le droit de vivre comme bon leur semblait. Quentin commençait tout juste à en faire l'expérience. Mais il savait que Diane ne se contenterait pas de monter à bicyclette et de ne plus porter de corset. Si elle acceptait de l'épouser, elle ne supporterait pas d'échanger la tutelle d'un père contre celle d'un mari. Cela promettait de belles empoignades ! Il faisait partie de ces premières générations d'hommes dont les compagnes demandaient à pouvoir voter, à bénéficier d'un salaire égal pour un travail égal. Et certainement bien d'autres choses dont il n'avait pour l'heure par la moindre idée. Il s'en accommoderait. Mais un siècle placé sous le signe de la vitesse et du fracas des machines ne lui disait rien qui vaille. Il aurait du mal à trouver sa place, il le savait. Peut-être aurait-il dû naître à une autre époque. Batailler ne lui faisait pas peur. Ce qui l'ennuyait, c'était la haine et la bêtise dont il avait été témoin et qui semblaient prospérer. Allait-il s'engager aux côtés de ceux qui les combattaient ? Rien n'était moins sûr.

Diane mit du temps à surmonter l'épreuve des abattoirs. Séverine lui signifia qu'elle avait fait preuve d'une témérité hors de propos. Elle avait encore beaucoup à apprendre du métier de journaliste. Diane en convint. Néanmoins, Séverine lui promit de lui confier des sujets politiques dans un proche avenir. Diane savait que ses retrouvailles avec Quentin ne seraient pas si faciles. Elle attendait beaucoup de leurs vacances à Trouville. Elle comptait sur les crevettes grises, les cabrioles du chien, les promenades sur la plage et de longues nuits amoureuses pour que l'un et l'autre pansent leurs blessures.

Séverine avait été trop optimiste en prédisant la fin prochaine de l'affaire Dreyfus. Après le suicide du colonel Henry, nationalistes et antisémites ne désarmèrent pas, divisant encore plus profondément la France. Toujours subventionné par le duc d'Orléans, Guérin fonda le Grand Occident de France, machine de guerre antijuive et antimaçonnique. Il participa au coup d'État manqué, organisé par Paul Déroulède en février 1899. Six mois plus tard, le 7 août 1899, commença sous haute tension, le deuxième procès d'Alfred Dreyfus à Rennes. Le 12 août, à Paris, poursuivi pour complot contre la sûreté de l'État, Guérin se réfugia dans ses locaux du 51, rue Chabrol, dans le Xe arrondissement. Dumay et ses acolytes furent immédiatement arrêtés. Les bouchers menacèrent de tout casser. Le siège dura trente-huit jours et donna naissance à l'expression « Fort Chabrol ».

Alfred Dreyfus fut de nouveau déclaré coupable par le Conseil de guerre de Rennes, mais gracié le 19 septembre par le président de la République, Émile Loubet, sans pour autant être innocenté. Mort en 1902, Zola ne vit pas la réhabilitation et la réintégration du capitaine Dreyfus dans l'armée en 1906.

Escoffier et Ritz, forts de leur succès parisien, voguèrent vers de nouveaux horizons, notamment le Carlton à Londres où le « roi des chefs et le chef des rois » resta jusqu'en 1920. Malgré ses crises nerveuses de plus en plus fréquentes, César Ritz continua à essaimer des palaces dans le monde entier, mais peu après l'ouverture du Ritz de Piccadilly en 1905, il fut obligé d'abandonner le monde des affaires. « Je suis pire qu'un mort », dit-il à sa femme. Retiré à Kussnacht, en Suisse, il mourut en 1918.

Sans Ritz, Escoffier continua à mener bien d'autres projets, notamment l'aménagement des cuisines des paquebots de la Hamburg Amerika Lines où il rencontra l'empereur d'Allemagne, Guillaume II.

Fêté, célébré, il n'en oubliait pas pour autant ceux qui étaient dans le besoin. En 1910, il publia un livre : *Projet d'assistance mutuelle pour l'extinction du paupérisme* qui visait à l'établissement d'un système universel d'assurance maladie et de retraite. Son goût pour l'écriture le poussa à fonder des revues : *L'Art culinaire,* le *Carnet d'Épicure.* Parmi ses livres, *Le Guide culinaire*, paru en 1903, n'a cessé d'être réédité jusqu'à nos jours, tout comme *L'Aide-Mémoire culinaire*, paru en 1919. À soixante-treize ans, en 1920, il quitta Londres pour prendre sa retraite à Monaco, auprès de sa famille. Il ne cessa pas pour autant ses activités, écrivant, prodiguant ses conseils pour la gestion ou la création d'hôtels, présidant des expositions culinaires, coopérant avec des industriels comme Julius Maggi, créateur du bouillon Kub. Il s'éteignit le 12 février 1935, laissant l'image d'un cuisinier et d'un homme exceptionnel.

RECETTES

La cuisine de palace n'est pas la plus facile à réaliser quand on ne dispose pas de monceaux de truffes, de foie gras et d'une brigade de soixante cuisiniers, aussi ai-je choisi les recettes de cuisine ménagère d'Auguste Escoffier. Quelques milliers d'autres recettes vous attendent dans son *Guide culinaire*.

SAUCE BOURGUIGNONNE

Réduire de moitié 1,5 l d'excellent vin rouge, condimenté de 5 échalotes émincées, queue de persil, thym, une demi-feuille de laurier, 25 g d'épluchures de champignons. Passer à la mousseline, faire la liaison avec 80 g de beurre manié (45 g de beurre et 35 g de farine), mettre à point au moment avec 150 g de beurre et relever légèrement en Cayenne.

SAUCE BÉARNAISE

Réduire de deux tiers 2 dl de vin blanc et 2 dl de vinaigre à l'estragon, additionnés de 4 cuillerées d'échalotes hachées, 20 g d'estragon en branches concassé, 10 g de cerfeuil, 5 g de mignonnette et une pincée de sel. Laisser refroidir la réduction pendant quelques minutes, y ajouter 6 jaunes d'œufs et monter la sauce à feu doux avec 500 g de beurre cru en fouettant légèrement. La liaison de la sauce se produit par la cuisson progressive des jaunes d'œufs, d'où nécessité absolue de traiter la sauce Béarnaise à feu doux. Quand le beurre est incorporé, passer la sauce à l'étamine, régler l'assaisonnement en le relevant d'une pointe de Cayenne, la compléter avec une cuillerée d'estragon et une demi-cuillerée de cerfeuil hachés.

NOTA : il suffit qu'elle soit tiède et d'ailleurs, si elle est trop chauffée, elle se décompose. Dans ce cas, on la ramène à son état normal en y ajoutant quelques gouttes d'eau froide et en la travaillant au fouet.

SAUCE HOLLANDAISE

Réduire de deux tiers 4 cuillerées d'eau et 2 cuillerées de vinaigre, additionnées d'une pincée de mignonnette et d'une pincée de sel fin. Retirer sur le côté du feu ou placer la casserole au bain-marie. Ajouter une cuillerée d'eau et 5 jaunes d'œufs, monter la sauce avec 500 g de beurre cru ou fondu en l'additionnant pendant le montage de 3 ou 4 cuillerées d'eau mise par petites parties, addition qui a pour but de donner de la légèreté à la sauce. Compléter l'assaisonnement avec le sel nécessaire, quelques gouttes de citron et passer à l'étamine.

Sauce mousseline

Préparer la sauce Hollandaise. Au moment de servir, lui incorporer 4 cuillerées de crème fouettée bien ferme.

Sauce Aïoli

Broyer dans le mortier, bien finement, 4 petites gousses d'ail (30 g). Ajouter un jaune d'œuf cru, une pincée de sel et 2,5 dl d'huile, en laissant tomber celle-ci goutte à goutte pour commencer, puis en petit filet lorsque l'on constate que la sauce commence à se lier. Ce mélange de l'huile se fait dans le mortier et en faisant tournoyer vivement le pilon. Pendant le montage, rompre le corps de la sauce en y ajoutant, petit à petit, le jus d'un citron et une demi-cuillérée d'eau froide.

NOTA : dans le cas où l'aïoli viendrait à se désorganiser, on le reprendrait avec un jaune d'œuf cru, ainsi que cela se fait pour la mayonnaise.

Sauce Gribiche

Broyer dans une terrine 6 jaunes d'œufs durs fraîchement cuits, les travailler en pâte lisse en y ajoutant une cuillerée à café de moutarde, une forte pointe de sel et une bonne prise de poivre. Monter la sauce avec un 1/2 l d'huile et une cuillerée et demie de vinaigre, la compléter avec 100 g de cornichons et câpres hachés, une cuillerée de persil, cerfeuil, estragon, hachés et mélangés, 3 blancs d'œufs durs taillés en julienne courte.

GARBURE À LA BÉARNAISE

Faire une potée avec lard de poitrine, confit d'oie, navets, pommes de terre, un petit quartier de cœur de chou pommé, haricots blancs frais dans la saison ou secs hors saison, ajouter également quelques haricots verts frais quand c'est possible. Mouiller à l'eau, saler très peu et cuire tout doucement pendant trois heures. Dresser les légumes dans une cocotte en terre en les alternant de petits morceaux de lard et de confit, couvrir de rondelles de flûte saupoudrées de fromage râpé et gratinées, arroser de quelques cuillerées de bouillon un peu gras et faire mitonner doucement pendant un quart d'heure. Verser le bouillon de la potée dans la soupière et envoyer en même temps la cocotte de légumes.

POTAGE AU PISTOU

Mettre dans 1,5 l d'eau en ébullition 375 g de haricots verts bien en grains et tronçonnés, 3 pommes de terre moyennes, coupées en quartiers et émincées, 2 tomates pelées, pressées et hachées, 10 g de sel. Aux trois quarts de la cuisson des légumes, ajouter 180 g de gros vermicelle, finir de cuire très doucement, car le potage étant assez épais, les légumes s'attacheraient au fond de l'ustensile. Au dernier moment, piler au mortier deux petites gousses d'ail avec 4 g de basilic et deux demi-tomates pelées, pressées et grillées. Incorporer à cette pâte, en tout petit filet, 2 cuillerées d'huile, délayer votre composition avec 2 cuillerées de soupe. Verser la soupe dans une soupière et ajouter : primo, l'aillade préparée ci-dessus, secundo, 75 g de gruyère frais râpé.

SALADE HOLLANDAISE

Riz en grains, pommes aigrelettes émincées, filets de harengs fumés. Assaisonnement : vinaigrette moutardée.

SALADE BRÉSILIENNE

En parties égales : riz en grains et ananas frais coupé en dés. Assaisonnement : crème, jus de citron, sel.

SALADE MIDINETTE

En parties égales : riz en grains et petits pois. Assaisonnement : vinaigrette assaisonnée de cerfeuil et d'estragon hachés.

HUÎTRES À L'ANGLAISE

Les ouvrir et les détacher. Envelopper chaque huître d'une très fine tranche de bacon, les embrocher sur des brochettes, assaisonner et faire griller. Dresser sur toasts grillés, saupoudrer de mie de pain frite et légèrement de Cayenne.

HUÎTRES AU GRATIN

Ouvrir les huîtres, les détacher, les ébarber, les remettre chacune dans sa coquille concave et ranger les coquilles sur une plaque. Exprimer une goutte de jus de citron sur chacune, saupoudrer d'une pincée de mie de pain frite, arroser d'un peu de beurre fondu et ajouter encore gros comme un pois de beurre sur chaque huître. Gratiner à four vif ou à la salamandre.

QUICHE À LA LORRAINE

Foncer en pâte ordinaire une platine godronnée bien beurrée ayant 18 à 20 cm de diamètre. Garnir le fond de fines tranches de lard blanchi et légèrement revenu au beurre. Les tranches de lard peuvent être alternées de minces lames de gruyère, mais cette addition est facultative et en dehors du principe local. Emplir la platine déjà garnie de lard d'un appareil composé de : 4 dl de crème, 3 petits œufs, une pincée de sel fin. Compléter avec 25 g de beurre divisé en parcelles, réparties sur l'appareil. Compter 30 à 35 minutes de cuisson à four moyen. Détailler la quiche en triangles quand elle n'est plus que tiède.

OMELETTE AUX FLEURS DE COURGE

Ajouter aux œufs 15 g de calices de fleurs de courge fraîchement cueillis, ciselés, passés au beurre et additionnés d'une pincée de persil haché. L'omelette peut être faite au beurre ou à l'huile, mais on l'entoure toujours d'un cordon de sauce tomate.

OMELETTE MOUSSELINE

Délayer 3 jaunes d'œufs dans une terrine avec une demi-pincée de sel et une cuillerée de crème très épaisse. Ajouter les 3 blancs montés en neige très ferme, verser cette préparation dans une poêle large contenant 30 g de beurre bien chaud, sauter l'omelette à petits coups et très rapidement pour ramener les bords sur le centre. Dès que l'appareil est également raffermi, rouler l'omelette, la renverser sur le plat et servir aussitôt.

MAYONNAISE DE SAUMON

Garnir le fond d'un saladier avec de la laitue ciselée légèrement assaisonnée, couvrir de saumon froid effeuillé, sans peau ni arêtes, masquer de sauce Mayonnaise et décorer avec filets d'anchois, câpres, olives dénoyautées, petits quartiers ou rondelles d'œufs durs, petits cœurs de laitue, bordure de minces rondelles de radis, etc.

FILETS DE SOLE AUX COURGETTES

Peler et détailler en épaisses tranches de toutes petites courgettes à peine défleuries. Les cuire à moitié au beurre avec sel, poivre, quelques gouttes de jus de citron, une petite tomate pelée, épépinée, coupée en quatre tranches et une brindille de basilic vert. Verser le tout sur les filets de sole, parés, légèrement aplatis et disposés dans un plat ovale, creux, en terre à feu, saupoudrer d'un peu de chapelure et mettre à four vif pour pocher les filets et produire en même temps un léger gratin. Servir tel quel.

HOMARD À LA FRANÇAISE

Diviser le homard en tronçons, ranger ceux-ci dans un sautoir contenant 50 g de beurre très chaud, assaisonner de sel, poivre et pointe de Cayenne. Lorsque les chairs sont raidies, mouiller de 2 dl de vin blanc et d'un petit verre de fine champagne. Ajouter 2 cuillerées de julienne d'oignon et de carotte étuvée au beurre, une pincée de persil concassé, 5 ou 6 cuillerées à soupe de fond de poisson. Couvrir et laisser cuire pendant un quart d'heure. Dresser le homard dans un plat ou une timbale, lier la cuisson avec 2 cuillerées de velouté de poisson, compléter la sauce avec 100 g de beurre fin et la verser sur le homard.

CÔTE DE VEAU BONNE FEMME

Assaisonner la côte et la colorer au beurre des deux côtés dans une casserole de terre. L'entourer de 6 petits oignons glacés, 100 g de pommes de terre émincées en rondelles, compléter la cuisson à couvert. Au moment de servir, ajouter 2 cuillerées de liquide : eau chaude, bouillon ou jus. Servir tel quel dans la casserole.

CARRÉ DE PORC À LA MARMELADE DE POMMES

Rôtir le carré. Peler, épépiner et émincer 750 g de pommes à chair ferme, les cuire rapidement avec quelques cuillerées d'eau, une cuillerée et demie de sucre en poudre, couvrir hermétiquement pour concentrer la vapeur dans l'intérieur de l'ustensile. Au moment de servir, travailler un instant la marmelade avec le fouet pour la lisser. Dresser le carré, verser autour son jus dégraissé aux trois quarts et servir la marmelade de pommes dans une timbale.

POULET SAUTÉ À LA BOURGUIGNONNE

Faire rissoler au beurre : 125 g de lard de poitrine coupé en dés et blanchi, 8 petits oignons, 100 g de champignons crus coupés en quartiers. Égoutter ces éléments sur une assiette, mettre les morceaux de poulet à revenir vivement dans le même beurre. Les morceaux étant bien revenus, remettre la garniture avec, couvrir et compléter la cuisson au four, dresser le poulet et la garniture, égoutter la graisse, ajouter une pointe d'ail écrasé et 2 dl de bon vin rouge. Réduire celui-ci de moitié, lier avec 30 g de beurre manié avec une forte pincée de farine et verser sur le poulet.

POULET SAUTÉ À LA NORMANDE

Sauter le poulet au beurre. À moitié de sa cuisson, ranger les morceaux dans une terrine avec 400 g de pommes de reinette pelées et émincées. Ajouter dans la terrine le déglaçage de la casserole fait avec un petit verre d'eau-de-vie de cidre, couvrir et mettre au four pour compléter la cuisson et assurer celle des pommes.

CAILLES AUX CERISES

Pour 4 cailles : les trousser et les cuire au beurre à la casserole. Déglacer avec un filet de cognac et un petit verre de porto dans lequel on aura fait infuser le tiers d'un zeste d'orange. Ajouter 3 cuillerées de fond de veau, 2 petites cuillerées de gelée de groseilles, 40 cerises griottes, dénoyautées, pochées dans un sirop à 18° et refroidies dans le sirop. Bien égoutter les cerises avant de les mettre avec les cailles et, si le fond semblait trop doux, l'aciduler avec quelques gouttes de jus de citron.

ASPERGES À LA MILANAISE

Les asperges étant bien égouttées, les disposer sur un plat long beurré, saupoudré de parmesan râpé, par rangs dressées l'une sur l'autre. Rajouter du parmesan sur les pointes des asperges de chaque rang. Juste au moment de servir, arroser abondamment de beurre noisette la partie couverte de fromage et glacer légèrement à la salamandre.

ASPERGES À LA POLONAISE

Bien égoutter les asperges, les dresser sur un plat long, par rangs, en saupoudrant les têtes avec des jaunes d'œufs durs et du persil haché, mélangés. Juste au moment de servir, couvrir les têtes de 125 g de beurre noisette additionné de 30 g de mie de pain très fine et bien fraîche.

CRÈME À L'ANGLAISE

Proportions : 500 g de sucre en poudre, 16 jaunes d'œufs, 1 l de lait bouilli, parfum à volonté soit vanille ou zestes qui sont infusés dans le lait, ou un 1/2 dl de liqueur qui est ajoutée dans la crème quand elle est refroidie.

Procédé : travailler dans une casserole sucre et jaunes d'œufs jusqu'à ce que la composition fasse le ruban, mouiller petit à petit avec le lait, infusé ou non, prendre la crème sur le feu jusqu'au moment où, la cuisson des jaunes étant complète, elle nappe bien la spatule. Éviter l'ébullition qui amènerait la décomposition de la crème. Aussitôt prête, la passer au chinois fin ou au linge, soit dans un bain-marie si elle doit être conservée chaude, soit dans une terrine si elle doit être employée froide. Dans ce cas, la vanner jusqu'à complet refroidissement.

CRÈME FRANGIPANE

Proportions : 250 g de sucre, 250 g de farine, 4 œufs entiers et 8 jaunes, 1,5 l de lait, une gousse de vanille, un grain de sel, 50 g de macarons écrasés, 100 g de beurre.

Procédé : faire bouillir le lait et mettre la vanille à infuser dedans. Rassembler dans une casserole : sucre, farine, œufs et jaunes, sel, mélanger et travailler le tout à la cuiller, délayer petit à petit avec le lait infusé. Prendre sur le feu en remuant sans discontinuer, laisser bouillir pendant deux minutes et verser cette crème dans une terrine. Ajouter alors beurre et macarons et tamponner la surface avec un morceau de beurre.

CRÈME PÂTISSIÈRE

Proportions : 500 g de sucre en poudre, 12 jaunes, 125 g de farine, 1 l de lait infusé à la vanille. Préparer la composition et cuire comme la crème Frangipane.

CRÈME À SAINT-HONORÉ

Est la crème pâtissière, indiquée ci-dessus, additionnée pendant qu'elle est bouillante de 15 blancs d'œufs montés en neige très ferme.

FRAISES SARAH BERNHARDT

Choisir de belles fraises et les mettre à macérer avec Curaçao et fine champagne. Au moment de les servir, les dresser en timbale sur une couche de glace ananas et les recouvrir de mousse au Curaçao.

POIRES ALMA

Peler les poires, les pocher dans un sirop léger établi dans les proportions de 1 l d'eau, 2,5 dl de porto, 250 g de sucre, zeste d'orange blanchi et haché. Refroidir, dresser en timbale, saupoudrer de pralin en poudre et servir en même temps une crème Chantilly.

COUPE RÊVE DE BÉBÉ

Les coupes garnies par moitié de glace à l'ananas et de glace à la framboise. Entre les deux glaces, disposer une ligne de petites fraises macérées au sucre d'orange. Entourer les coupes d'une bordure de crème Chantilly et parsemer celle-ci de violettes pralinées.

PÊCHE MELBA

Choisir six pêches parfaitement mûres. Les pêches de Montreuil sont les meilleures pour ce dessert. Les plonger quelques secondes dans l'eau bouillante et les transférer rapidement dans de l'eau glacée à l'aide d'une écumoire. Les peler, les mettre dans un plat, les

303

sucrer légèrement et les garder au frais. Faire une glace à la vanille très crémeuse. Écraser 250 g de framboises fraîches sur un fin tamis et ajouter 150 g de sucre glace à la purée obtenue. Garder au frais. Déposer un lit de crème glacée sur un plat de service en argent. Disposer dessus, avec soin, les pêches et recouvrir de la purée de framboises. On peut, si c'est la saison, saupoudrer d'amandes fraîches effilées, mais ne jamais utiliser d'amandes sèches. Au moment de servir, incruster le plat dans un bloc de glace et recouvrir les pêches d'un léger voile de sucre filé.

POUR EN SAVOIR PLUS

Pierre BIRNBAUM, *Le Moment antisémite. Un tour de la France en 1898*, Fayard, 1998.

Jean-Denis BREDIN, *L'Affaire*, Fayard/Julliard, 1998.

Auguste ESCOFFIER, *Le Guide culinaire*, Flammarion, 2009.

Éric FOURNIER, *La Cité du sang*, Éditions Libertalia, 2008.

Kenneth JAMES, Auguste ESCOFFIER & César RITZ, Pilote 24 édition, 2008.

Jean MAITRON, *Le Mouvement anarchiste,* Gallimard, 1992.

–, *Ravachol et les anarchistes*, Folio histoire, 2010.

Philippe MELLIOT, *La Vie secrète de Montmartre*, Omnibus, 2008.

Denis SAILLARD et Françoise HACHE-BISSETTE, *Gastronomie et identité culturelle française. Discours et représentations (XVIᵉ-XIXᵉ siècles)*, Nouveau Monde, 2007.

Pour consulter les numéros de *La Fronde* 1898-1899 : http://equipement.paris.fr/bibliotheque-marguerite-durand-bmd-1756

Fondation Auguste Escoffier : http://www.fondation-escoffier.org/

Table

Michèle Barrière
dans Le Livre de Poche

Meurtre au café de l'Arbre Sec n° 32584

Février 1759. Jean-François Savoisy, cafetier de la rue de l'Arbre-Sec, entend bien
surpasser Procope avec sa glace au parfum
révolutionnaire. Lorsque Diderot lui confie
un manuscrit afin d'échapper à ses cen-
seurs, Maïette, l'épouse du cafetier, ignore
que dans l'ombre rôdent deux individus, eux aussi à la poursuite d'un manuscrit...

Meurtres à la pomme d'or   n° 31140

1556. François, étudiant en médecine à
Montpellier, n'a qu'une idée en tête : devenir
cuisinier. Des morts suspectes sèment le trouble dans la ville. Un mystérieux breuvage en
est la cause. En raison de ses origines juives
et de ses sympathies pour les protestants, un
apothicaire, Laurent Catalan, est accusé de complicité et jeté
en prison. François mène l'enquête. Guide de la tomate et
carnet de recettes de la Renaissance à la fin du livre.

Meurtres au potager du Roy n° 31762

Versailles, 1683. Louis XIV raffole des légumes primeurs… La Quintinie, directeur des jardins fruitiers et potagers royaux, en détient les secrets. Au potager du Roy, des champs de melons sont vandalisés, des jardiniers assassinés. Benjamin Savoisy – premier garçon-jardinier du potager – mène l'enquête à Versailles où officient cuisiniers et maîtres d'hôtel. Elle l'entraînera jusqu'en Hollande.

Natures mortes au Vatican n° 31499

Rome, 1570. François est le secrétaire de Bartolomeo Scappi, le cuisinier du pape. Il l'aide à rédiger un recueil de quelque mille recettes, toutes plus délicieuses et innovantes les unes que les autres. Mais des événements inquiétants se produisent : le peintre Arcimboldo est enlevé, François est victime d'un odieux chantage, une fête vire à l'orgie et au massacre…

Le Sang de l'hermine n° 32900

Quentin du Mesnil, un jeune hobereau normand, compagnon d'enfance et maître d'hôtel de François Ier, est chargé d'aller chercher Léonard de Vinci en Italie et de le ramener à Amboise. La mission tourne vite au cauchemar, d'autant que certains semblent en vouloir à la vie du peintre.

Les Soupers assassins du Régent nº 31963

À la mort de Louis XIV, la Cour regagne Paris et renoue avec les plaisirs : le vin mousseux de Champagne coule à flots au Palais-Royal. Des marchands de vin parisiens, qui ne jurent que par le bourgogne, lui déclarent la guerre. Sont-ils responsables de l'empoisonnement d'une jeune comédienne ? À moins que le poison n'ait été destiné au Régent...

Souper mortel aux étuves nº 31343

Paris, 1393. Messire Jehan est retrouvé égorgé dans des étuves de la rue Tirechappe. Constance veut venger son mari. Elle se fait embaucher comme cuisinière par Isabelle, la patronne des étuves. Constance utilise ses talents culinaires pour obtenir des informations. C'est à Bruges, sur la piste des assassins, qu'elle rencontrera l'amour ! Mais pourra-t-elle échapper au piège mortel qui lui est tendu et confondre ses ennemis ?

Retrouvez plus d'information sur le site du Livre de Poche :
www.livredepoche.com
et aussi sur le site de l'auteur :
www.michelebarriere.fr

Le Livre de Poche s'engage pour
l'environnement en réduisant
l'empreinte carbone de ses livres.
Celle de cet exemplaire est de :
700 g éq. CO_2
Rendez-vous sur
www.livredepoche-durable.fr

PAPIER À BASE DE
FIBRES CERTIFIÉES

Composition réalisée par PCA

Achevé d'imprimer en septembre 2013 en France par
BLACK PRINT CPI IBERICA
Sant Andreu de la Barca (08740)
Dépôt légal 1re publication : juin 2013
Édition 03 : septembre 2013
LIBRAIRIE GÉNÉRALE FRANÇAISE – 31, rue de Fleurus – 75278 Paris Cedex 06